Los secretos de las nereidas

Estefanía Ruiz

Los secretos de las nereidas

SUMA de letras

Papel certificado por el Forest Stewardship Council®

MIXTO
Papel | Apoyando la silvicultura responsable
FSC® C117695

Penguin Random House Grupo Editorial

Primera edición: noviembre de 2024

El fragmento citado en la p. 20 pertenece a *Fanny Hill*, de John Cleland.

Printed in Spain – Impreso en España

ISBN: 978-84-9129-943-1
Depósito legal: B-14.496-2024

Compuesto en Mirakel Studio, S. L. U.

Impreso en Black Print CPI Ibérica
Sant Andreu de la Barca (Barcelona)

SL99431

A mi primo Kike Ruiz,
que el universo te cuide
allá donde estés.
Me quedo como enseñanza
aquel escrito que tenías en tu cuaderno:
«Qué poco nos atrevemos
para lo corta que es la vida».
Pienso atreverme. Por ti.

Preámbulo

El bosque de encinas

Apenas podía mover las piernas, como si alguien le hubiese agarrotado los músculos para evitar que huyera. Los jadeos denotaban cansancio, lejos de aquellos que solían ser la melodía del cuarto rojo del Palacio Real. Aquellos jadeos eran el preludio de una más que anunciada rendición. Las lágrimas desfilaban por las mejillas como si de la marcha de la Guardia Real se tratase. Y una congoja le invadía el pecho haciéndole tomar el aire con dificultad, como si la respiración entrecortada demostrase que las batallas no siempre las ganan los buenos.

Cruzaba aquel bosque oscuro con imponentes encinas que se balanceaban trémulas por el susurro de una descarada brisa. En cada una de sus zancadas, al hundir los pies descalzos en aquel terreno húmedo, el aroma que desprendía la tierra mojada después de la primera lluvia penetraba por sus fosas nasales. Mientras corría, intentaba controlar la respiración; creía erróneamente que lo conseguiría y apretaba con fuerza la tripa. Suponía que así haría desaparecer esa sensación de estar a punto de vomitar el corazón por la boca. No con la sensación de ese miedo dulce que asalta cuando los labios se acercan tímidos y temblorosos a la boca de la persona amada y las piernas se agitan al mismo compás, sino con el miedo que invade cuando se acepta que el porvenir vuelve a ser una moneda lanzada al aire que queda a la voluntad de alguien ajeno. Ese temor que rasga las entrañas y seca la garganta mientras el cuerpo se siente próximo a explotar y a paralizarse al mismo tiempo.

Julia quería imaginar que un milagro la salvaría, que cerraría por un instante los ojos y estaría de nuevo a los pies del rey Carlos implorando aquel perdón que las devolvió a la vida. Pero ese no era el caso, en aquel bosque ya no quedaba nadie que pudiera perdonarle la condena a muerte. Nadie que pudiera impedir aquello que estaba a punto de suceder.

En aquellos últimos instantes, la joven cortesana no hallaba en ella las fuerzas necesarias para bailar con la culpa, para no considerarse merecedora de aquel castigo, para rebelarse ante la injusticia que recaía sobre las nereidas. Lo que Julia sentía estaba mucho más lejos de la negación que debía asaltarla porque lo que estaba experimentando en aquella huida eran los claros síntomas de una rendición, porque huir hacia delante también es una forma cobarde de rendirse.

—¡Ahí está la bruja!

Por la lontananza del hilo de voz adivinó que aún estaban lo bastante lejos como para verla, pero lo suficientemente cerca como para alcanzar a oírlos.

—¡A por ella! —aulló desgañitándose una aguda voz de hombre seguida de una jauría de gritos masculinos.

Los alaridos pintaban el cielo y un arsenal de pisadas rompían las ramas que yacían sobre la tierra y daban paso a una melodía de crujidos. Los ruidos se entrelazaban con las agresivas voces de aquellos hombres. Pero, de repente, un silencio sepulcral invadió el bosque. Julia dejó de oír los gritos y las pisadas que la seguían al galope, como si el animal hambriento que persigue a su presa, por alguna extraña razón, se diera por satisfecho.

Calma, sigilo, sosiego.

—¡Alto, hija de Satanás! ¿De verdad creías que ibas a escaparte? —bramó una voz masculina que Julia reconoció al instante.

El miedo a ser descubierta hizo que se abalanzara sobre un seto para encontrar entre sus ramas secas entrelazadas el cobijo que le hiciera ganar unos absurdos minutos de vida.

Debido a la premura con la que había tenido que escapar Julia vestía un negligé de seda, ajustado en la cintura y con encajes dorados en las mangas, que casualmente era de color blanco, símbolo de la unidad, la inocencia y también de algo peor: la rendición. Las matas habían desgarrado la prenda y arañado la piel de la joven. Una hilera de cortes adornaba ahora su cuerpo. Se miró los pies descalzos y doloridos, llenos de barro y sangre, hasta los tobillos, como si llevase puestos unos zapatos. Estaban hinchados. El camisón asimismo tenía retazos de sangre, como si de un lienzo salpicado de pintura del color del vino tinto se tratase.

—Si hay algo allí arriba, apiádate de mí. Si hay algo allí arriba, apiádate de mí. Si hay algo allí arriba, apiádate de mí. Si hay algo allí arriba, apiádate de mí. Apiádate de mí, apiádate de mí, apiádate de mí…

Julia rezaba con las manos entrelazadas y posadas sobre la boca, notaba sobre ellas su propio aliento. No paraba de llorar, y las lágrimas se deslizaban por las manos. Si el miedo sabía a algo, debía saber a aquello. El pánico llevaba su nombre tatuado. Es paradójico que nadie pregunte al nacer si uno quiere hacerlo, y está claro que, al llegar la hora, tampoco nadie pregunta si uno quiere morir. La valía de la vida propia descansa en las manos de un tercero, y los seres humanos quedan a merced de él o del mandato divino, que decide si esos corazones han de seguir latiendo.

—¡Ríndete, maldita!

Se volvió a escuchar de los labios de aquel hombre, embadurnando el sonido casi magnético de la brisa de aquel bosque de encinas.

—¡Ríndete! ¡Ríndete! ¡Ríndete! ¡Ríndete! ¡Ríndete! —coreó el resto, que elevó el tono de voz hasta la lejanía como si de una manada de trogloditas se tratase.

Julia cerró los ojos y se fundió con la calma de aquel gris intrínseco que vislumbraba en el interior de sus párpados pesados. Creía que en aquella gama cromática podía sentirse a salvo, así que separó las manos, sudadas por el nerviosismo que la poseía, y se las llevó hasta los oídos, como solía hacer de niña cuando contaba hasta veinte y se tapaba las orejas para no escuchar las reprimendas del ama de llaves después de haber cometido alguna travesura con Gonzalo. Y apretó otra vez fuerte para que la voz estridente de aquel hombre no se colara por las rendijas de los dedos. Pero no sirvió de nada. La voz traspasó las manos, y el corazón se le paró. En un acto reflejo se las llevó hasta la boca, que había quedado completamente abierta al descifrar la cercanía del hombre. Pero a veces en la vida ya es demasiado tarde y cuando Julia abrió los ojos este la apuntaba a escasos metros con un revólver. Un grupo feroz y ávido de sangre lo rodeaba.

—¿De verdad pensabas que ibas a poder esconderte aquí como una rata? —Rio el hombre con desdén contagiando rápidamente la falsa risa al resto de los gañanes que le acompañaban.

Las lágrimas brotaron por el rostro de Julia al verse descubierta, pero, sacando una fuerza que en aquel momento ella misma desconocía poseer, alzó la voz y se dirigió firme al hombre que le apuntaba con un arma.

—Hacedlo. Podéis matarme. Podéis darme una muerte indigna para saciar vuestra rabia enfermiza. —Una valiente Julia se encaró ante su verdugo poniéndose de pie frente él.

Pero a aquella amenaza no le siguió ningún reproche. Y cuando se acaban los reproches, nada le sigue a los puntos suspensivos. El punto final llega a lo más álgido, dando por finalizada la función.

Julia no había dejado de rezar mientras, desafiante, clavaba los ojos en aquel hombre que le había dado caza y apretaba con fuerza el vientre. Aquel individuo seguía sumido en un mutismo absoluto cortado tan solo por una sonrisa retadora. Aun así, la historia siempre la escriben los vencedores, nunca los vencidos. Y Julia sabía que su historia jamás sería contada porque estaba a punto de llegar a su fin. Pero la voz de Eva se abrió paso entre los árboles y le dio un último resquicio de fuerza. Así que Julia, con la voz rasgada, lanzó una amenaza al hombre y emprendió la carrera con el escaso aliento que aún anidaba en sus adentros. De repente, el estruendo de un disparo ensordecedor enmudeció aquel bosque de encinas. Y el corazón de Julia se detuvo de golpe.

Calma, sigilo, sosiego.

1

En la casa de Eva

Madrid, finales del siglo XVIII

Una imponente luna llena lucía orgullosa en el cielo madrileño. Las altas horas de la noche hacían que la ciudad estuviera sumida en un sosegado susurro y las calles se mostraran inhóspitas como jirones de un desolado paisaje. La luz del astro se colaba sin pudor por el salón de la única casa en la que parecía haber vida a esas horas de la madrugada. Una bonita y acogedora casa de dos alturas, más alta que ancha, en la que en el porche de la entrada brillaban vistosos geranios del rojo de las fresas maduras.

Bajo la pequeña ventana del salón, Eva estaba sentada con un camisón de lino blanco con ribetes de encaje en los bordes. Su cabello lacio del color de las castañas le llegaba hasta la clavícula y sus ojos verdes, como árboles del edén, se mantenían abiertos clavados en el libro que sostenía, lánguida, entre las manos. Sobre su regazo reposaba casi inerte la cabeza de Julia con el pelo recogido en un moño bajo que dejaba despejada la desvaída piel. La joven cortesana escuchaba atenta la voz de Eva, quien le narraba el pasaje de *Fanny Hill*, uno de sus libros preferidos, que le había regalado la costurera de ascendencia inglesa y con el que a veces practicaba y le enseñaba el idioma. Así habían pasado los últimos cinco días que llevaban juntas.

—«En una palabra, todo contribuía en esa casa a corromper mi nativa pureza que no estaba enraizada en la educación; ahora el inflamable fundamento del placer, que tan fácilmente ardía a mi edad, obraba extrañamente en mi interior y el hábito de la modestia en que había sido criada, y no educada, comenzó a evaporarse como el rocío bajo el calor del sol, por no mencionar que hice vicio de la necesidad a causa de los constantes temores que sentía de ser echada a la calle» —le leía la culebrina con una voz sensual.

—¿Crees que soy un poco como Fanny Hill? —preguntó dubitativa Julia.

—Gracias a Dios, todas las nereidas tenemos un poco de ella. Enterramos la falsa modestia en la que se empeñan en educar a las mujeres y dejamos florecer esos instintos animales que nos recuerdan cuál es nuestra verdadera naturaleza —explicó con cariño Eva.

La naturaleza de las nereidas estaba clara. Silenciadas, vilipendiadas y relegadas siempre a un segundo plano, aquella sociedad clandestina había nacido para dar voz a las mujeres y honrarlas con el lugar que les correspondía. Un lugar en el que recibir una educación y curtirse en los saberes de la vida, entre ellos el de poder conversar, pues siempre lo habían tenido prohibido, ya que únicamente se les permitía a los hombres. En la mitología griega, las nereidas eran las cincuenta hijas de Nereo y de Doris, las ninfas del Mediterráneo. Estas criaturas fueron creadas simplemente para el deleite masculino y no disponían de voz alguna. En realidad, cincuenta mujeres seleccionadas alrededor del mundo estaban dispuestas a poseer el don de la palabra, pero, sobre todo, estaban preparadas para tenderse la mano unas a otras y luchar por reivindicar los derechos que les habían sido arrebatados. Buscaban la igualdad para crear una sociedad justa. Las nereidas se organizaban en pupilas o principiantes como Julia, que entraban a formar parte de esa sociedad; las culebrinas, que habían dejado de ser aprendices y que ya poseían voz y voto; y las tutoras, las veteranas que ostentaban el beneplácito para elegir e instruir a las aprendices. Aunque para aquel entonces todo aquello se había desvanecido, pues habían sido descubiertas y castigadas con el destierro.

Mientras reflexionaba en alto, dejó el libro que sostenía entre las manos sobre la *chaise longue*, de respaldo alto de malla de ratán y tapizada con un estampado floral en tonos cálidos. Esos colores daban sentido a la gama cromática que imperaba en aquel apacible salón con tres de sus paredes pintadas en un agradable color beis y una de ellas, la del fondo, donde se ubicaba una majestuosa librería repleta de libros, con un papel pintado de un celeste cielo con un patrón de medallones dorados.

Eva posó una de las manos con delicadeza en el rostro de Julia y con el dedo índice recorrió la comisura de los labios. La joven cortesana cerró los ojos de manera instintiva ante aquel dulce gesto, como si quisiera sentir aún más lo que las manos de aquella atractiva mujer provocaban en su cuerpo. Esa visible intimidad, esa cercanía casi magnética que percibían ambas mujeres, había nacido en el Ateneo. La corte de los Monteros estaba repleta de secretos, y este era uno más. Creado por los propios reyes, el Ateneo era un lugar en la sombra donde dar rienda suelta al deseo y donde poder entregarse a los placeres carnales. Allí fue donde Julia, instruida por unos improvisados maestros, Eva y Jorge, había descubierto el deleite y el goce del cuerpo. Ella la apartó de sus férreas creencias familiares y la adentró en un mundo en el que dos mujeres podían desearse sin sentir culpa. Él le enseñó cómo amar cada girón de su piel y le descubrió el verdadero significado del placer. Este último estaba ahora ausente de su vida, qué ganas tenía de saber algo de él.

Pero la calma que sobrevolaba a aquellas mujeres, que parecían haberse desnudado el alma en aquella estancia, se vio interrumpida por unos estruendosos golpes que alguien propinó contra la puerta de la entrada. El corazón de Julia se enfrió ante tan inesperado sobresalto. La joven cortesana se incorporó rápidamente presa del pánico.

—¿Quién es a estas horas? —preguntó completamente atemorizada.

—Tranquila, Julia —respondió con calma Eva, que parecía no haberse sorprendido ante aquel imprevisto ruido como si ya estuviese acostumbrada a ello.

—Pero ¿quién es? —repitió, nerviosa, la joven.

De nuevo los golpes aporrearon la puerta y el vocerío ininteligible de un hombre se intuía desde el lugar donde ellas se encontraban.

—Mírame, Julia. —Eva clavó los ojos sobre ella mientras le sujetaba con fuerza las muñecas—. Sube a la buhardilla y, pase lo que pase, no salgas. ¿Me has entendido?

Pero Julia, que, atónita, le sostenía la mirada, parecía completamente ida.

—¿Me has entendido? —insistió Eva—. Pase lo que pase. Prométemelo —le suplicó mientras se levantaba rápido, depositaba un suave beso en la frente de la cortesana y se dirigía hacia la entrada de la casa.

Eva salió del salón sin cerrar la puerta tras de sí, simplemente tiró un poco de ella haciendo un amago de entornarla. Recorrió el pasillo hasta la entrada, y al llegar a ella los golpes volvieron a retumbar sobre la madera. Bajó la mirada para fijarse en el camisón que le cubría el cuerpo desnudo y posó la mano derecha sobre el frío pomo dorado de metal. A la par que lo giraba hacia la izquierda para abrir, tragó saliva dándose tregua a sí misma.

—¿Por qué has tardado tanto en abrir? —espetó violentamente el visitante.

Julia se quedó petrificada. Conocía a la perfección a quien pertenecía esa voz. Su cuerpo tembló y, lejos de subir las escaleras que se hallaban en el propio salón y daban acceso a la planta superior, se escondió tras la puerta de madera blanca con rendijas que Eva había dejado entornada, ya que la curiosidad en aquel momento era mucho mayor que su miedo.

—Lo siento, estaba dormida —mintió Eva mientras dirigía su mirada hacia el suelo.

—Mírame a la cara cuando te hablo —rugió con fuerza el hombre mientras tiraba con violencia de la barbilla de su víctima hacia arriba y situaba los ojos de la joven a la altura de los suyos.

—Disculpe, conde-duque, no volverá a ocurrir —se exculpó ella con una voz temblorosa a la que no acostumbraba.

De manera brusca el conde-duque, que seguía sujetándole la barbilla, acercó la boca hasta los labios de Eva y ella, visiblemente incómoda, giró la cabeza intentando huir del insufrible aliento a alcohol que este exhalaba. El gesto no gustó a don Francisco.

—¿Cómo osas girar tu estúpida cara, engreída? —gritó mientras la empujaba contra la pared y la sujetaba del cuello.

—Por favor, suélteme, se lo ruego.

—¿Acaso has olvidado lo que podría sucederle a tu padre si se te ocurre hacer alguna necedad? —le recordó pendenciero el hombre.

—Por supuesto que no. —Eva no mostraba nada de ese orgullo que habitualmente dejaba ver.

El conde-duque siguió sujetándola del cuello mientras la besaba. Eva cerraba los ojos intentando escapar así de lo que estaba viviendo. Ante aquello Julia se llevó las manos hacia la cara intentando que su respiración no la delatara. No podía creer lo que sucedía ante ella.

—¿Sabes? Llevo toda la semana pensando en tu cuerpo y en esa carita de furcia. Venga, desnúdate —le ordenó el valido del rey con desdén.

Eva estaba inmóvil, totalmente enmudecida. Sus ojos verdes brillaron, pues no pudieron evitar una cascada de lágrimas.

Y tan solo respiraba con vehemencia intentando acompasar la respiración con los acelerados latidos.

—¡Te he dicho que te desnudes! ¡Que te desnudes! ¿Estás sorda? ¿O es que vas a volver a obligarme a que yo mismo lo haga? —le recriminó el conde-duque al ver que ella no obedecía.

Eva seguía en un completo y absoluto silencio cuando el agresor deslizó los tirantes del camisón de lino por los brazos, que cayó al suelo y dejó al descubierto su cuerpo desnudo. Este comenzó a magrearle los pechos con una imponente fuerza y le mordió los pezones con rabia, lo que hizo que ella girara apresuradamente la cara hacia el lado donde se encontraba la puerta del salón, tratando de apartar la mirada de aquello que estaba sucediendo. En ese instante Julia, que seguía tapándose la boca, retrocedió un poco para no ser descubierta. Pero no podía permitir que aquel hombre hiciera daño a Eva. Necesitaba salir y rescatarla, parar aquella aberración, aun a sabiendas de que supondría un peligro para ambas. La joven cortesana se armó de valor, y cuando asomó un poco la cabeza para buscar el momento idóneo para salir sus ojos se cruzaron con los de la víctima, que le lanzó una mirada amenazante y disimuló unos pequeños aspavientos hacia la puerta dándole a entender que volviera a entrar y cumpliera su promesa. Julia estaba confundida, no podía soportar ver sufrir a la mujer que tantas cosas despertaba en ella. De aquella mujer que le había hecho sentirse viva.

—Sabes, Eva, que si alguna vez le cuentas una palabra de esto a alguien seré yo mismo el que le corte el cuello a tu padre, con un puñal de plata, delante de ti, y eso no será lo peor de todo… Porque te dejaré viva para que siempre tengas que revivir esa imagen en tu mente: su cabeza rodando por el suelo —le amenazó.

Aquellas palabras hicieron entender a Julia la razón por la que Eva no quería que saliera bajo ningún concepto a su rescate. Dejar que sufriera y no poder hacer nada la estaba consumiendo, quería matar con sus manos a aquel repugnante hombre.

El valido dejó de morderle los pechos y la volteó contra la pared, la cogió de las muñecas y las apoyó contra el tabique. Se bajó el pantalón en paño de lana azul marengo liberando el pene. Mientras Eva seguía con las manos apoyadas en la pared, el conde-duque empujó con la mano izquierda la cabeza de esta contra el muro. Su moflete izquierdo quedó aprisionado contra el tabique. Con la derecha dirigió su miembro dentro de ella y comenzó a embestirla de una forma cruel y despiadada acrecentada por los grados de alcohol que llevaba encima. La joven empezó a llorar intentando no hacer ruido alguno. Mientras, Julia apretaba los dientes y los puños con rabia hasta que las uñas dejaron señales en las palmas.

El conde-duque siguió metiendo y sacando su miembro del cuerpo de Eva sin miramiento alguno, aumentando cada vez más la fuerza en cada uno de los movimientos hasta que quitó la mano que sujetaba la cabeza de la joven y la apoyó en la pared mientras que con la otra sujetaba el pene mientras se derramaba. El hombre se limpió y se subió los pantalones. No endilgó improperio alguno ni musitó palabra ninguna. Tan solo se dirigió hacia la puerta y la cerró con fuerza tras de sí.

Eva se dejó caer lentamente como si algo le estuviera absorbiendo las fuerzas. Se acurrucó abrazada a sus rodillas mientras las lágrimas le cubrían todo el rostro. Tras el sonido del portazo, Julia salió rápidamente del salón y se tiró al suelo para abrazarla. Quiso rodear su cuerpo con firmeza brindándole un mínimo de consuelo ante lo acontecido. Tan siquiera se veía capacitada para pronunciar una palabra de aliento, pero no hizo falta porque fue su amiga la que rompió aquel silencio. Eva levantó la cara empapada que tenía apoyada sobre las temblorosas rodillas y miró fijamente a Julia.

—Júrame que nunca le dirás ni una palabra de esto a nadie, por favor —le pidió completamente destrozada.

—Pero, Eva... —No concebía olvidar aquello que acababa de ver y que por las palabras del conde-duque entreveía que no era la primera vez que sucedía.

—Ni una palabra a nadie —le rogó devastada.

—Lo juro —contestó con la boca pequeña. Se acercó con cuidado a Eva y le regaló un casto beso en la frente.

Julia temblaba, trataba de asimilar lo que acababa de acontecer en el pequeño y estrecho pasillo de la casa que durante cinco días a ella le había servido de refugio, pero se dio cuenta de que para Eva aquel sitio representaba un lugar de penitencia.

Aquel suceso incrementó aún más el odio que la joven cortesana profesaba al valido del rey Carlos. Al comprobar con sus propios ojos no solo lo que aquel vil hombre había hecho en el pasado a tantísimas mujeres que habían acudido pidiendo ayuda a las nereidas y a tantísimos hombres a los que el conde-duque había destrozado la vida, entre ellos al padre de Jorge, al que Julia cada día echaba más de menos, sino que había constatado lo que aquel desalmado sin escrúpulos todavía estaba dispuesto a hacer. Ese hombre había demostrado una vez más como el ser humano tenía la capacidad de ocultar sus sombras más siniestras y oscuras tras una fachada impecable. Y el conde-duque, además, con su red de contactos y su palabrería, pese a los turbios secretos que cobijaba con recelo bajo su anguarina de lana negra bordada con hilos de oro, había embelesado de una manera mezquina a las dos personas más importantes del país: don Carlos Serna de los Monteros y doña Victoria Ladrón de Guevara, los reyes de España.

2

La culpa

Seis días después de la boda

Era inevitable que el canto de aquellos pajarillos trasladara su cabeza, súbitamente, hasta el día de la boda. Cada mañana, al alba, danzaban risueños por las copas de los naranjos cantando alegremente dulces melodías. Dulces melodías que se clavaban en lo más profundo de su ser y le taladraban el raciocinio. Dulces melodías que Julia sentía como un castigo porque hacían que cada día su cuerpo, al oírlas, despertara abruptamente del letargo en el que se sumía al caer la noche. Aquel colibrí volvía a su mente en un bucle incesante, porque había dejado de ser el símbolo de la reina Victoria para pasar a ser su verdugo. Porque aquel fatídico día Julia tuvo que abandonar el Palacio Real para poder salvaguardar su vida. Y su honor, si es que le quedaba alguno.

Fue en mitad del revuelo, en la boda del príncipe Gonzalo, cuando todo el mundo se hallaba cuchicheando, en mitad de aquellos señores que se llevaban las manos a la cabeza, en mitad de aquellas señoras que se abanicaban con aspavientos para paliar aquel sofoco que acababan de vivir, cuando doña Bárbara, que sabía la verdadera razón de la decisión del príncipe, tiró de la mano de Julia para apartarla de aquel alboroto y evitar que cualquiera, demasiado perspicaz, atara cabos y pusiera el foco en aquella cortesana estupefacta que era incapaz de asumir lo que había sucedido en aquel día de supuesto júbilo.

Doña Bárbara decidió ocultar a Julia durante unos días en la casa de Eva, hasta que las aguas se calmasen en palacio y el tema de conversación, que sabía que coparía la ciudad entera, se hubiera diluido un poco. Era la decisión más prudente para llamar a la calma. Pues los nervios de Julia habían aflorado y parecía estar a punto de estallar. Las numerosas preguntas de la pupila a la dama de compañía de la reina acerca de lo que ocurriría si saliese a la luz su romance con el príncipe Gonzalo, pusieron a esta en alerta. Pensó que ocultarla allí sería la mejor solución para que aquellos nervios se disipasen y mantener así el honor de la joven cortesana y su propia integridad. Desafiar al rey por segunda vez sería una ofensa imperdonable. Doña Bárbara sabía que Eva no haría preguntas, así que aquel era el mejor lugar para esconder a Julia durante unos días, la culebrina ya había ocultado en otras ocasiones a otras mujeres a las que las nereidas les brindaban ayuda. Y así fue: Eva no hizo ninguna pregunta; como buena hija de abogado sabía en lo que consistía la discreción y también que, cuando alguien es culpable, necesita tiempo para hablar. Mantenía, no obstante, algunas sospechas del porqué de esa decisión, por lo que esos días con Julia en casa tan solo se había preocupado por darle el cariño que la joven necesitaba. La había abrazado con delicadeza y le había secado las lágrimas con mimo, unas lágrimas que brotaban sin descanso y que hacían que pareciese que Julia se acabaría secando. Pero sobre todo le había hecho sentirse segura y tranquila entre aquellas paredes. Hasta la noche anterior, cuando toda aquella tranquilidad se había visto borrada de un plumazo con aquel horrible acto del conde-duque. El nerviosismo y la promesa de no poder contarlo habían tenido en vilo a Julia toda la noche.

Pero no había sido la única. A pesar de que doña Bárbara había transmitido tranquilidad a Rafael y Mercedes, los padres de Julia, ante su repentina ausencia estos se hallaban muy nerviosos. Temían que su hija hubiera vuelto a las andadas con las nereidas, a pesar de la prohibición del rey. Este había estado a punto de mandarla a la horca, y el simple recuerdo los atemorizaba.

—¡Eva, abre la puerta, sé que mi hija está ahí dentro! —Rafael aporreaba con fuerza, totalmente fuera de sí.

Al escuchar los sonoros golpes contra la robusta madera y al reconocer al instante la voz de su padre, Julia brincó nerviosa de la cama con el corazón acelerado sin poder evitar acercarse hasta el ojo de buey, una pequeña ventana circular que daba luz a la buhardilla donde se hallaba escondida, para poder ver a su padre y escucharle. Aquellos golpes la trasladaron de inmediato a los golpes que la noche anterior don Francisco había propinado a la misma puerta.

—Rafael, ya le he dicho que Julia no está aquí —mintió la culebrina apenada al comprender el dolor de aquel padre. No pudo reprimir que las manos le temblasen, pues también asociaba esos golpes al sometimiento que había sufrido por parte del conde-duque en ese mismo lugar.

—¡Deja de mentir! —se enfureció Rafael.

—En serio, su hija no habita en esta casa. Vaya a preguntar a otro lado. —Eva quiso darle largas, además solo deseaba resguardarse de una vez de todas las emociones que la estaban aniquilando con escasas horas de diferencia.

Ver a su padre en ese estado de desasosiego rompió a Julia por dentro y no pudo evitar llorar. Amaba a su familia y odiaba hacerles daño, pero todo lo hacía por protegerles. No quería que la deshonra planeara de nuevo sobre el buen nombre de su familia.

—¿Acaso crees que soy un necio? He seguido a doña Bárbara y desde el día de la boda acude aquí mañana y noche

—reconoció el pintor alzando aún más la voz a sabiendas de que aquellas visitas significaban algo.

—Ruego baje la voz y no monte un escándalo —le advirtió Eva a través del ventanillo.

—Sé que está aquí, solo quiero hablar con ella, por favor. No pienso moverme de esta puerta hasta que lo haga. —Rompió a llorar visiblemente abatido.

Eva percibió el desconsuelo de ese hombre. En esos días no había hecho preguntas, pero en aquel instante sintió que debía ayudar a Julia. Volvió a asomarse y comprobó que Rafael permanecía sentado en el tranco aguardando un veredicto. Supo que aquel hombre no se movería de allí hasta que no viera a su hija.

Eva se remangó el vestido de lino de color verde oliva para subir con más facilidad los peldaños de madera que conectaban el salón de la vivienda con el piso de arriba. Una vez allí tiró de una cuerda que colgaba del techo, y se descolgaron unas escaleras que accedían a la buhardilla donde Julia se escondía. Subió con decisión mientras se sujetaba el vestido para no engancharse los pies con él. Julia lloraba desconsolada sobre la cama. Eva se acercó y se sentó junto a ella. Rápidamente la cortesana posó la cabeza sobre sus piernas y se abrazó a ella llorando. La culebrina sabía que debía mantenerse al margen y que doña Bárbara confiaba en ella y en su buen criterio. Y es que, aunque no habían pasado muchos días desde la boda, la incertidumbre es la peor arma a la que debe enfrentarse el ser humano, y el no saber lo que estaba sucediendo estaba carcomiendo a esos padres por dentro.

—Tranquila, Julia, todo va a salir bien —la calmó Eva mientras acariciaba con ternura la cabeza de la cortesana.

—No quiero hacer sufrir a mi familia, Eva. Y siento que es lo único que hago. Se me rasga el alma en mil pedazos al saberme culpable de este sufrimiento que les estoy provocando —se sinceró la joven.

—Julia, no sé por qué estás aquí, ni tampoco quiero saberlo. No voy a poner en duda la decisión de doña Bárbara de traerte a mi casa para escapar no sé de qué ni de quién —continuó la culebrina, si bien en el fondo imaginaba las razones.

—¡Para escapar de mí, Eva! Para escapar de mí y de mi cabeza. Para escapar de este ruido que taladra mis sienes —la cortó Julia levantando la cabeza del regazo y mirándola fijamente—. Para escapar de toda la culpa que anida en mis adentros y para huir de algo peor, del daño que pudiera yo causarle a mi familia —culminó mientras señalaba con el dedo hacia el ojo de buey, queriendo hacer referencia a su padre, que aguardaba en la puerta.

—De tu cabeza solo puedes salvarte tú —explicó convencida Eva. Sabía de lo que hablaba, pues los monstruos también existían dentro de ella y la imagen del conde-duque forzándola se le repetía en un bucle enfermizo que apenas le permitía pensar—. Pero creo que hay algo más de lo que quieres escapar. Más bien de alguien más. Y entiendo tu miedo, Julia, pues los Monteros son muy poderosos...

—Tengo que volver con mi familia a palacio —pidió con angustia mientras intentaba desviar el comentario de Eva, que con aquellas palabras dejaba en evidencia que sospechaba cuál era la razón por la que Julia estaba allí.

—Julia, tienes que obedecer el mandato de doña Bárbara, si te ha pedido que esperes aquí tendrá razón suficiente para ello —le pidió nerviosa.

Lo cierto es que también tenía miedo a enfrentarse sola de nuevo al conde-duque. Sí, el abrazo de Julia tras lo sucedido había logrado minimizar el impacto de lo ocurrido.

—Por favor, acompáñame a palacio, no quiero dejarte sola aquí —le suplicó la joven cortesana con lágrimas en los ojos.

—No puedo hacer eso, Julia. Cualquier movimiento extraño levantará sus sospechas —reconoció la culebrina llena de dolor.

—No te dejaré sola en esto, lo prometo. —La cortesana tomó la cabeza de Eva entre las manos y le dio un cálido beso cerca de la comisura de los labios.

Julia no dejó tiempo para que Eva contestara, bajó a toda prisa por la trampilla de la buhardilla para ir en busca de su padre. La alegría que volvía a sentir después de varios días por el simple hecho de saber que iba a abrazarle le hizo creer que volver con él a palacio era la decisión correcta. Aunque a veces el instinto lejos de acercarnos a la felicidad puede acercarnos al desastre. Julia abrió la puerta y se abalanzó sobre su padre, que, como había prometido, seguía allí clavado esperando justamente lo que acababa de suceder.

—Sabía que estabas aquí. —Rafael rompió a llorar mientras no cesaba de abrazar con fuerza a su hija.

—Lo siento, padre. Lo siento. Perdóname, no quería haceros daño —le explicó Julia desconsoladamente.

—No te preocupes, hija. Sé que posees motivos suficientes para desaparecer de esa forma. Pero quiero que sepas que no es tu culpa, no se puede luchar en contra del sentir de tu corazón. Pero estábamos nerviosos, has de entendernos. Cuando miré hacia mi lado, ya no estabas, y tan solo teníamos una vaga explicación de doña Bárbara, que nos pidió calma y paciencia. Y mira que tu madre es paciente, pero, aun así, el no saber dónde te hallabas le ha hecho pasar cinco días sin dormir. Pero lo importante es que ya estás aquí conmigo y que estás intacta. —Rio Rafael mientras pellizcaba los brazos y la cara de Julia para comprobar que todo estaba en su sitio.

En ese momento, un carruaje frenó frente a la puerta de la casa de Eva y al abrirse la puerta doña Bárbara descendió de él. Llevaba uno de sus característicos vestidos copados por un corsé de encaje que dejaba bien al descubierto sus turgentes pechos. Al ver aquella estampa familiar, maldijo entre dientes y se dirigió a ellos.

Doña Bárbara era la dama de compañía de la reina Victoria. Para ostentar tal cargo se exigía pertenecer a la grandeza de España. El puesto era el trofeo más codiciado por cualquier mujer en la corte de los Monteros. Y sus funciones las más deseadas: hacer guardia junto a la cámara de la reina mientras se producían las audiencias, acompañarla tanto dentro como fuera de palacio, comer sentada en la mesa real y acompañarla a los espectáculos públicos. Para distinguirse siempre llevaba un lazo malva prendido del lado izquierdo del escote. Cabello rubio perfectamente ondulado, cejas pobladas, ojos castaños que atrapaban, grandes pechos y unos sugerentes labios carnosos eran su carta de presentación.

—Julia, te pedí que no salieras de la buhardilla hasta que yo te diera aviso —le recriminó molesta.

—Discúlpela, doña Bárbara. Ha sido culpa mía, mi mujer estaba muy nerviosa al no tener noticias de ella, y tan solo queríamos asegurarnos de que estaba bien. Nos mataba la incertidumbre —confesó Rafael. Le guardaba un gran respeto a doña Bárbara, sabía el poder que poseía en palacio.

—Si quieres seguir manteniendo tu cabeza sobre los hombros, jovencita, será mejor que la próxima vez obedezcas —le reprochó esta con ahínco.

—Le juro que no volveré a desobedecerle. Se lo juro, doña Bárbara —contestó Julia mientras se ponía frente a ella juntando las manos en señal de perdón.

—¿Cómo la has dejado salir? Te pedí que cumplieras tu parte —le recriminó doña Bárbara a Eva al verla aparecer por la puerta.

—Lo siento, doña Bárbara, yo… —intentó excusarse la culebrina, visiblemente cansada, aún arrastraba los retazos de la horrible noche anterior.

—Ha sido culpa mía, doña Bárbara. Eva me advirtió de que no saliera de la buhardilla. Solo castígueme a mí —imploró la joven cortesana, que no quería provocarle más sufrimiento a Eva.

—Tienes suerte, porque en este momento venía a recogerte para llevarte de vuelta. Pero que sea la última vez, ¿entendido? —hizo hincapié doña Bárbara, que en el fondo tan solo quería proteger a su joven aprendiz.

—¿Eso significa que puedo volver a casa? —preguntó nerviosa Julia buscando la aprobación de su tutora.

—Subid al carruaje —asintió, segura de su decisión.

—Vamos, padre, regresemos a casa —pidió efusiva Julia mientras se abrazaba a él y dejaba tras de sí aquellas lágrimas de tristeza que le habían acompañado durante los últimos días.

Al subirse al carruaje Julia apoyó la cara contra el cristal de la ventanilla y en ese instante sus ojos se toparon con los de Eva. Ambas se sonrieron con amargura y pena entre atisbos de alegría. Esos pocos días lejos de su familia, que sabía que estarían sufriendo, habían consumido a Julia. Había estado absorta en un sentimiento de culpa constante. Aquel «amar también significa dejar ir» que había lanzado al príncipe en su habitación antes de la boda le retumbaba en sus adentros. Dichas palabras llevaban implícitas una confidencia: reconocer que ella lo amaba. Por eso, Julia tenía miedo a ser descubierta, un miedo inenarrable que la estaba devorando por dentro. Un miedo que hizo que se paralizase en aquella boda y que la dejó inmóvil tras el veredicto de Gonzalo.

Esa mirada que la cortesana y el príncipe habían cruzado instantes antes le reveló la verdad de la decisión que el príncipe había tomado en el altar. Y aquello la atormentaba. Sabía que el rey jamás perdonaría que fuera la responsable de una ofensa de ese calibre hacia su persona. La joven ya lo había desafiado en el pasado y casi había acabado con la cabeza en la horca. Aquello le había hecho estar en boca de todos y ser la comidilla del Palacio Real. Por eso, doña Bárbara había tomado la drástica decisión de apartarla durante unos días de palacio a sabiendas de que la joven necesitaba sentir el cariño de su familia. Porque aquella mirada que Julia y el príncipe

Gonzalo se habían dedicado había sido el detonante de algo que terminaría en tragedia. Por eso Julia, tenía tanto miedo. Ese miedo que se instala en las sienes, ese miedo que persigue y carcome, que deja al descubierto que la mejor decisión que se puede tomar es desaparecer. Pero, sobre todo, un miedo que se había convertido en certeza: el miedo a que alguien pudiera descubrir que su amor imposible había llevado a Gonzalo a renunciar al trono y que ella era la responsable del cambio de rumbo de la dinastía de los Monteros.

3

Dos hermanos y un destino

Habían pasado seis días desde que el príncipe Gonzalo había espetado aquellas funestas palabras. Aquel «lo siento, no puedo hacerlo» que vomitó de forma inesperada frente a los cientos de invitados que junto con el cura y junto con Gadea, la que debía haber sido su futura esposa, esperaban ansiosos aquel «sí, quiero» que jamás llegó. Aquella fallida boda que tenía previsto alzarlo al trono como rey y que portara con orgullo la corona del reino de España quedó suspendida. Pero cuando alguien agacha la cabeza, la corona de un rey es imposible que se sostenga. Y aquel insensato joven había osado desafiar a su padre negándose a llevar su más preciado tesoro.

A diferencia de Julia o de los reyes, a Gonzalo no le importaba que la gente cuchicheara sobre él, le daban igual los dimes y diretes, y no le preocupaba para nada estar en boca de todos. La realidad era que el único temor que le invadía era enfrentarse a su familia. Sabía que lo que había hecho había sido una magna ofensa y que, en especial, su padre, el rey Carlos, jamás se lo perdonaría. Les había dejado en evidencia delante de todos los invitados y había truncado sin previo aviso los planes que le deparaban como futuro rey de España. Pero, sin saber cómo, Gonzalo había sacado un coraje que desconocía poseer. Había sido capaz de anteponer su corazón a la razón propia y la ajena. Pero en la vida los ecos de la cabeza a veces no cesan, aunque se haya tomado la decisión correcta, porque en ocasiones la duda de si se ha hecho lo que se debería hacer acaba planeando para siempre sobre la conciencia.

—Gonzalo, déjame pasar, por favor —pidió la infanta Loreto mientras golpeaba insistentemente la puerta de su habitación intentando no hacer demasiado ruido.

—Loreto, ya te he dicho que no me apetece conversar con nadie —le recordó su hermano.

El príncipe Gonzalo se había encerrado en su habitación desde el día de la boda, no sumido en un halo de vergüenza como todos creían, sino más bien de cobardía porque no sabía cómo enfrentarse a la reprimenda que sus padres tendrían preparada para él. A la única persona que había permitido la entrada en sus aposentos había sido a su mejor amigo, Nicolás Carranza, y había sido este el que le había informado de que Julia no se encontraba en palacio y se hallaba en paradero desconocido desde el día de la boda.

—Yo no soy nadie, Gonzalo, soy tu hermana. En serio, te he dado tregua sin miramiento durante seis días, pero creo que ya es hora de que hablemos —insistió la joven infanta.

De repente la puerta de la habitación se abrió y tras ella aguardaba el príncipe Gonzalo. Su rostro no reflejaba pena alguna. Al cruzar ambos hermanos la mirada, los dos comenzaron a reírse soltando una sonora carcajada.

—Virgen Santa, Loreto, ¿qué he hecho? —no pudo evitar preguntarse entre risas el joven.

—Nada nuevo, has hecho lo de siempre: lo que te da la gana. Si hubiera sido al revés, a mí ya me habrían cortado la cabeza —contestó jocosa la infanta.

—Por eso mismo, es que no quiero ser la marioneta de nuestros padres. No quiero ser rey, Loreto. Yo no quiero reinar, y tú sí. Esa corona te pertenece, hermanita —reconoció el príncipe.

—Lo sé —contestó segura la infanta mientras se ponía una corona e imitaba exageradas reverencias—. Pero padre está enfurecido, los dejaste en evidencia frente a toda la corte.

—Créeme que lo sé, y eso es lo que me ha llevado a no salir de aquí. Quise hacer lo que todos esperaban de mí, y, cuando me vi allí delante de Gadea, se tambalearon mis certezas. No estoy preparado para casarme, solo me dejé llevar por lo que se suponía que era lo correcto. Estoy hecho un lío, Loreto —admitió Gonzalo sincerándose con su hermana.

—Ese lío tiene nombre y apellidos y acaba de volver a palacio para tu conocimiento —le advirtió Loreto. Conocía a su hermano a la perfección.

—¿Julia ha vuelto? —preguntó, sobresaltado, Gonzalo.

Él también había sido presa de la inquietud al no saber dónde estaba la joven cortesana.

—Sí, la vieron entrar hace un rato en palacio con doña Bárbara y su padre. Para serte sincera me han comentado que no tenía muy buen aspecto —le previno la infanta que, por supuesto, poseía informantes de confianza entre los cortesanos de palacio.

—¡Tengo que ir a verla! —contestó con desasosiego el joven mientras se levantaba de un respingo del borde de la cama.

—Para, Gonzalo, calma —le pidió Loreto mientras le sujetaba del brazo—. Sabes que no debes. Si después de seis días sin salir de aquí lo primero que haces es ir a buscar a Julia, la gente hablará. No querrás hacerle daño a ella y a su familia, ¿verdad? Déjalo en mis manos, hablaré con doña Bárbara, y ella se encargará.

—¡No, no, no! No metas a doña Bárbara en esto —insistió Gonzalo, al que se le removían los fantasmas del pasado.

El Ateneo para él no había sido ese lugar de ensueño donde abandonarse y rendirse al placer. Su incursión, demasiado joven, le había dejado devastado. Él era tan solo un crío que quería jugar a la pelota y hacer cosas de niños, pero el conde-duque convenció al rey de que entrar en el Ateneo con catorce años era la mejor manera de convertirlo en un hombre y así cumplir con sus expectativas como futuro rey.

—Hermano, doña Bárbara es de las pocas personas de las que podemos fiarnos en este palacio. Me gustaría poder explicarte mucho más, pero mi lealtad me lo impide. ¿Confías en mí? —preguntó directa la joven.

—Más que en mí mismo —confesó el príncipe.

—Pues yo me encargaré. Pero ahora debemos ir a hablar con nuestro padre. Es mejor que des tú el primer paso antes de que le lleven los demonios y acabe viniendo a buscarte colmado de furia. Además, en los últimos días sus vapores melancólicos se han hecho más presentes y nuestra madre anda preocupada —le explicó la infanta Loreto.

Gonzalo sabía que debía hacer frente a la elección que había tomado, que no podía seguir huyendo de sus propias decisiones. Tenía que ser consecuente con lo que había hecho en aquel altar: dejar plantada a la que debería haber sido la futura reina de España.

Cuando salieron de la habitación, caminaron en silencio por los fríos pasillos de mármol, y hasta los personajes de los oleos que colgaban en aquellas paredes parecían clavar la mirada en él. A su paso todo el mundo musitaba y se golpeaban los codos unos a otros para dirigir su atención hasta el príncipe. Pero a Gonzalo todo aquello no le importaba en absoluto, no le incomodaban las caras de asombro ni los susurros que iba dejando tras sus pasos. A diferencia de Loreto, él no había sentido nunca esa presión por ser perfecto a la que, sin embargo, sí había tenido que hacer frente su hermana por el simple hecho de haber nacido mujer. Tan solo quería enfrentarse a su padre y hacerle ver que él no quería ser rey. Al llegar a la puerta de su despacho, Loreto tocó con decisión la imponente puerta de madera.

—Soy yo, padre —se presentó la infanta desde el otro lado.

El conde-duque abrió rápidamente la puerta para darle paso, aunque su cara de sorpresa reveló velozmente que no esperaba que Loreto fuera acompañada del príncipe Gonzalo. Lo mismo le sucedió al rey, que se levantó rápidamente del sillón y abrió los ojos en señal de asombro, puesto que no contemplaba dicha visita.

—Hola, padre —saludó Gonzalo, que le costaba sostener la mirada desafiante del rey Carlos.

—No contaba con que me visitaras sin previo aviso. Pero he de reconocer que llevo días esperando a que te dignaras a aparecer por esa puerta —le reprochó el monarca sin miramientos.

—Me gustaría hablar con usted —reconoció Gonzalo.

—Adelante —le animó el rey.

—A solas —pidió el joven dirigiendo la mirada al conde-duque.

—Hijo, creo que no estás en posición alguna de exigir nada y deberías dar gracias de que te dé audiencia sin aviso previo mediante. No hace falta que te recuerde que el conde-duque es mi valido de confianza y es por ello por lo que posee toda mi bendición para quedarse aquí —contestó el rey sin dejar ninguna otra opción al joven.

No es que el príncipe desconfiara del conde-duque, pero había algo en él que le hacía tener los sentidos en alerta. Lo que Gonzalo nunca hubiese imaginado es que aquel hombre que tenía delante había sido el encargado de orquestar su matrimonio por petición de los reyes y que, a cambio de poner en marcha aquel descabellado plan, lo que era peor aún, los había engañado para elegir a Gadea como futura reina y así poder cobrar él una suculenta cifra de monedas, además de conseguir más poder. Pero don Francisco, el conde-duque, no había contado con la terquedad del joven príncipe y la infanta, y por culpa de los dos infantes su vida estaba a punto de correr peligro.

—Padre —intervino Loreto siendo sabedora de muchos de los secretos que ocultaba el conde-duque—, creo que los asuntos que nos acontecen son de índole familiar.

—Repito que el conde-duque es mi mano derecha desde hace años, es casi un miembro más de esta familia y se queda —concluyó el rey exasperado.

El príncipe y la infanta compartieron una sutil mirada de derrota, pero no se dejaron achantar.

—Está bien, he venido hasta aquí para comunicarle que me reafirmo en mi decisión, padre. No-no-no quiero reinar —tartamudeó Gonzalo— y tampoco estoy preparado para contraer matrimonio.

—¿De verdad osas presentarte aquí y lejos de espetar una disculpa y arrodillarte para suplicar mi perdón has decidido plantarte frente a mí lleno de sinvergonzonería para decirme que te reafirmas en tu decisión con la que me dejaste en evidencia delante de toda mi corte? —sentenció el rey lleno de ira alzando el dedo índice mientras se inclinaba hacia delante en un intento de amedrentar al joven.

—Lo que hiciste fue una deshonra para la corte de los Monteros —apostilló el conde-duque jugando su sucio juego de encender la rabia del monarca.

—Usted cállese, don Francisco. Esto es un asunto de familia, ¡de nuestra familia! —le cortó enfurecida la infanta.

—Loreto, cierra la boca, que esto tampoco te incumbe —le reprendió el rey sin consideración alguna.

Aquellas palabras atravesaron a la infanta Loreto como afiladas dagas en lo más profundo de su ser. La actitud insolente de su padre le recordaba, una vez más, que ella no estaba a la altura. Por más que sus padres la quisieran y la hubieran criado entre algodones, no creían que Loreto tuviera voz, ya que nunca era tenida en cuenta. Para su padre que Loreto reinase nunca había sido una posibilidad. Nunca una mujer ocuparía el trono mientras hubiera un varón capacitado para hacerlo.

Aquella reprimenda de su padre fortalecía aún más la condescendencia del conde-duque, ya que le restaba la poca autoridad que la joven infanta pudiera poseer. Ella bajó instintivamente la cabeza como si fuera algo a lo que estuviera acostumbrada.

—Por supuesto que la incumbe, padre. Le hizo una promesa, Loreto reinaría si yo no accedía al trono —le recordó su hijo y la infanta alzó la mirada orgullosa al ver que su hermano la defendía.

—Pero, Gonzalo, hijo mío, hice una alusión a que tu hermana reinaría si a ti te ocurriera alguna desgracia —reculó el rey sin vergüenza alguna y causando un visible malestar en ambos hermanos.

—Como la muerte, por ejemplo —añadió desafiante el conde-duque y dio un paso al frente haciendo que Gonzalo, lejos de amedrentarse, le sostuviera la mirada.

—¡Eso no es lo que usted dijo! ¿Acaso cree que no tengo grabadas a fuego aquellas palabras? Me juró que yo sería una reina admirable, que siempre he luchado por lo que creo justo. Y de justicia es que yo reine, no que mi condición de mujer me lo impida. Dijo que sería reina no solo si Gonzalo moría, Dios no lo quiera, sino si mi hermano no llegara a casarse —le reprendió la infanta, que no podía entender por qué el príncipe por ser varón tenía garantizado ese privilegio.

—Y no pienso hacerlo. Lo siento, padre, no voy a casarme —le retó Gonzalo a sabiendas de que estaba cavando su propia tumba.

—Eso ya lo veremos. Porque igual has olvidado, hijo, que soy yo quien te mantengo. ¿Acaso posees algún sustento? —preguntó vacilante el rey, que arrancó una risotada al conde-duque—. La respuesta es no. No posees ni oficio ni beneficio alguno. Tan solo eres un niño mimado al que le gusta vivir bien. Al que le gusta organizar fiestas en palacio, hacer viajes y correr sin ropaje para que las jovencitas de la corte suspiren por tu cincelado torso. Pero recuerda que, además de ser tu padre, soy el rey de España. ¡El rey de España! Y si me place te despojaré de tu título de príncipe y pasarás a ser un pobre infeliz que no tendrá dónde caerse muerto. ¿Me has oído, niñato engreído? —amenazó el rey Carlos.

Al oír aquel ultimátum, una lágrima descendió por la mejilla del príncipe Gonzalo, pues supo que había sido vencido por aquel quererlo, cuidarlo y protegerlo. La persona que le había prometido que le dejaría elegir su futuro por amor.

La infanta Loreto deslizó con premura su mano hasta sostener la del príncipe en señal de aquel apoyo incondicional que siempre brindaría a su hermano. En señal de entendimiento. Aquella decisión que su padre ya había tomado la dejaba fuera del trono de España. Aquella promesa que el rey Carlos endilgó a las nereidas durante su juicio, aquella promesa que había parecido que le había brotado del corazón, tan solo había sido una mera falacia para acallar los reproches de la infanta. Y fue en aquel instante cuando los hermanos se dieron cuenta de que ninguno de los dos poseía control alguno sobre el futuro de sus destinos y fueron entonces conscientes de que sus vidas ya habían sido decididas por otros y que no importaban las decisiones que tomaran, su historia ya había sido escrita. Porque cuando privan de la libertad de pensar, de actuar, de decidir o de amar, solo quedan muertos en vida. Pero Gonzalo y Loreto no estaban dispuestos a seguir los renglones de su destino. Si era necesario, reescribirían la historia.

4

De niña a mujer

Durante varios días la infanta Loreto masculló sin descanso las palabras que el rey había pronunciado. Aquella sentencia en vida que había promulgado sobre ambos hermanos, recordándoles con ahínco la imposibilidad de decidir sobre su futuro. Sin embargo, el príncipe Gonzalo, lejos de haber estado rumiando aquella amenaza de su padre, tan solo había estado nervioso por el retorno de Julia a palacio y la necesidad imperiosa de verla. Loreto le había pedido ser paciente y había confiado en su buen criterio volviendo de nuevo a sus aposentos hasta esperar la señal.

Aquel día la infanta Loreto se había puesto un vestido a la inglesa, una bata que incorporaba sus propias ballenas, lo que hacía que no tuviera que llevar cotilla ni peto. La preciosa prenda combinaba algodón en color ocre, seda e hilos de metal que dibujaban bonitas guirnaldas de flores. Aquel vestido le otorgaba un distinguido porte, digno de la monarquía de los Monteros. A pesar de tener veintidós años, sus diminutos ojos azules y las pecas le conferían una apariencia bastante aniñada. Pero en los últimos días algo había cambiado en ella. Incluso su mirada. Tras su acercamiento con las nereidas, había dado un paso de niña a mujer. Había empezado a ponerse prendas más ceñidas, hasta corsés que realzaban su figura y sus pechos, se aplicaba rubor en las mejillas y los labios, y ahora se recogía el pelo con llamativos peinados. La infanta Loreto había enterrado a esa niña pecosa que paseaba por palacio, libro en mano, y que nunca había llamado la atención más allá de lo estrictamente necesario. Aquel grupo de mujeres habían conseguido despertar en ella su espíritu femenino, habían conseguido estimular esa dignidad que había mantenido siempre a raya para no incomodar. Por primera vez, la infanta Loreto se sentía digna. A pesar de que su padre estuviera mermando su confianza.

La preciosa joven recorrió el pasillo de palacio con un porte erguido mientras se fijaba con detenimiento en cada uno de los cuadros colgados en aquella galería. Esa galería llena de mujeres y hombres dignos. Igual que ella. Al llegar a la sala de música, tocó con delicadeza la puerta.

—Adelante —la invitó a entrar doña Bárbara desde el otro lado sin preguntar quién era.

—Buenos días —saludó Loreto.

—Qué sorpresa. ¿A qué se debe tan grata visita? —preguntó la dama de compañía algo extrañada por la presencia de la joven.

—Necesito hablar con usted, pero ni siquiera sé por dónde empezar —reconoció la infanta.

—Pues empieza por el principio —la animó doña Bárbara mientras señalaba con su mano el taburete de pie hecho en caoba tallada a mano y decorado con tapicería de terciopelo rojo oscuro como el color del vino que había junto a ella para que tomara asiento.

Loreto se dirigió hasta el taburete, acomodó su vestido y se sentó, dubitativa. A pesar de que su nueva presencia pareciera conferirle seguridad, doña Bárbara seguía imponiéndole excesivo respeto.

—Quería pedirle un favor en nombre de mi hermano —explicó la joven.

—Por supuesto, cuéntame qué desea Gonzalo.

Le sorprendió que el príncipe hubiese acudido a ella para solicitar algo. Sabía que la odiaba y la acusaba de todo lo vivido en el Ateneo. La culpabilizaba de no haber parado aquello, de no impedir su entrada. A pesar de que todo había sido una idea del conde-duque.

—Imagino que sabrá que Julia ha vuelto a palacio —comenzó Loreto.

—Por supuesto, prosigue —le animó doña Bárbara queriendo saber adónde llegaría la infanta, aunque tenía claras sospechas de sus intenciones.

—Y también sabrá que, desde lo sucedido el día de la boda, Gonzalo no ha salido de sus aposentos, pues teme el reproche familiar —argumentó Loreto.

—Algo intuía, máxime cuando es la comidilla de toda la corte —reconoció doña Bárbara—. Pero, por favor, Loreto, no te andes con más rodeos.

—Gonzalo necesita ver a Julia, lo ansía más bien. Dice que su cabeza está hecha un lío y verla apaciguará las aguas y le hará pensar con claridad. Pero imagino que usted pensará como yo, y que si, después de seis días sin salir de su habitación, lo primero que hace es acudir en busca de ella, la gente hablará. Y eso perjudicará a Julia. Le he propuesto que retome la vida normal y pasado un tiempo prudencial acuda verla. Tengo entendido que ella también anda cautiva en sus aposentos. Pero ya conoce a mi hermano, no ansía otra cosa que poder verla.

—¿Y por qué crees que yo podría ayudarle? —preguntó curiosa doña Bárbara.

—Porque todos los cortesanos circulan libremente por palacio y si se encontraran en una sala cualquiera podrían verlos, lo mismo que si acudiera a su habitación, podría ser visto. Y ya todos hablarían. Pero hay un lugar alejado de miradas indiscretas al que solo usted tiene acceso… —dejó caer la infanta, que tenía claro cuál era el único lugar donde Gonzalo y Julia podrían reencontrarse.

—¿Quieres que el encuentro se celebre en el cuarto rojo? —Entonces entendió a la perfección aquella pausa con la que la infanta había finalizado su alegato.

El cuarto rojo era un lugar sobre el que corrían numerosas leyendas. Algunas contaban que era el aposento donde la reina tenía presos a los que le llevaban la contraria; otros decían que era el rey el que tenía ocultos bufones para su divertimento. Pero la realidad era mucho más jugosa. Aquel cuarto estaba plagado de secretos, un oasis donde dar rienda suelta a la imaginación y al placer. Una estancia provista de todos los materiales necesarios para el gozo propio y el ajeno. Cuatro paredes en las que no había normas, solo un mandato: «Haz lo que quieras». Un lugar donde poder ser uno mismo sin ser juzgado. Donde el sexo lejos de ser pecado, como les hacían creer de puertas para fuera, era la llave de la libertad. Un lugar donde nadie tiraba la piedra porque nadie estaba libre de pecado.

Las llaves para abrir la puerta del cuarto rojo solo estaban en poder del guarda real, de los propios reyes y de doña Bárbara. Se llamaba así porque lo presidían dos enormes puertas de color amaranto. Y se encontraba en la planta baja, alejado de miradas indiscretas.

—Por favor —pidió la joven sabiendo lo importante que era aquello para su hermano.

—Cuenta con ello, dile que acuda allí mañana al caer la noche. Yo me encargaré de avisar a Julia. —Doña Bárbara accedió porque sabía lo importante que era aquello para Julia y porque no quería que repitieran los mismos errores que ella había cometido al perder al que había sido el amor de su vida.

—¡Gracias, gracias, gracias! —respondió pletórica la infanta.

—¿Acaso tú no tienes curiosidad por saber cómo es aquel lugar? —preguntó indiscreta doña Bárbara, pues Loreto era la única integrante de los Monteros que no había pisado dicho rincón.

—Supongo que alguna vez me lo he preguntado —mintió Loreto, que apenas hacía un tiempo que había madurado.

Doña Bárbara sabía que la joven mentía, tenía el don de poder leer a la gente y por eso intuía que a Loreto nunca le habían interesado esos temas. Doña Bárbara miraba dentro de las personas. Muchas horas escuchándolas, acompañándolas, atendiéndolas, cumpliendo sus peticiones e inclusos sus fantasías y deseos más ocultos habían hecho que supiera descifrar lo que decían las miradas antes que las palabras. Ella era capaz de fijarse en cada gesto, en cada mueca, en el brillo de los ojos... Quizá por eso había conseguido posicionarse como una figura tan relevante en la corte de los Monteros, además de ser la dama de compañía de la reina Victoria. Más allá de su imponente figura, era una de las mujeres más deseadas de la capital.

Pero en esa visita de la infanta, doña Bárbara había visto una chispa distinta en la joven. Esa misma chispa que meses atrás había visto en Julia y que le hizo no poder evitar indagar sobre ella y acabar abriéndole los ojos para que sacara a relucir la mujer que llevaba dentro. Por eso la mirada de Loreto le resultaba tan familiar, había algo en la infanta que la hacía parecer diferente, algo que no había visto cuando había visitado la casa de Olimpia en las reuniones secretas de las nereidas o durante el juicio que sufrieron.

—Loreto, ¿hay algo más que quieras preguntarme? —desvió la conversación doña Bárbara, pues no quería indagar más sobre los pensamientos de la infanta acerca del cuarto rojo al reparar en lo incómoda que se había sentido al responder a su pregunta.

—No, nada más. De hecho, yo ya me iba, no quisiera hacerle perder más tiempo. —Loreto se intentó escabullir rápidamente, levantándose del taburete.

Aquella prisa traicionera dejó en evidencia que la infanta quería huir antes que enfrentarse a algo que doña Bárbara desconocía. Intuyó entonces que la joven ocultaba algo que le preocupaba. Podía verlo en sus ojos y en esa repentina fuga. Así que hizo lo que mejor se le daba: ordenar.

—Alto, señorita, vuelve aquí —le mandó con decisión.

—Dígame —preguntó la joven volviéndose a mirarla.

—Sé que lo de Gonzalo no era la única cosa que querías pedirme. ¿Me equivoco? —preguntó con determinación.

—No sé de qué me habla. Mi visita tan solo se debía a la preocupación por el estado de mi hermano —contestó sin levantar la mirada.

—Loreto, te conozco desde que naciste. Dime a qué has venido —reiteró con fuerza.

La infanta tragó saliva, una congoja se había apoderado de ella y tenía un nudo en la garganta que le hacía temer que de un momento a otro le brotasen las lágrimas. Pero necesitaba sacar ese pesar que la fustigaba por dentro. Necesitaba compartir con doña Bárbara aquello que la angustiaba, pues sabía que era la única persona en la que podía confiar. Pero, sobre todo, la única persona que podría ayudarla.

—Yo-yo-yo —tartamudeó la joven.

La sensual mujer hizo un ademán con la cabeza en señal de confianza, como si aquel gesto le brindara la seguridad que la joven necesitaba para sincerarse.

—Doña Bárbara, quiero reinar —confesó Loreto mientras levantaba la cabeza del suelo y miraba a doña Bárbara—. Yo debo ser la reina de España. Ese es mi destino. Estoy harta de que mi condición de mujer me lo impida.

—¿Y que tu condición de infanta te pida descubrir lo que conlleva ser una mujer? —murmuró doña Bárbara.

—¿A qué se refiere? —Loreto no comprendía esa pregunta.

—No es el momento. Quieres reinar, ¿correcto? Prosigue —le animó expectante por entender en qué derivaría aquella conversación.

—Mi padre hizo una promesa ante vuestros ojos y ahora se niega a cumplirla. Se desdice de sus palabras y asegura que solo podría hacerlo si Gonzalo muere. Pero eso no fue lo que me prometió. Aseguró que yo accedería al trono si mi hermano no contraía matrimonio. Pero ahora le amenaza con quitarle el título de príncipe si no se casa.

—¿Y yo cómo puedo ayudarte? —inquirió interesada doña Bárbara a sabiendas de que aquella joven no daba puntada sin hilo y antes de plantarse frente a ella ya había rumiado lo que quería pedirle.

—Trayendo de vuelta a las nereidas. Solo vosotras podéis ayudarme. Vuestra unión es mi fuerza y habéis sido las únicas con la valentía suficiente como para enfrentaros a mi padre —explicó Loreto, segura de sus palabras.

—Y aquello casi nos cuesta la vida. Todas esas mujeres siguieron mis mandatos y los de Olimpia y por ello estuvieron a punto de acabar en la horca. Aceptamos la rendición de las nereidas a cambio de poder seguir con vida. Lo siento, Loreto, pero no puedo volver a hacerles pasar por esto —reconoció con pena al recordar todo lo que habían perdido desde que las nereidas aceptaron rendirse.

El rey Carlos quiso mandarlas a la horca por haberle desafiado. Las nereidas orquestaron un entramado entre todas las mujeres para que no acudieran a la fiesta de Baco y dejaran en evidencia al rey delante de sus invitados, a sabiendas de que aquella fiesta estaba llena de intereses y era el lugar en el que el rey sellaba negocios con otros hombres utilizando a las mujeres como moneda de cambio. No contentas con ello, intentaron también que ninguna fémina desempeñara sus quehaceres en palacio al día siguiente de la fiesta y además las convencieron para que se negaran a mantener relaciones sexuales con sus maridos. Conseguir todo aquello solo fue posible gracias a ellas, gracias a las nereidas, pero aquella confabulación provocó que las tacharan de brujas y que quisieran darles muerte. Era el resultado tras haber retado al rey y haber incumplido la ley que prohibía pertenecer a asociaciones secretas o celebrar reuniones indebidas. Pero no fue un golpe de suerte el que las salvó: el rey Carlos se apiadó de ellas gracias a las voces de doña Bárbara, de su hijo Gonzalo y hasta del propio conde-duque que le hicieron entrar en razón cuando comprendió que nadie querría pertenecer a una corte regada de sangre. Todos tenían ese fiel convencimiento, salvo el conde-duque, pues este no actuó por voluntad, sino que hubiese preferido dar caza y muerte a las nereidas, no entraba en sus planes salvarlas. Su cambio de parecer se debió a la amenaza que Olimpia vertió sobre él, porque las nereidas, con ayuda de Jorge, habían descubierto que el conde-duque cobraba un impuesto revolucionario a los comerciantes de la ciudad, también que chantajeaba a los cortesanos a cambio de que le trajeran información del rey y, sobre todo, el peor de sus actos, que ese ser mezquino brindaba ayuda a las mujeres desesperadas y luego las obligaba a tener relaciones sexuales con él. Aunque de cara al rey había algo peor en su contra, algo que las nereidas tenían en sus manos y que podía hundirle: un documento firmado por el propio conde-duque y por el padre de Gadea donde don Francisco se comprometía a mediar ante el rey Carlos y la reina Victoria para conseguir que el príncipe Gonzalo se uniera en matrimonio con la joven francesa a cambio de una suculenta suma de dinero. Tener en su poder la información de todos aquellos rastreros actos es lo que había salvado en última instancia a las nereidas de acabar en la horca.

—Por favor, ruego que lo piense. Ser reina no es un capricho personal, ser reina no solo sería un triunfo para mí, sino que sería un triunfo para todas las mujeres. Un triunfo para las nereidas —argumentó segura la infanta Loreto, que había vuelto a retomar esa porte segura con la que había encandilado un rato antes a doña Bárbara—. Las nereidas lleváis toda la vida en la sombra, actuando como si fuerais bandidas en vez de mujeres de referencia, que es lo que realmente sois. Siempre ocultas, siempre en silencio, siempre siendo ciudadanas de segunda. Doblegadas a la voluntad de los hombres, doblegadas a la voluntad de mi padre. Las nereidas vivís escondidas, doña Bárbara, y ya es hora de que tengáis el lugar que merecéis. Ya es hora de que ocupemos, por fin, el lugar que merecemos.

Ese argumento de la infanta Loreto y su petición de que volvieran las nereidas dejó pensativa a doña Bárbara. Por más que se negara a que resurgieran, pues aquello podría ponerlas de nuevo en peligro, algo en ella le hacía dudar. Una tímida tentación afloraba en su persona. Tal vez aquella joven tenía razón y ayudarla a reinar era la única forma de que las mujeres ostentaran, al fin, el lugar que merecían. Aunque de nuevo eso supusiera acercar sus cabezas a la soga.

5

Declaración de amor

Julia había obedecido los mandatos de doña Bárbara y estaba haciendo vida normal como si nunca se hubiera ido de palacio. Si su ausencia hubiera durado más podría haber levantado sospechas en aquella corte en la que parecía no haber secretos. Esa corte inmaculada, impoluta y casta. Esa corte que callaba más de lo que mostraba. Pero el desplante de Gonzalo a Gadea en el altar había hecho que aquel falso halo de pureza se enmarañara con los cuchicheos que sobrevolaban el Palacio Real. Todas las miradas estaban puestas en lo sucedido el día de la boda, por lo que la huida de Julia había pasado totalmente desapercibida.

No puedo calmar el temblor de mi cuerpo, porque el pesar de Eva me retuerce y me atormenta. Si yo misma pudiera, mataría al conde-duque con mis propias manos. Quisiera devolverle el mismo daño que él siembra sin pudor alguno a su alrededor. Pude sentir el dolor de Eva y cómo ese engreído la apagaba. Y después de todo, ¿cómo voy a olvidarme? Además de todo esto, sumo mi propio pesar por lo acontecido en la boda. Doña Bárbara pretende que actúe como si aquello no hubiese sucedido. Mi mente revive como si de un infierno se tratara aquellas palabras que Gonzalo espetó sin miramiento. Clavó sus ojos en los míos y aquella imagen se pasea impune en mi cabeza. Revivo esa sensación que me atormenta de culpa: ¿acaso soy yo la culpable de este inevitable cambio de rumbo en la dinastía de los Monteros? No quisiera yo que mis sentires causaran más estragos en esta corte. No quisiera yo que mis sentires causaran más daño a mi familia, pero recordar su mandato de casarme con Mateo vuelve a atormentarme. Tengo pesadillas con el día que llegue a España. Ojalá no hubiese salido nunca de Italia. No quisiera yo que mis sentires me llevaran de nuevo al abismo. No quisiera yo que mis sentires acabaran por destrozarme el corazón.

La joven cortesana terminó de plasmar sus sentimientos en aquella misiva sin destinatario conocido y quiso seguir a pies juntillas aquello que acostumbraba a hacer, puesto que no sabía si alguien habría notado su marcha y tenía que actuar con normalidad. Abrió con desgana el armario y rebuscó entre sus ropajes. Cogió entonces un vestido de ligero algodón de color beis con el talle alto cortado bajo el pecho de estilo imperio. Ese tipo de vestido, que llevaban poco tiempo confeccionando, no requería casi de corsetería, por lo que le confería libertad de movimiento. Posó frente al espejo y se vistió colocando con delicadeza los pechos en el escote de la delicada prenda. Se aplicó un poco de rubor en las mejillas y se recogió el cabello en un moño bajo. Salió de la habitación, se dirigió a la sala de costura y abrió la puerta con decisión. El canturreo de las costureras se interrumpió de repente, la saludaron todas al unísono y siguieron enfrascadas en sus quehaceres. Julia miró cómplice a Mercedes. Madre e hija suspiraron con alivio al ver que nadie había echado de menos a Julia o por lo menos no mostraron interés o extrañeza. Pero realmente sí que había alguien que había reparado en ello, la joven costurera de ascendencia inglesa se acercó rápidamente a Julia.

—Julia, ¿dónde has estado? Se te ha echado de menos —preguntó curiosa la joven.

Aquellas palabras despertaron cierto nerviosismo en Julia al saber lo fisgona que era aquella costurera. La misma que le había contado que el baile de la primavera había sido un teatrillo orquestado por el conde-duque para emparejar al príncipe Gonzalo, a pesar de que le habían prometido que nunca lo harían, pues él quería elegir a su futura esposa por amor. Así que Julia intentó salir del paso para evitar que todas tuvieran puestos los ojos en ella, esperando una respuesta.

—Me encontraba indispuesta —cortó rápidamente la cortesana.

Julia se encaminó hacia el pequeño cojín de algodón en tonos tierras adornado con un gran colibrí bordado, situado junto al ventanal. Y de camino a él, cogió el libro que había dejado junto a la mesa de costura de su madre.

—¿Y te dejaste aquí tu libro? ¡Sí que tenías que estar indispuesta, que tú nunca te dejas un libro a medias tanto tiempo! —insistió la inglesa.

—¡Lola Valderrama! —gritó Mercedes para salvar a su hija de aquellas incómodas preguntas.

—Dígame, Mercedes —le contestó Lola, una de las costureras más populares, que estaba doblando unas bonitas telas.

—¿Nada que contarme? —curioseó la madre de Julia para desviar la atención.

—Ay, baje la voz —pidió Lola riéndose mientras se llevaba el dedo índice a la boca pidiendo silencio—. Que ya sabe que doña Luisa me mata como se entere de que he vuelto a revolcarme con Iván, el ruso, sobre sus telas —confesó la mujer arrancando la risa de Mercedes y de Julia, que se sintió aliviada al creerse a salvo.

—¿Otra vez el ruso? —le siguió preguntando con ganas de fisgonear más y desviar la atención.

—Mercedes, es que la lengua de ese hombre es prodigiosa. No imagina lo que hace con ella cuando me lame ahí con ahínco —dijo señalando con disimulo su sexo—. Y dice que lo que sale de dentro de mí le sabe a gloria.

Las palabras de Lola despertaron algo en Julia que llevaba días dormido. La imagen de Iván lamiendo el sexo de la costurera le había transportado a todas aquellas dosis de placer que había dejado olvidadas tras el incidente de la boda. Pero aquel dulce recuerdo se desvaneció cuando alguien volvió a la carga.

—Si es que los jóvenes de ahora son unos blandengues. No aguantan nada y a la primera de cambio salen corriendo despavoridos —sacó el tema de la boda una de las costureras, pues aquello era lo más grave que había sucedido en la corte de los Monteros, por encima del juicio de las nereidas.

—Pues yo creo que debe haber otra. Alguna moza indecente que le haya engatusado y le haya hecho perder el juicio de esa manera —especuló doña Luisa sin saber que había algo de verdad en sus conjeturas.

—¿Y tú qué piensas, Julia? —quiso saber la joven costurera de ascendencia inglesa, pues siempre había sentido una admiración profunda hacia la cortesana, ya que tenían casi la misma edad. Además, para ella Julia era lo más parecido a una amiga que había tenido nunca.

La cortesana se quedó en silencio intentando bucear en sus adentros para encontrar las palabras adecuadas que le hicieran salir ilesa de aquel incómodo momento. Tenía miedo de no mentir de manera creíble. Y Mercedes lo sabía, pues conocía a su hija al dedillo. Pero también era consciente de que si salía de nuevo a su encuentro le haría un flaco favor. Sin embargo, no quiso el destino poner a Julia en esa tesitura y fue salvada por el ruido de la puerta de madera al abrirse.

—¿Julia? —Doña Bárbara asomó la cabeza dentro de la sala de costura.

—¡Aquí estoy! —respondió la joven cortesana levantándose de un respingo del cojín donde se hallaba sentada y dirigiéndose a la puerta.

—Acompáñame —solicitó la dama de compañía sin dar más explicaciones.

Julia la siguió obediente y, al ver que bajaban a la planta baja y comprobar el camino que tomaba su tutora, entendió pronto hacia dónde se dirigían. Su cuerpo reaccionó rápidamente, como si en el ambiente estuvieran implícitos esos recuerdos que le habían hecho enardecerse.

Doña Bárbara cogió el manojo de llaves y abrió las enormes puertas de madera de color amaranto que presidían el cuarto rojo. Como siempre aquella zona de palacio se hallaba vacía, pues se encontraba en un ángulo en el que no había ninguna estancia importante de palacio, por lo que era raro ver personas en aquel lugar, ya que la mayoría de la vida diaria transcurría en las estancias superiores.

—¿Quería usted hablar conmigo? —preguntó la joven intrigada, ya que doña Bárbara no había mencionado palabra alguna en todo el camino.

—Julia, sé que lo que ha sucedido te ha marcado a fuego —comenzó mientras se sentaba en el sillón de madera que había junto a la mesa—. Pero no quisiera que esto haga que te encierres en ti misma, no desearía que la Julia que estaba aprendiendo a vivir a pasos agigantados ahora frenase en seco y tuviera miedo a sentir. Me gustaría que siguieses descubriendo el mundo y sus placeres, y que te guiases por tu corazón y no por los mandatos y los temores de quienes te rodean. Te apagaste de manera repentina, y necesito que vuelva la Julia de siempre, quiero que otra vez te sientas viva.

—No comprendo, doña Bárbara. ¿A qué viene todo esto? —preguntó algo confusa la cortesana.

Unos nudillos golpearon la enorme puerta de madera con cierto sigilo, intentando no hacer demasiado ruido.

—Adelante. —Doña Bárbara no había echado la llave y dio paso sin preguntar quién había al otro lado, como si diera por hecho la identidad de la persona que aguardaba tras la puerta.

—¿Se puede? —preguntó la infanta Loreto mientras abría la puerta y se asomaba con cautela.

Julia no entendía bien a qué se debía la visita de Loreto, pero los latidos de su corazón se dispararon cuando tras ella vio entrar a Gonzalo. Sentía como si el corazón le trepara por la tráquea y fuera a salírsele por la boca. No podía pronunciar palabra, verlo a escasa distancia le había dejado paralizada. No se habían vuelto a ver desde la boda. No habían podido darse explicación alguna, por lo que ambos llevaban días construyendo en sus cabezas hipotéticos escenarios de lo que allí había sucedido. Julia con la duda infinita que le taladraba sus adentros por saber si ella era la culpable de que Gonzalo hubiera decidido no casarse, y Gonzalo con el nerviosismo que habitaba en él por desconocer cuál había sido el paradero de Julia tras la fallida boda.

Aquella conversación con Gonzalo en sus aposentos le había perseguido cada noche. Pero el día antes, en la ópera, Julia le había recriminado al príncipe haberse convertido en la persona que siempre había odiado, le había reprochado no estar dándose cuenta de que simplemente se casaba por los intereses políticos de su padre y le había suplicado saber la verdad. Pero a veces la verdad es una respuesta que puede hacer saltar la vida por los aires. Porque fue aquel instante el que marcaría un antes y un después en la vida de Julia, aquel momento en el que el príncipe Gonzalo le confesó que la amaba.

Por eso al día siguiente en su habitación Julia había hecho algo que creía impensable: confesarle lo que llevaba años sintiendo, que ella también lo amaba. Que lo amaba a pesar de su condición de príncipe, que lo amaba a pesar de su condición de cortesana. Aquella revelación hizo que Gonzalo le suplicara que le pidiera no casarse. Pero Julia no podía hacer eso, porque ella lo amaba de verdad. Pero lo amaba libre, y en esa libertad solo podía dejar la elección en sus manos. Lo que ella nunca imaginó es que quizá aquella conversación y el encuentro romántico que siguió pudieran ser los culpables de que Gonzalo hubiera dejado a Gadea plantada en el altar. Pero la incertidumbre la había atormentado durante días, y no había nada que necesitara más que saber qué había ocurrido exactamente el día de la boda. Pero, sobre todo, saber qué había sucedido en la mente y el corazón de Gonzalo para tomar aquella drástica decisión.

—Sí, pero será mejor que los dejemos solos. Y vosotros dos, ya podéis darle las gracias a Loreto, que ella ha sido la artífice y la que ha orquestado todo esto —reconoció doña Bárbara a sabiendas de que ambos jóvenes ansiaban ese encuentro.

La infanta Loreto sonrió desde la puerta dejando paso a su hermano y doña Bárbara se levantó para abandonar el cuarto rojo cerrando tras ella la puerta de entrada.

Las miradas de Julia y Gonzalo no tardaron en cruzarse. Sus cuerpos se aceleraron al unísono. Julia corrió a su encuentro, pero, en contra de lo que Gonzalo esperaba, esta se abrazó a él entre lágrimas y golpeó su pecho sin fuerza, pero con rabia.

—¿Por qué lo hiciste, Gonzalo? ¿Por qué? —le preguntó en una mezcla entre cólera y tristeza.

El joven príncipe llenó su pecho de aire y luego separó los labios dejando que de forma lenta este saliera entre ellos. Al mismo tiempo llevó una mano hasta la cabeza de Julia y la apoyó sobre su pecho, intentando darle calma con dicho gesto.

—¿Y qué querías que hiciera? No podía obviar lo que pasó en la ópera ni lo que ocurrió en mi alcoba. No podía hacer oídos sordos a tus palabras —reconoció el príncipe sincero.

—Me has lanzado a los perros, Gonzalo. Si alguien se entera… No me lo perdonarán, tu padre no me perdonaría —contestó preocupada la joven cortesana.

—Mi padre no lo sabe y nunca lo sabrá. Jamás te pondría en peligro —le aseguró Gonzalo, certero.

—No debiste hacerlo, era tu responsabilidad. Todo esto es más importante que yo —dijo Julia señalando hacia el palacio—. ¿Por qué lo hiciste? —No podía entender los motivos que habían llevado a Gonzalo a tomar aquella drástica decisión.

—Porque te amo, Julia. Porque nos amamos. Sé que mi sino es llevar esa maldita corona, pero no puedo dejar de amarte. No puedo —volvió a confesarle Gonzalo.

La joven cortesana despegó su cabeza del pecho del príncipe, y sus ojos se encontraron. Aquella respuesta la destrozaba por dentro, la dureza de amar y ser amada por quien no debía. Aquel era un amor imposible. Julia sabía que no debían amarse, porque el futuro de Gonzalo era ser rey y ella nunca estaría a la altura para convertirse en reina. Porque ella siempre sería una simple cortesana.

—Pero yo te amo libre, Gonzalo. Y nunca dejaría que algo te pasara por mi culpa —admitió Julia.

Los jóvenes se quedaron abrazados en ese mar de confesiones. Los dos sentían la cercanía de sus cuerpos tras días alejados. Días en los que sus cabezas habían estado urdiendo infinitos escenarios de lo que había ocurrido entre ellos. Aquella distancia les había hecho pensarse a cada segundo y anhelarse de manera desmedida. Julia y Gonzalo se habían echado de menos, habían experimentado el desconsuelo de no contar con esa proximidad que les había explotado en el rostro. Una explosión que había destapado algo que jamás hubiesen imaginado que sucediera entre ellos: intimidad. Aquellos dos niños inocentes habían comprobado que eran capaces de sacar a relucir una versión de ellos que les volvía salvajes y les hacía sentirse en carne viva.

Gonzalo llevó la mano hasta la barbilla de Julia y tiró de ella hasta que sus labios se encontraron tímidamente. Se besaron de una manera lenta y sosegada, como si la prisa no les invadiera. Allí, entre las paredes de aquel cuarto rojo al que él nunca había querido volver, Gonzalo por primera vez se sentía a salvo. Cuando solo existían ellos dos, se sentía a salvo.

Condujo a Julia con mimo hasta la cama redonda que presidía el centro de la estancia. Gonzalo quería borrar todo lo vivido allí y crear nuevos recuerdos de la mano de la mujer a la que amaba. Cuando los talones de Julia toparon con el bajo de la cama, esta frenó en seco. El joven deslizó entonces el tirante de su vestido de algodón, y sus hombros quedaron completamente desnudos. Al ser un vestido cortado bajo el pecho hacía que este pareciera increíblemente turgente. Bajó los labios hasta los senos y besó la parte que sobresalía, como si estuviera bendiciéndolos en esta bienvenida. Julia respiró con fuerza. Gonzalo le bajó el vestido con delicadeza, pero ya con esa prisa impregnada en las manos del que sabe que va a rozar el cielo. Y Julia hizo lo mismo con la ropa de él. Acabaron desnudos el uno frente al otro. Ella se tumbó en la cama y acomodó su cuerpo entre los cojines, rápidamente él la siguió y se tumbó encima. La calma dio paso al ansia y los besos se tornaron en húmedos y apasionados. Besos que estremecieron rápidamente a la joven y que endurecieron el pene de Gonzalo.

—Necesito sentirte —suplicó Julia con la respiración ahogada al notar cómo el miembro del príncipe se había engrandecido.

Aquella frase fue asumida como el beneplácito que marcaba el inicio. El joven dirigió su pene hasta el sexo de Julia, completamente humedecido, lo que facilitó que este se deslizara con ligereza dentro de la cortesana. Esta lanzó un jadeo seco que se sucedió sin descanso cada una de las veces que Gonzalo la penetraba. El príncipe dejó caer un poco su peso sobre Julia, con lo que los torsos de ambos se fundieron y pudieron notar la proximidad del latido de sus corazones. Estos se aceleraban cada vez que sentían la fricción en sus zonas erógenas. Las bocas húmedas se besaban mientras los sexos empapados se encontraban.

—Yo necesitaba esto —reveló el joven príncipe mientras le regalaba otro beso.

—No pares, por favor —pidió la cortesana embriagada al sentir cada una de las penetraciones.

Aquella súplica motivó a Gonzalo para aumentar el ritmo. Julia había sucumbido a numerosos placeres desde que llegó al Ateneo y sabía perfectamente lo que su cuerpo experimentaba cuando ardía. Pero hasta el encuentro en la ópera con el príncipe no se había sentido preparada para ser penetrada. Había sucumbido a todos los placeres sí, pero aquel magno honor lo había dejado en manos del amor de su vida. Y descubrió el gozo profundo que sentía cada vez que notaba la verga del joven en su interior.

—Te amo, Julia —finalizó Gonzalo casi susurrando con un último aliento mientras se derramaba dentro de ella.

Y, de nuevo, aquella declaración de amor marcó el principio del fin.

6

Las dudas de Eva

La calma sosegada que reinaba en casa de Eva se alejaba bastante del infernal ruido que taladraba sus sienes. Los días de estadía de Julia en el hogar le había proporcionado algo de serenidad. La culebrina se había sentido acompañada, porque, aunque ella fuera la que debía cuidar de la cortesana, la realidad es que sin saberlo había sido al revés. El incidente con el conde-duque había dolido menos al poder derrumbarse frente a Julia, como si el dolor compartido fuera a herir menos. Se miró desnuda frente al espejo y posó con delicadeza las manos en cada una de las marcas de dedos que tenía por las diferentes zonas de su anatomía. Aquellas marcas de rabia y demostración de poder que delineaban su figura. Esos asquerosos dedos que habían dejado constancia en su dermis de quién era el que mandaba.

Inspiró con detenimiento, embriagándose del olor de los alhelíes blancos que Julia había cortado del jardín. En su momento, la cortesana los había colocado con mimo en un jarrón de terracota verde con borde acampanado en el cuello y una banda pintada en color ocre con bonitas mariposas dibujadas sobre ella. Cada flor contaba con cuatro pétalos en forma de espigas, y tenían además hojas lanceoladas. Julia había elegido los alhelíes porque sabía que eran flores resistentes y que duraban más tiempo intactas. La joven sonrió al olerlos y recordar los gratos momentos que había vivido allí con la joven. La realidad es que habían pasado pocos días juntas, pero habían sido lo suficientemente intensos como para que la echara de menos. Cogió la prenda, que había dejado junto al espejo, para vestirse: un vestido de tul color caldera sobre una enagua con mangas de farol y volantes en el bajo. No obstante, no se sintió cómoda, frente a su propia imagen en el reflejo del espejo experimentaba una sensación de repulsión. Se dirigió al porche de la entrada y desató a su precioso caballo negro de la posta en la que se encontraba anudado. Acarició con cariño la crin del animal, y este ladeó ligeramente la cabeza y estiró el cuello a la vez que movía levemente el labio superior en señal de sentirse seguro en la compañía de Eva. Mientras galopaba hacia el Palacio Real numerosos pensamientos se adueñaron de ella, pero subida a sus lomos logró evadirse, y esos instantes le procuraron algo de paz. Al llegar al palacio anudó de nuevo al caballo a una posta y se encaminó hacia a la entrada principal. Subió los escalones por primera vez nerviosa por lo que estaba decidida a hacer, pero más aún por su temor a encontrarse con el conde-duque. Caminó rápido para evitar toparse con él y puso rumbo a la sala de música, el lugar en el que estaría seguramente doña Bárbara a esas horas. Su corazón sintió algo de tregua al ver a Julia, que leía un libro.

—¡Eva! —gritó sorprendida la joven cortesana al ver a la culebrina entrar por la puerta.

Eva cerró la puerta tras ella y Julia posó el libro sobre la mesa y se levantó rápidamente para fundirse en un abrazo con ella. La cercanía de su olor hizo que Julia rememorase los encuentros que habían vivido juntas.

—No sabía que estarías aquí —reconoció Eva mientras achuchaba más a la joven para sentirla más contra su cuerpo.

—Necesitaba evadirme por unos instantes, volver a mis rutinas me está resultando más complicado de lo que me gustaría. En mi cabeza resuenan demasiados pensamientos y un amasijo de sentimientos revolotean incesantes día y noche. Todo aquello está muy reciente...

Julia se separó un poco para fijarse en la expresión de su amiga al oír aquellas palabras. La cortesana había aceptado sin remedio que Eva intuía desde que había llegado a su casa cuáles eran sus pesares y de qué huía realmente.

—Confía en el tiempo, Julia. El tiempo nos da perspectiva, nos aleja de la rabia o del dolor que nos azota en el instante preciso para dejarnos ver con los ojos de la calma lo que ha sucedido o cómo ha sucedido. Mi abuela solía decir que en tiempos de huracanes no deben hacerse mudanzas. Lo mismo pasa con las personas: en tiempos de huracanes debemos rendirnos a la quietud, si no, tomaremos decisiones precipitadas o haremos cosas invadidas por los nervios del momento, y, más tarde, nos arrepentiremos. Por eso, la clave siempre es el tiempo. Poder ver todo lo que ha sucedido desde otro ángulo que nos permita usar la razón y no el impulso —concluyó Eva, segura de sus palabras.

Ella había heredado la verborrea de su padre, un reconocido abogado de Madrid que había criado a su hija solo y que siempre se había negado a que su niña fuera otro juguete roto de la sociedad. Él había sido quien le había introducido en el masculino mundo de la abogacía y le había transmitido toda su sabiduría acerca de las leyes. Aquella seguridad que Eva transmitía con su discurso distaba mucho de la Eva derruida que Julia había descubierto tras el incidente con el conde-duque. Aquella vez había visto cómo su belleza se desvanecía. Sus preciosos ojos verdes parecían haberse apagado un poco.

—Por cierto, ¿qué haces aquí? —rompió la magia la joven cortesana, pues se dio cuenta de que era extraño que Eva estuviera en aquella sala.

Aquella pregunta removió algo en el interior de la culebrina y sus propias conjeturas le despertaron algo de incertidumbre. ¿Acaso estaba haciendo lo correcto al presentarse allí? ¿Quizá había tomado una decisión precipitada por culpa de la repentina rabia? ¿O quizá la proximidad con Julia durante los últimos días había hecho que se dispararan sus ganas de acabar con toda la pesadumbre que llevaba tiempo sufriendo? Eva miró a Julia dubitativa. Realmente no sabía qué hacía allí o acaso sí lo supiera, pero cada minuto que pasaba se daba cuenta de que no iba a atreverse.

—No lo sé, Julia.

Eva llevó las dos manos hasta la barbilla de la cortesana. El gesto hizo que las dos mujeres quedaran aún más próximas.

—Tienes que pedir ayuda, Eva. Lo que el conde-duque te hizo no puede quedar impune —aconsejó la joven cortesana sabiendo el peligroso alcance de los actos de don Francisco.

—Calla, Julia. No sigas. No quiero hablar de ello, y me juraste que nunca se lo dirías a nadie —le recordó. Confiaba en que la cortesana no contaría su cruel secreto.

—Pero no puedes permitir que se siga saliendo con la suya. ¿A cuántas mujeres aconsejaste que denunciaran ante las nereidas lo que estaba haciendo el conde-duque y su séquito? ¿A cuántas mujeres no has levantado tú del suelo para darles cobijo tras ser acosadas o abusadas por ese maldito ruin? —Se encendió Julia al recordar el sufrimiento que ese hombre había provocado a tantas compañeras.

—Te juro que lo he intentado. Esta mañana al mirarme al espejo me repudié a mí misma y quise contárselo a doña Bárbara. Ese cuerpo que veía en el reflejo y que tanto placer ha albergado, de repente, lo siento inerte. Huye de las manos de los hombres porque cree que recibirá un castigo. Todos me recuerdan a él. —La culebrina elevó los ojos como si aquello le trajera pavorosas evocaciones.

—Cuéntame la razón por la que te hace eso, qué utiliza en tu contra, Eva. ¿A qué se refería con aquello de qué podía sucederle a tu padre si se te ocurría hacer alguna necedad?

—preguntó la cortesana a sabiendas de los tejemanejes que solía utilizar el conde-duque.

—Lo siento, Julia. Sé que puedo confiar en ti, pero si, Dios no lo quiera, llegara a sus oídos que alguien lo sabe, correríamos peligro las dos —masculló con preocupación mientras miraba a su amiga a los ojos.

—Dime por lo menos cuánto tiempo lleva haciéndote esto —pidió la cortesana que podía ver cómo el tormento de Eva le traspasaba.

—Unas semanas. Además, la aversión que experimenta hacia las nereidas desde el juicio la descarga contra mí. Yo, que me he criado en un mundo de hombres y he sacado fuerza siempre de donde no la poseía, me veo vilipendiada por un patán inseguro con aires de grandeza. No temo por mi vida, Julia, pero sí la daría por la única persona que me queda, mi padre. No puedo poner su vida en peligro, ni siquiera su dignidad, él no lo aguantaría. No puedo permitir eso.

La confesión de Eva mostraba una parte de ella que Julia desconocía. Esa parte vulnerable que se alejaba de la mujer fuerte que mostraba en los encuentros que tenían en el pasado las nereidas en casa de Olimpia. Una parte que escondía mucho más, secretos que no estaba dispuesta a revelar. No le había dicho toda la verdad a Julia: aunque la aversión por las nereidas había desencadenado la oleada de abusos, el conde-duque no lo hacía únicamente por eso. Lo hacía porque sabía que podía, Eva nunca abriría la boca si eso suponía implicar a su padre.

Julia quería devolverle la seguridad que en su casa cuando Eva se había encargado de cuidarla, cuando le brindó un espacio de protección sin esperar nada a cambio. Así que posó la mano derecha en el hombro de Eva y le ofreció una caricia sincera. A esta, lejos de temer sus manos, como le pasaba con las manos masculinas, aquel gesto le reconfortó. Las dos jóvenes se miraron en silencio regalándose esa serenidad. Luego

Julia acarició el rostro de Eva y le regaló una relajación absoluta con un delicado masaje, que hizo que cerrara los ojos. La culebrina dejó escapar un suspiro entre sus carnosos labios, gesto que trasladó a Julia por un instante a esa Eva por la que se había sentido atraída no hace tanto, en sus prácticas en el Ateneo. Esa mujer cuya seguridad le confería atractivo. Aquella mujer a la que había deseado y le había brindado goce.

La joven cortesana acercó su boca a la mejilla de Eva y la agasajó con un casto beso en señal de amparo. Quería que se sintiera protegida, pues odiaba que su piel hubiera dejado de ser la misma por culpa de un miserable. El gesto de la cortesana surtió efecto en Eva, que abrió los ojos y besó a Julia sin mediar palabra. Sus lenguas se fundieron en aquella sala de música. Allí frente a ella estaba la Eva que Julia conocía, pero no podía permitir que aquellas irrefrenables ganas dejaran a un lado la verdadera razón que les atormentaba.

—Para, Eva. No es el momento —dijo Julia mientras se apartaba lentamente y le obsequiaba con una afectuosa caricia en el rostro—. Es un error seguir obviando lo que te está sucediendo, hay que parar esto. Yo curaré tus heridas —se ofreció mientras ponía una mano por encima del pecho de Eva en el lugar donde descansaba su corazón—, pero tienes que contárselo a doña Bárbara.

En ese mismo instante la puerta de la sala de música se abrió y la aludida entró con paso decidido. Llevaba puesto un precioso corsé de raso del color de las buganvillas bordado con pequeñas flores acompañadas de hojas que se cerraba en la parte delantera con un cordón de seda en el mismo color verde de las hojas de los bordados. Caminó decidida hasta las dos mujeres frente al majestuoso piano que presidía la sala.

—¿Contarme el qué, señoritas? —preguntó curiosa doña Bárbara.

—Nada, doña Bárbara. Ya sabe usted, palabrerías. Últimamente en palacio corren un sinfín de dimes y diretes, pero no quisiera hacerle yo perder el tiempo con tan burdas falacias, aunque Julia me insistía —mintió Eva sin reparo.

A Julia no se le daba bien mentir, así que cuando doña Bárbara dirigió su mirada hacia ella, supo que estaba perdida, pero aun así se limitó a asentir como si aquel ademán le otorgara veracidad a las palabras de su amiga.

—Ya me conoces, Eva, sabes que me divierten esas habladurías. Meterme en las cabezas de los cortesanos de esta corte para ver en qué absurdas cuestiones pierden el tiempo me regala años de vida. Me aseguran carcajadas en un mal día, como el que hoy experimento —insistió la dama, que sabía muy bien cómo jugar sus cartas para conseguir siempre lo que quería.

Y por supuesto que lo consiguió, presionó de tal manera a Eva que esta quiso abandonar la sala de inmediato.

—Lo siento, doña Bárbara. La realidad es que la prisa me apremia y mi padre me espera. Además, dejé mi caballo en la puerta hace ya un rato y no quisiera que estuviese atado por más tiempo. Prometo que otro día le pondré al tanto de los chascarrillos que corren por la corte de los Monteros —se despidió velozmente sin mirar tan siquiera a Julia y abandonó a toda prisa la sala de música.

La repentina celeridad de la que había dado muestra Eva hizo desconfiar a doña Bárbara. Dotada con el don de la observación y de la escucha, en la reacción de la culebrina había detectado un comportamiento extraño. Y Julia, pudo adivinarlo en su mirada, sabía que la dama no pararía hasta saber la verdad.

7

El secreto de los Monteros

La clorofila se había detenido ya drásticamente en algunas zonas de los jardines del palacio y los árboles habían perdido ya el color verde de las hojas, pues necesitaban asegurarse las reservas de agua y de energía para prepararse para los meses más crudos. Por este motivo un manto de hojas en tonos ocre, rojizos y amarillos bañaba el paisaje. Los últimos días además habían sido cálidos, pero con noches frías, por lo que estos colores se hacían más intensos.

La bella estampa contrastaba con los setos del laberinto, que eran de hoja perenne y lucían en un verde fervoroso. En el centro del laberinto un mar de salvias vestía el entorno en un púrpura enérgico, gracias a la imponente floración propia de los meses de otoño. Esas flores, que conferían un aromático aroma que transmitía sosiego, habían sido plantadas hacía ya años por Francisca, una de las responsables de las cocinas y una de las personas que más tiempo llevaba trabajando en la corte de los Monteros. La mujer solía ayudar a todo el mundo en palacio con sus ungüentos medicinales y decía que la salvia tenía numerosas propiedades curativas, como relajar a las personas con trastornos nerviosos. Por ello cuando al rey le afloraban con más fuerza sus vapores melancólicos, Francisca solía prepararle infusiones con salvia para ayudarle a calmarse. Tras los incidentes de los últimos días y el enfrentamiento con sus propios hijos el rey tenía los nervios a flor de piel.

Así que aquel día Francisca y el resto de las sirvientas habían preparado un suculento desayuno por petición de la reina Victoria en el centro del laberinto, uno de los lugares más íntimos del Palacio Real. Frente a la fuente de mármol blanco traído de Macael, en la provincia de Almería y conocido en todo el mundo como el «oro blanco», se situaba una mesa en madera tallada y dorada con pan de oro, y coronada con una tapa de peperino, una toba volcánica de color marrón con fragmentos de basalto. Las patas de la mesa, estriadas con acabados cincelados con detalles de flores y palmetas, parecían verdaderas obras de arte. Encima de la tapa habían colocado un mantel de lino blanco que las costureras de palacio habían bordado a mano con hilo de algodón y seda. Sobre este un festín de comida: fuentes de metal abarrotadas de coloridas frutas, un sinfín de dulces caseros que embriagaban con su olor y una preciosa tetera de plata maciza con la base de cobre bañada también en plata y un quemador. El diseño estaba ornamentado con sofisticados motivos florales y un grabado del escudo de la dinastía de los Monteros. Y dentro de esta tetera el conocido té de salvia que Francisca preparaba para calmar al rey Carlos en sus momentos más álgidos, cuando la melancolía hacía acto de presencia.

—Mirad, qué hermosura se acerca por ahí —señaló el rey Carlos al conde-duque al ver que se acercaba su esposa.

—No hagas que me ruborice —rio con desparpajo la reina Victoria, que llegaba acompañada de doña Bárbara.

El rey hizo un amago de levantarse, pero la reina aceleró el paso para que no lo hiciera y le regaló un casto beso en la frente.

—No hace falta que te levantes. —Se daba por satisfecha con ese saludo.

—Con este festín que has ordenado, qué mínimo que ser agradecido. Además, ese vestido te hace parecer una diosa —reconoció el rey ante la sensualidad que desprendía su esposa.

La reina lucía un vestido de color cian de una pieza con drapeado horizontal en la parte superior de las caderas, adornado con corchetes de encaje y una aplicación de encaje en el bajo de la falda. En la parte superior frunces bajo el pecho y un encaje trasparente que le cubría los hombros hasta formar un cuello alto y rígido que la hacía parecer más lánguida.

—No disimules, tus ansias eran por estas magdalenas y no por mi figura —rio la reina a la vez que doña Bárbara separaba el sillón que había junto a la mesa para que su majestad pudiera sentarse.

—Y bien, ¿a qué se debe tanto secretismo para que nos reuniéramos a solas? —preguntó el rey.

La reina giró la cabeza y dirigió su mirada hacia su dama de compañía, que se encontraba tras ella, y luego hacia la izquierda del rey, donde se hallaba el conde-duque.

—¿Os importaría dejarnos a solas? —solicitó la reina con entereza.

—Querida Victoria, si no confías en tu dama de compañía puedes decirle que abandone este lugar, pero sabes que confío plenamente en el conde-duque y también en su lealtad —contestó el rey con cierta soberbia.

—Podéis quedaros —propuso la reina mirando a su dama y al valido de su marido, que respondieron con un ademán en señal de agradecimiento.

—Así que dime a qué se debe este encuentro —solicitó el rey por segunda vez a su esposa.

La reina Victoria mostraba cierta preocupación en el rostro, parecía cansada y a la vez reflejaba algo de agitación. Esa agitación que tambalea cuando algo inquieta.

—Carlos, estoy preocupada por ti. Llevas días abstraído. Ha llegado a mis oídos que recibiste a un embajador descalzo y en camisa de dormir. Y mira qué barba, tú siempre has ido perfectamente afeitado. Apenas duermes y las últimas noches has estado deambulando por palacio. ¡El otro día convocaste un consejo de madrugada! —le recriminó la reina con cierto enfado y preocupación al no entender las actitudes de su marido.

—Me cuesta dormir, así que prefiero aprovechar ese tiempo en algo productivo —respondió con parsimonia el rey Carlos.

—Llevamos días sin hacer el amor —confesó extrañada por esa apatía que jamás le había sobrevenido al rey en temas de alcoba.

—Yo te deseo, Victoria, es simplemente que el cansancio me acecha —se excusó el rey con cierta vergüenza, pues jamás había descuidado sus deberes maritales.

—¡Y he perdido la cuenta de cuántos días llevas con la misma camisa, Carlos!

El semblante del rey se tornó serio y sus ojos se abrieron expresivos. Luego plantó las dos manos sobre la mesa y se curvó hacia delante para acercarse aún más a la reina.

—Creo que alguien quiere envenenarme a través de mis ropajes, por eso llevo puesta la misma camisa —reconoció el rey mientras bajaba el tono de voz—. ¿Verdad, conde-duque?

—Sí, su majestad —asintió don Francisco de inmediato como si de una marioneta se tratase.

—¿Ves? —contestó seguro el rey.

—Nadie quiere envenenarte, Carlos —le tranquilizó su esposa a la vez que le cogía de la mano—. Lo que necesitas es descansar —sugirió, entendía que sus vapores melancólicos estaban empeorando.

—¿Cómo quieres que descanse, Victoria? La insistencia de tus hijos va a acabar conmigo, me están volviendo loco. Sus voces retumban cada noche en mi cabeza. Por eso ando cansado, por eso no puedo dormir. Son testarudos —explicó con rabia el rey Carlos.

—Como su padre —respondió con cierta burla doña Bárbara, que no pudo aguantarse.

—Doña Bárbara, por favor, compórtese. —La reina dirigiendo su mirada hacia la dama de compañía a sabiendas de que había mucha verdad en sus palabras—. Será mejor que vaya a darse un paseo y a airearse —le ordenó, seria.

Doña Bárbara aceptó, diligente, pues siempre hacía caso a los mandatos de la reina, aunque a veces no estuviera de acuerdo con ellos. En realidad en muy pocas ocasiones sucedía esto, porque llevaba tanto tiempo en palacio que sabía a la perfección cómo dirigir a los reyes para conseguir en la mayoría de las ocasiones lo que le convenía a ella. Y, por supuesto, para facilitar, sin que en la corte lo supieran, las cosas a las nereidas. Pero en aquel instante con el conde-duque delante y conocedora del rencor que ese hombre le tenía, prefirió acatar la orden, sumisa, y abandonar el laberinto para que pudieran continuar con su conversación.

—Menuda impertinente —aportó el conde-duque dotando de cierto escarnio su tono.

—Usted cállese, que si no será el siguiente en abandonar este lugar. Le recuerdo que está aquí por petición de mi marido, que si por mí fuera se habría ido el primero —le reprendió la reina con acritud.

El conde-duque bajó la cabeza, solícito, y dio un paso hacia atrás separándose de la mesa dorada sobre la que aguardaba el desayuno que no habían comenzado tan siquiera a probar. Con esa sensación de intimidad, los reyes prosiguieron.

—Victoria, yo ya no sé cómo mantener nuestro secreto, lo siento. La infanta y él vinieron a mi despacho y solicitaron otra vez que cumpliera la promesa de que Loreto reinase. Alegan que lo prometí en caso de que Gonzalo no se casara, y eso es lo que esa sabandija hizo, ¡no casarse!

—No hables así de nuestro hijo, Carlos, por favor. Haremos que Gonzalo se case. El conde-duque se ocupará de nuevo de este asunto y convencerá a Gadea de que vuelva a pretenderle y engatusarle. Pagaremos más reales si hace falta —ofreció la reina a su marido como solución, pues no quería seguir viéndole sufrir, aunque eso supusiese que ella dejase de ser reina.

—No lo hará, lo vi en su mirada, Victoria. Nuestro hijo no quiere ser rey. Sin embargo, Loreto no parará hasta conseguirlo. Noté la ira y la furia en sus ojos. Me lanzó una mirada que nunca había sentido. Tu hija es muy obstinada, y sabes tan bien como yo que no va a rendirse hasta que se suba a ese condenado trono. Y yo acabo los días exhausto, como para seguir sacando fuerzas para rebatirles —admitió con resignación el rey, conocedor de la forma de ser de Loreto, que distaba mucho del aire angelical que le proporcionaban las pecas y los ojos azules.

—Carlos, tienes que sacar fuerzas para seguir haciéndolo, eres el rey de España y sabes que tus mandatos poseen más peso sobre nuestros hijos que los míos —le imploró la reina poniéndose de pie.

Tenía frente a ella a un ser derruido, lejos de la imagen que el rey solía ofrecer a su corte y lejos de la imagen vivaz del hombre con el que se había casado. La reina veía de nuevo en él la mella que sus pesares le estaban provocando y que le hacían pasar épocas en las que su ánimo se mantenía en lo más alto de la cúspide y otras, como esta, en las que podía sentir la amargura a través de sus ojos. Pero no podía permitirle caer, pues había demasiados intereses en juego en la corte de los Monteros y necesitaba de su vigor para mantener en pie aquel reino.

—Victoria, te digo que no puedo, ¿tal vez no me estás escuchando? Disimulo como puedo y el conde-duque está solucionando una infinidad de asuntos de índole real. Pero si Gonzalo y Loreto vuelven a enfrentarse a mí, no sé si me encontraré con fuerzas para seguir mintiéndoles —admitió el rey Carlos con franqueza.

—Claro que encontrarás las fuerzas, por eso quería conversar contigo hoy, para entender a qué se debían tus pesares. Pero ahora que me confirmas tu pesadumbre, yo me encargaré de ayudarte. Pero debes mantener la boca cerrada —contestó la reina en voz baja para que el conde-duque no pudiera escucharla.

—Tenemos que contárselo, Victoria. Son nuestros hijos y Loreto merece saberlo. No podemos seguir ocultándoselo, haciendo como si nada —reflexionó el rey con cierta angustia.

—¿Estás loco, Carlos? Tú fuiste el que dijiste que jamás se lo contaríamos a nadie, tú fuiste el que me hiciste ocultarlo y ahora vienes con esas. ¡No, no y no! —gritó la reina alterada.

—¿Contar el qué? —se inmiscuyó el conde-duque con la confianza que el rey le brindaba y viendo el momento de debilidad en el que se encontraba.

—Contar que nuestra hija...

—¡Carlos, cállate! ¡Dijiste que nadie debería saberlo! —le cortó endemoniada la reina temerosa de que el conde-duque pudiera enterarse del secreto que tanto tiempo llevaban ocultando.

—Pero, Victoria, si se lo contamos quizá Gonzalo y Loreto entren en razón y eso haga que nuestro hijo quiera reinar —reflexionó el rey, que quería desprenderse de esa losa que le estaba consumiendo.

—¿Entrar en razón? Loreto jamás nos perdonaría el haberle ocultado esto y el amor que Gonzalo profesa por su hermana le hará odiarnos para siempre y posicionarse a su lado. Y te aseguro que entonces ahí sí que no podremos conseguir que reine —meditó con enojo Victoria, pues no podía comprender cómo su marido flaqueaba de esa manera.

Pero había alguien que, lejos de intentar comprender los padecimientos del rey para ayudarle, quiso utilizar sus debilidades para sacar provecho e intentar tener en su haber una información que le granjeara poder en caso de verse acorralado de nuevo en el futuro. Así que, sin escrúpulo alguno, el conde-duque se acercó a él con la vista fija para proporcionarle ese halo de seguridad que embargaba al monarca cuando don Francisco estaba cerca de él.

—¿Qué le ocultan a la infanta Loreto? Cuéntemelo, su majestad, y yo podré ayudarle —le incitó con un tono de voz digno de un encantador de serpientes.

Pero ante la mirada inquisitiva de la reina Victoria, el rey guardó silencio. Y don Francisco se dio cuenta de que ahí tenía la llave para continuar acaparando poder. Pero que no sería fácil, tenía que ver cómo ganarse de nuevo la confianza del rey Carlos sin que sintiera que traicionaba a su esposa.

8

La amenaza

Siguiendo los preceptos del Barroco de la época, el Palacio Real se había proyectado completamente en piedra, combinando el gris del granito con el blanco que lucía la piedra caliza. Aquella decisión del rey Carlos de importar los gustos franceses de donde él provenía hizo que su arquitecto llevara a cabo aquella obra clasicista que rompía con los aires medievales que habían dibujado durante décadas la ciudad de Madrid. Ciento treinta y cinco mil metros cuadrados, tres mil cuatrocientas dieciocho habitaciones, ochocientas setenta ventanas, doscientos cuarenta balcones y cuarenta y cuatro escaleras convertían a aquel palacio en seña de la majestuosidad y del poder que poseía la corte de los Monteros.

La fachada llena de detalles hacía las delicias de cualquier visitante. En el ático del cuerpo central de la entrada se ubicaba el suntuoso reloj con campanas que coronaba la fachada. Una de estas campanas procedía del alcázar y habían podido salvarla del fatídico incendio. Y en los dos paneles situados a la izquierda, tallado en piedra, la representación del sol del amanecer recorriendo el zodiaco, y a la derecha, el sol del ocaso recorriendo también el zodiaco. Y un poco más abajo, como complemento a la ornamentación de temática astronómica que tanto encandilaba a Julia, en los huecos que se encontraban en el entresuelo sobre los balcones que había en los laterales, dos placas simétricas de menor tamaño y en relieve con un fondo que mostraba el firmamento de estrellas y que representaban a la derecha la luna en cuarto creciente y a la izquierda la luna en cuarto menguante. Así se sentía Julia, como la luna en cuarto menguante. Había vivido todo su esplendor con las nereidas y el Ateneo, se había sentido plena y brillante como la luna llena. Pero todo ese mundo maravilloso que había descubierto de mano de aquellas mujeres se estaba desvaneciendo. Creía estar perdiendo esa luz y de toda aquella superficie iluminada solo quedara la mitad y poco a poco fuera menguando hasta apagarse, como la luna.

Un precioso carruaje paró frente a la imponente entrada del Palacio Real. Se trataba de una berlina francesa de estilo rococó fabricada en madera policromada y completamente dorada, tirada por unos bellísimos caballos blancos. El cochero bajó del pescante desde donde gobernaba los caballos y se dirigió hasta la puerta para abrirla y ayudar al hombre que viajaba dentro a pisar el suelo. Doña Bárbara, que llegaba al palacio en ese mismo momento, al ver que nadie recibía al invitado se encaminó hasta la puerta y se situó junto al carruaje.

—Bienvenido al Palacio Real.

—Con bellezas como la suya no se me ocurre mejor recibimiento —flirteó sin pudor el desconocido.

—¿Con quién tengo el gusto de hablar? —preguntó curiosa la mujer, pues quería saber la identidad de aquel hombre.

—Soy don Juan, el valido del rey de Francia —se presentó el hombre con galantería en su voz.

—¿Su majestad le espera? —indagó doña Bárbara.

—Le espero yo —le cortó el conde-duque que apareció por detrás de ella, pues acababa de salir de la entrada principal del palacio.

Don Francisco rápidamente se interpuso entre el valido francés y la dama de compañía de la reina y disimuladamente le hizo un ademán a esta como si quisiera señalarle que abandonara aquel lugar. La mujer aceptó, solícita, pero la prisa repentina con la que el conde-duque le había despachado le hizo dudar de las intenciones de aquella visita, por lo que lejos de marcharse, entró en palacio y se ocultó en el hueco de las escaleras de mármol de la entrada para adivinar hacia dónde se dirigían los dos hombres.

La entrada principal del Palacio Real era de tipo imperial, con un gran descansillo central que se dividía en dos tramos de escaleras con sentidos opuestos. Estaban construidas en mármol blanco con capilares azulados que las dotaban de una gran belleza, con largos peldaños labrados en una sola pieza, pero cortos de altura, como había solicitado el rey.

Escondida, doña Bárbara vio pasar a los dos hombres y, una vez que habían dejado atrás uno de los leones, también esculpidos en mármol, que se situaban en la balaustrada de la entrada, salió del hueco de la escalera y con cierto sigilo les siguió, guardando las distancias. Los vio entrar en la biblioteca y al llegar a la puerta la abrió con delicadeza para no hacer ningún ruido. Dentro de esta pudo ver a lo lejos cómo el conde-duque y el valido del rey de Francia andaban a la par por el pasillo mientras charlaban más recios que animosos. La dama de compañía de la reina se introdujo dentro de la biblioteca manteniendo un silencio absoluto y se coló tras el pasillo de las estanterías principales, el mismo lugar donde Julia y Gonzalo solían esconderse de pequeños para espiar a Eugenia y Alfonso, la dama de llaves y el camarero mayor del rey, cuando estos se entregaban al deseo provocando que se lamieran lascivamente los genitales o que él la embistiera con fuerza y esmero. Al final de la biblioteca, uno de los lugares más alejados del Palacio Real, los dos hombres se sentaron en un conjunto de muebles franceses compuesto por sillas y una mesa, con la total confianza de que allí nadie podría oírlos. Las sillas poseían brazos con labor de talla, calado y marquetería en caoba y ébano.

—Don Francisco, es usted consciente de que no ha cumplido su parte del trato, ¿no? —comenzó el valido francés con un tono nada amigable, pero sin alzar la voz.

—Usted pudo comprobar por sí mismo que no fue culpa mía, nadie esperaba ese desenlace —se excusó el conde-duque, al que la decisión del príncipe Gonzalo de no casarse en el último instante y dejar plantada a Gadea en el altar había pillado por sorpresa como a todo el mundo.

—Ya, pero como comprenderá el rey está colérico, y razón no le falta —le recriminó.

—Ustedes me pidieron que mediara para que Gadea fuera la princesa elegida y no Lucía de Pombo, la princesa de Portugal —le recordó el conde-duque.

El valido francés se puso en pie rápidamente y con fuerza golpeó con la mano derecha la mesa, lo que hizo que doña Bárbara se sobresaltara. Presurosa se llevó las manos a la boca para intentar contener su agitada respiración y no ser descubierta.

—¿Cómo osa decir eso? —preguntó asombrado el valido francés al percatarse de la poca decencia que poseía el conde-duque.

—Por favor, siéntese y no se altere, ya que le he hecho llamar porque poseo buenas noticias para su corte e imagino que desea conocerlas —contestó don Francisco haciéndose el interesante.

—Más le vale que sean buenas —le instó el hombre mientras tomaba asiento—, porque la paciencia no es un don que me caracterice. Le pagamos una gran suma de dinero para que aquel matrimonio se llevase a cabo y no hemos visto el dinero de vuelta ni hemos visto consumado dicho matrimonio.

Aquellas palabras no sorprendieron a doña Bárbara, pues las nereidas poseían el acuerdo que el conde-duque había firmado con la corte francesa para que Gadea fuera elegida como candidata a futura reina de España casándose con el príncipe Gonzalo. Había sido doña Olimpia quien, con sus artes de persuasión y tras encontrar vestigios de lo que estaba sucediendo, había logrado que el valido francés le vendiera una copia de dicho acuerdo. El mismo que había utilizado para chantajear al conde-duque y que mediara ante el rey Carlos y consiguiera que no enviara a las nereidas a la horca. Le había prometido mantener su silencio a cambio de que ellas pudieran preservar su libertad y su vida.

—Tengo en mi poder el secreto que podría hundir a la corte de los Monteros —mintió el conde-duque, pues realmente ignoraba esa información—, pero no hay dinero en el mundo que pueda pagar el que mis labios dejen de estar sellados. Guardaré esta última carta en mi manga y la utilizaré en mi último aliento. Pero este secreto os beneficia, pues hace que los reyes insistan en el casamiento de Gonzalo —explicó el conde-duque sin revelar el verdadero motivo, pues lo desconocía, por el que los reyes insistían tanto en que debía de ser Gonzalo, el príncipe, el que reinara.

—¿Qué insinúa? —preguntó don Juan intentando entender la razón por la que el conde-duque le había hecho llamar a palacio.

—Que Gadea Mendoza de Covarrubias podrá ser reina de España —afirmó con firmeza el conde-duque.

—Don Francisco, ¿ha osado usted traerme hasta aquí para burlarse de mi persona y por ende de la corte francesa? —se irritó don Juan al escuchar aquella afirmación en boca del hombre que les había defraudado.

—Ruego me escuche y confíe en mí —le pidió el valido español a sabiendas de que necesitaba su complicidad para llevar a cabo el plan.

—¿De verdad cree que puedo confiar en usted? Debería estar avergonzado y habernos devuelto el dinero que le pagamos por elegir a Gadea como candidata al trono. Sin embargo, no hemos obtenido ni una disculpa por su parte —le recriminó el francés.

En aquel trato el conde-duque había obtenido dinero por parte de la corte francesa a cambio de descartar a otras candidatas al trono y convencer al rey Carlos de que Gadea era la mejor opción para ser reina junto a su hijo. En aquella negociación don Juan le había pagado menos de lo acordado, pues el rey consideraba que la suma de dinero que el conde-duque solicitaba era demasiado alta y que la diferencia serviría para pagar su silencio y no delatarle ante rey Carlos. Además, el valido francés también había decidido quedarse con una parte de ese dinero por las gestiones realizadas. Por otra parte, el conde-duque se había asegurado también que le nombrarían secretario de Estado del reino de Francia a la consumación del matrimonio. Pero esto último nunca pudo llevarse a cabo, porque Gonzalo suspendió el matrimonio y en el último momento no accedió al trono.

Lo que el valido francés y doña Bárbara no sabían era que el conde-duque también había recibido una gran cantidad de dinero por parte de los reyes de España para que pudiera pagar a la corte más propicia y conseguir así una esposa para su hijo. Pero lejos de hacer esto, el conde-duque se había embolsado todo ese dinero y, en vez de pagar a la corte elegida, les había cobrado por hacerlo.

—Esta vez será diferente. Le aseguro que la información que poseo deja en evidencia la necesidad del rey Carlos de lograr que sea su hijo quien lleve la corona del reino de España. Así lo atestigua esta carta escrita de su puño y letra —reveló el conde-duque mientras sacaba del bolsillo de su casaca un sobre y se lo deslizaba al valido francés.

Don Juan estiró la mano derecha y cogió el sobre rugoso. Despegó el sello de lacre y sacó la carta que guardaba en su interior.

Apreciado don Francisco:

Conocedor del aprecio que poseo hacia su persona y de la confianza que deposito en usted, quisiera transmitirle una vez más mi desesperación ante la necesidad de que mi hijo, el príncipe Gonzalo Serna de los Monteros Ladrón de Guevara, se convierta en rey de España. Le ruego que mantenga silencio y no cuente a nadie lo que le desvelamos. Confiando en su discreción, le solicitamos que consiga traer de vuelta a la princesa Gadea Mendoza de Covarrubias al Palacio Real, pues estoy completamente seguro de que debe ser ella quien se convierta, junto a mi hijo, en la futura reina de España. Y así hágaselo saber a los reyes de Francia.

Reciba un cordial saludo,

Yo, el Rey

Cuando don Juan terminó de leer, desconocedor de que había sido falsificada como muchas otras veces por el propio conde-duque para satisfacer sus intereses personales, levantó la mirada y la clavó en don Francisco dándole el beneplácito para que siguiera hablando.

—Así que esta vez no habrá opción alguna que haga que Gadea no reine. Por eso, dígale al rey francés que me pague la cantidad que acordamos en un primer momento, y su hija será quien suba al trono —le ofreció con descaro el conde-duque de Pastrana.

El valido francés se volvió a poner de pie inmerso en una notable ira que quedaba en evidencia por la expresión de su rostro y llevó la mano derecha hasta el cuello del conde-duque con violencia y apretó la garganta de don Francisco haciendo que a este le costara respirar. Aquella imagen alteró a doña Bárbara, que, a pesar de su animadversión por el conde-duque, sintió el impulso de salir a ayudarle.

—¿Sabe lo que va a pasar, don Francisco? Que esta vez va a conseguir que suceda eso que dice. Hará que Gadea Mendoza de Covarrubias se convierta en reina de España, y no solo no pienso pagarle, sino que si no cumple con su palabra será usted quien pague con su propia vida. ¿Lo ha entendido? —le amenazó don Juan alterado ante la desvergüenza con la que el valido español había intentado conseguir de nuevo rédito por su parte.

El conde-duque de Pastrana asintió como pudo sin apenas poder respirar, dándole a entender al valido francés que había comprendido la amenaza que había lanzado sobre él. Al ver su predisposición, este retiró la mano del cuello de don Francisco, que prontamente tragó saliva con dificultad para poder retomar de nuevo con normalidad su respiración. En aquel instante comprendió que aquel casamiento ya no era solamente una cuestión de dinero, sino una cuestión de vida o muerte. Debía conseguir que el príncipe Gonzalo y Gadea se casasen si quería seguir manteniéndose con vida.

Pero con lo que el conde-duque no contaba es en aquella biblioteca hubiera alguien más. Alguien que lo odiaba. Alguien que ahora sabía lo mucho que necesitaba el conde-duque que el matrimonio entre Gonzalo y Gadea se celebrase. Alguien que se había enterado de la importancia de convencer al príncipe de que subiera a ese trono. Alguien que ahora tenía un poder indiscutible en las manos, un poder que le brindaba conocer la información de aquella amenaza que desde hacía unos instantes había recaído sobre él. Alguien mucho peor que aquel hombre que le había sujetado del cuello con agresividad: doña Bárbara, una mujer que anhelaba que las nereidas pudieran resurgir de las sombras en las que las habían obligado a habitar. Pero, sobre todo, una mujer que estaba dispuesta a todo con tal de ser testigo de la caída del conde-duque.

9

La petición

Habían pasado varios días desde el altercado entre el conde-duque de Pastrana y el valido del rey francés en la biblioteca de palacio. Pero todo lo ocurrido aquella violenta mañana se había diluido en pro de labores de acondicionamiento y aprovisionamiento de la Villa de Madrid para festejar el feliz recibimiento que estaba a punto de ocurrir. Se había dado orden rápida de decorar las calles. Estas se habían tapizado con sedas y brocados de llamativos colores dándole un aire distinto y más jovial, alejado de lo que se había vivido días antes en el Palacio Real.

La entrada se había decorado con numerosos jarrones con lirios blancos, la flor más parecida a la de lis que aparecía en los blasones y escudos de la realeza francesa. Además, eran blancos, el color que se usaba para pedir perdón y expresar benevolencia, y en aquella corte había demasiados asuntos por perdonar.

—¿Qué significa todo este revuelo? —preguntó extrañada doña Bárbara al asomarse al balcón y ver a numerosos sirvientes y cortesanos a las puertas del palacio y un manto de flores cubriendo la entrada.

Doña Bárbara había salido junto a Julia al balcón central de la planta principal. Bajo este balcón había tres trofeos de fortaleza y sobre cada uno de estos se encontraba una cabeza de león a modo de ménsula.

—Espero que no haya vuelto Sofía del Palatinado —rio Julia al recordar las hazañas sexuales de la sobrina del rey.

Pero a pesar de la risa que su propio comentario le produjo, un escalofrío le invadió el cuerpo al recordar aquel encuentro en el que la atrevida Sofía pidió que la pintara desnuda en sus aposentos. Una vez dispuesto el material necesario, Sofía abrió las piernas y las colocó en cada uno de los reposabrazos del sofá, con lo que su vulva quedó completamente abierta frente a ella. La escena que siguió fue inesperada: una de sus damas se arrodilló delante de Sofía y comenzó a lamerle el sexo mientras esta se deshacía en gemidos. Y rememorar aquel sonido hizo que Julia se excitara, pero lo cierto es que aquel recuerdo se diluyó en un abrir y cerrar de ojos cuando la voz de una mujer irrumpió en el balcón y pronunció las palabras que la cortesana nunca hubiera querido escuchar.

—Dicen que el rey Carlos ha hecho una petición expresa de que la princesa Gadea vuelva a habitar en el Palacio Real con su séquito —explicó doña Luisa, la costurera veterana que siempre hacía de oídos del conde-duque y que solía poseer información privilegiada.

—¿Gadea está viniendo? —preguntó totalmente contrariada Julia.

Esta noticia y la excitación del momento le provocaron náuseas. Instintivamente se tapó la boca con una de las manos.

—¿Está segura de eso, doña Luisa? —insistió doña Bárbara, pues nadie le había anunciado la inminente llegada de la francesa, pese a que había estado atenta a todo lo que tenía que ver con ese nombre desde que había sido testigo de la conversación de la biblioteca.

—Compruébelo con sus propios ojos —le animó la mujer, desafiante, mientras señalaba hacia unos carruajes que en ese momento se disponían a entrar a la plaza de armas del palacio.

Unas trompetas entonaron la melodía del himno de Francia a la par que el conde-duque y sus secuaces se cuadraban frente a la entrada principal para dar la bienvenida a la comitiva. Los caballos se detuvieron y la joven que de nuevo se postulaba para ser futura reina de España se bajó acompañada de su séquito. Destacaban el mayordomo mayor y el caballerizo mayor y aposentador mayor, los dos principales hombres encargados de servir a Gadea y asistirla durante todo el viaje hasta el Palacio Real.

—Quizá debería avisar a Olimpia —susurró doña Bárbara para sí misma.

—¿Decía algo? —Julia quiso tirarle de la lengua haciéndose la ingenua, aunque había escuchado a la perfección el comentario.

—Nada, hablaba para mí. —Doña Barbara no deseaba que la joven siguiera husmeando, pues a ella misma las dudas le asaltaban.

Mientras el valido del rey Carlos aguardaba impaciente a que la princesa francesa descendiera del carruaje.

—Bienvenida de nuevo a palacio, Gadea. Estamos muy felices de tenerla entre nosotros. Sígame, yo mismo la acompañaré a sus aposentos —se ofreció presuroso el conde-duque haciendo una pequeña reverencia ante la joven.

—Conde-duque, lo que he vivido en este palacio ha sido bochornoso —le recriminó con cierta altanería mientras le lanzaba una mirada desafiante.

Esa actitud de la joven estaba bastante alejada de la Gadea complaciente y sumisa que con su belleza había encandilado a la corte española. El príncipe Gonzalo no pudo evitar sus encantos y no tuvo más remedio que sucumbir a la presión de su entorno. Lo cierto es que si no hubiese estado enamorado de Julia, que era la mujer de su vida, Gadea se hubiese acercado al ideal que anhelaba. Aquella mujer de pelo rojizo, ojos verdes y una sábana de pecas que le aportaban candidez cuando paseaba con el príncipe por los jardines los días previos a su enlace, ahora mostraba un semblante más serio, incluso sus andares eran más altivos.

—Le pido disculpas en nombre de la corte de los Monteros. Ya sabe cómo son los jóvenes de ahora, no portan los genes masculinos que solíamos albergar. Temen al compromiso —quiso explicarle el conde-duque.

—¿Se da cuenta que lejos de arreglarlo con sus palabras usted lo está empeorando? —preguntó atónita la princesa al ver los derroteros por los que don Francisco dirigía la conversación.

—Ruego me perdone. Lo que quería decir es que, aunque el miedo se apoderara del príncipe Gonzalo, también debido a la premura con la que se concertó su matrimonio, la realidad es que él la ama. La ama desde el primer día que la vio y solo necesita un poco más de tiempo… —inventó el conde-duque.

Después de la amenaza que el valido del rey francés había vertido sobre su persona el conde-duque había puesto en marcha todas sus triquiñuelas para traer de vuelta a Gadea y ayudarla a conquistar de nuevo al príncipe Gonzalo, a pesar de todo lo que había sucedido. Además, por encima de la dignidad de Gadea estaban también sus ansias por querer ser reina, pues era la única manera de recuperar su honor perdido. Aspirar al poder le haría ser vista con otros ojos, lejos de ser la desdichada muchacha que había sido abandonada en el altar. Subir al trono le haría ser la figura más inalcanzable de la corte. Y demostraría a su padre su propia valía. Así que esta vez la joven había vuelto dispuesta a todo.

—Más le vale que lleve usted razón porque mi padre está bastante disgustado con su comportamiento. —Gadea bajó el tono de voz y acercó sus labios al oído del conde-duque—. Y le aseguro que no querrá usted verle enfadado por segunda vez —le susurró amenazante mientras cruzaban el arco de entrada de palacio.

Aquel comportamiento de la princesa francesa llamó la atención del conde-duque. Ya no parecía la joven inocente que había sido ninguneada tiempo atrás, sino que se había transformado en una mujer segura y firme.

Cuando Julia y doña Bárbara perdieron de vista a Gadea y al conde-duque, ambas se miraron estupefactas. Aunque la dama de compañía de la reina quería disimular para transmitir calma a su pupila, la realidad era que le llevaban los demonios al ver la rapidez con la que el conde-duque había urdido la trama para conseguir que fuera Gonzalo quien reinara y que lo hiciera de la mano de Gadea. Sabía lo que eso significaba: la victoria del conde-duque. Él era una de las pocas personas que saldrían beneficiadas por dicho enlace. Sus ansias de poder le impulsaban a pisotear a cualquier persona que se entrometiera en su camino. Si esa boda se celebraba el corazón de Julia se rompería en mil pedazos y Loreto caería en la desdicha al no poder cumplir su derecho, su deber y su sueño: ser reina de España.

En aquel preciso instante doña Bárbara sintió que las nereidas quizá tendrían que resurgir.

Una lágrima se deslizó por la mejilla de Julia, que intentó con disimulo evitar que su maestra lo viera, ocultando rápidamente con la mano cualquier rastro. Pero doña Bárbara, experta en asuntos de amor, sabía leer las miradas. Y los ojos de Julia estaban a punto de volver a romperse.

—¿Cree que Gonzalo habrá pedido que Gadea vuelva a palacio? —preguntó la joven con la voz entrecortada.

Julia había regresado no solo por estar cerca de su familia, sino porque aquellos días sin tener noticias de Gonzalo habían sido tremendamente duros para ella. Lo había echado de menos: a él, sus manos, sus conversaciones, su olor, su risa y lo que había sentido cuando su pene entró por primera vez dentro de ella. En casa de Eva las noches se habían hecho largas recordando cómo su cuerpo se había estremecido al rendirse al placer que habían estado negándose durante tantos años. A todo ese placer que habían dejado de sentir por no atreverse.

—No lo creo, Julia. Tranquila. Todo esto es una artimaña más del conde-duque. Lo que sucede es que no pensé que sería tan raudo en conseguir el regreso de Gadea. Después de todo lo que pasó, creía que le costaría mucho más esfuerzo lograr que volviera. Ya sabes, por eso de la vergüenza de tener que enfrentarse a los cuchicheos que sobrevuelan por palacio, pero está claro que, aparte de Loreto, hay alguien más con muchas ganas de ponerse esa maldita corona —despotricó con indignación doña Bárbara.

—Pero si Gonzalo sabía que Gadea iba a volver, ¿por qué no me lo contó el otro día en el cuarto rojo? ¿Y por qué se entregó de nuevo a mí? —reflexionó en voz alta Julia llena de dudas, pues estaba segura de que su último encuentro con Gonzalo había estado lleno de verdad.

Doña Bárbara se acercó hasta la joven cortesana e intentó calmar el dolor que aquella inesperada visita le estaba provocando. Colocó la cabeza de su pupila en el regazo. Julia se dejó guiar sin impedimento, la cercanía de su tutora consiguió tranquilizarla. La dama de compañía de la reina tocó con su mano la cara de la joven y le acarició el pelo con un mimo inigualable. Ella sabía lo que era el amor de verdad porque lo había vivido en su piel, pero también comprendía lo desgarrador que era perder al amor de su vida, porque ella también lo había sufrido. Se descubrió en aquella mirada, cuando se enteró de que jamás volvería a ver al hombre al que amaba, con esa sensación de haber llegado tarde. Con esa ansia que ahoga por no ser valiente cuando hay que serlo para acabar creyendo en ese «todo pasa por algo», que termina siendo una manera de buscar consuelo. Creer que aquello que tanto se desea que suceda nunca ocurre porque la vida depara algo mejor. Pero la realidad es que solo es una burda forma de engañarse.

—Dudo que él conociera esta información. Apuesto a que Gonzalo ni siquiera sabe del regreso de Gadea. —Quería convencerse a sí misma doña Bárbara, aunque una mínima duda le azotaba.

¿Y si el conde-duque había sido capaz de convencer a Gonzalo de que debía casarse con la princesa francesa? ¿Y si le había prometido algo a cambio? ¿Algo que él realmente anhelara? Se negaba a pensarlo, conocía al príncipe Gonzalo desde que había nacido y sabía la lealtad que manifestaba hacia los suyos y el amor tan inmenso que profesaba hacia ellos. Gonzalo no podía hacerle eso a Julia, ella había visto cómo se miraban y había sentido la complicidad que existía entre esos dos jóvenes.

—Tiene que parar esto, doña Bárbara, se lo ruego —suplicó Julia sumida en un mar de lágrimas recordando el pinchazo que sintió en su corazón cuando vio a Gonzalo junto a Gadea en el altar.

Doña Bárbara se quedó callada por un instante, como si quisiera encontrar en sus pensamientos la solución a todo lo que estaba sucediendo. Y en esa quietud abrió los ojos desmesuradamente como si hubieran encontrado la clave para que fracasase el objetivo del conde-duque. Recordó la amenaza que el valido francés había lanzado sobre don Francisco, así que ideó el plan más certero para acabar con él. Lo que hizo doña Bárbara fue pensar en qué hubieran hecho Olimpia y las nereidas en aquella situación.

—Julia, serás tú quien pare esto —espetó convencida.

—¿Yo? —La joven cortesana no entendía cómo iba a ser capaz ella de detener lo que fuera que estuviera sucediendo.

—Busca a la infanta Loreto ahora mismo, dile que tiene que convencer al príncipe Gonzalo de que hable con Gadea y le dé una explicación. Tiene que ser valiente y confesarle la razón por la que no se casó con ella, que había otra mujer en su vida —explicó doña Bárbara teniendo el convencimiento de que aquello funcionaría.

La dama estaba planificando su estrategia utilizando lo que mejor se le daba: leer a las personas. Tras escuchar la amenaza que recaía sobre el conde-duque, desestabilizar a Gadea por medio de Gonzalo era el argumento perfecto para que la boda entre ambos no se celebrase, con lo que evitaba el éxito del plan de don Francisco.

—Pero... si la gente se entera de que yo fui la culpable de que esa boda no se celebrara, irán a por mí. El rey no consentirá una ofensa más hacia su persona. Me culparán de todo y me mandarán a la horca —reflexionó Julia con el miedo instaurado en su sien, pues recordó el temor que la invadió cuando estuvo encarcelada en las celdas del palacio.

—Confía en mí. Nadie sabrá que fue por ti, Julia —le prometió doña Bárbara, segura de que aquella era la única alternativa posible.

—Pero si Gonzalo le cuenta a Gadea que hay otra mujer... Ella no parará hasta averiguarlo y, cuando nos vea juntos, sabrá que soy yo. Y no puedo hacerle de nuevo eso a mi familia —meditó la joven cortesana con cierta preocupación.

Julia había hecho sufrir a su familia. Rafael y Mercedes arrastraban todavía la decepción de que su hija hubiera formado parte de las nereidas y que hubiera sido una de las que encabezaron la rebelión contra el propio rey Carlos. Ser el pintor de cámara del rey y que tu hija participara en esa revolución era una losa que pesaba cada día sobre Rafael Ponce de León.

—Saldrá bien, Julia. Pero volverás otra vez a hacer con Gonzalo lo más difícil: actuar como si nunca hubiera pasado nada entre vosotros —aclaró doña Bárbara.

Y efectivamente, aquella petición de doña Bárbara era para Julia un castigo. Suponía revivir todos aquellos años en los que Gonzalo decidió alejarse de ella y la incertidumbre la mataba cada día al no saber a qué se debía aquel alejamiento. Se había sentido pequeña, insegura, infravalorada e insuficiente. Las palabras de la dama desenterraban la mayor de las condenas: fingir cuando su corazón le pedía mostrar su verdadero amor. Pero era la única manera de evitar que alguien sospechara de ella.

10

El placer

El ajetreo que se vivía en los pasillos del palacio daba buena cuenta de lo que suponía la vuelta de Gadea a la corte. Los sirvientes corrían de un lado a otro haciendo que todo estuviera colocado en su sitio y el olor que provenía de las cocinas hacía que cualquiera cayera rendido a los manjares, intuían, preparaban para recibir con honores a la que estuvo a punto de ser reina.

Los reyes le habían trasladado al conde-duque la importancia de lograr que el príncipe Gonzalo se casase para que, de ese modo, el rey Carlos pudiera abdicar. Sabía además que los monarcas ocultaban un secreto. Los vapores melancólicos del rey le estaban dejando sin fuerzas y muchas de sus actuaciones se veían perjudicadas por los delirios que en algunos momentos le invadían, así que el miedo a perder poder y que el pueblo pudiera rebelarse le quitaban el sueño. Todos estos temores habían sido infundados por el propio conde-duque que movido por sus intereses personales había convencido al rey de que la única salida digna para la corte de los Monteros era el exilio o la abdicación. Eran muchos los cortesanos que murmuraban acerca de sus capacidades como rey y en los mentideros empezaba a propagarse una imagen negativa del rey

Carlos, que su círculo más cercano se ocupaba de tapar por temor a un levantamiento del pueblo.

Por eso, el palacio había sido engalanado con flores y se preparaba un buen festín para darle un recibimiento a Gadea digno de su título nobiliario. Pero, sobre todo, para hacerle olvidar el mal trance que había vivido tras la negativa del príncipe Gonzalo a proseguir con la boda.

Julia abandonó el balcón en el que se había reunido con doña Bárbara y se dirigió al jardín donde, antes de toda la llegada de Gadea, había visto a la infanta Loreto leyendo. Los honores con los que la estaban recibiendo a la princesa francesa hacían que la ira dominara a Julia. Haber estado siempre en la sombra con la sensación de ser insuficiente y de no estar a la altura de un príncipe, hacían mella en sus pensamientos, que avivaban el rechazo que sentía otra vez por Gadea, sobre todo por la incertidumbre de si Gonzalo se hallaba detrás de todo aquello.

Loreto continuaba en el mismo lugar que la había visto antes de todo el alboroto. Estaba sentada leyendo un libro en el banco de piedra que daba acceso a los jardines y en el que tantas horas Julia y Gonzalo habían pasado charlando. Cuando la cortesana llegó acelerada hasta ella, esta no levantó la vista del libro, pero sabía a qué había ido su amiga allí.

—Supongo que ya te has enterado, ¿no? —preguntó la infanta alzando la vista y comprobando la cara de desesperación de Julia.

—¿Cómo me ha hecho esto, Loreto? ¿Cómo no me ha avisado de que Gadea iba a volver a palacio? —preguntó extrañada, sin entender cómo en su encuentro el príncipe no le había dicho nada.

—Gonzalo no te avisó porque él desconoce que Gadea haya vuelto. El conde-duque le ha organizado una visita a casa de los duques de Ontiveros, amigos de juventud de los reyes, para que pueda jugar al *jeu de paume* con Carranza y los hijos de los duques, Guillermo y Laia. Supongo que ha orquestado todo esto para alejarlo de palacio y evitar que monte en cólera cuando se entere de lo que han hecho —le explicó Loreto con cierta decepción, pues estaba viendo de lo que sus padres y el conde-duque eran capaces de hacer con tal de que ella no reinara.

Gonzalo y Carranza nunca se negaban a una buena sesión de *jeu de paume*. Un juego importado de Francia y que consistía en golpear la pelota con la mano. En los últimos tiempos se había introducido el uso de pequeñas raquetas, un utensilio fabricado en madera cuyas cuerdas se elaboraban con cuerdas de cáñamo o con las tripas de animales. Solían jugar con los Ontiveros o invitados de estos, siempre pertenecientes a la alta alcurnia, en el trinquete construido en el jardín de los duques, que había sido levantado siguiendo a los franceses, por lo que la cancha no superaba los treinta y cinco metros de profundidad por dieciséis de ancho, con una red situada en el medio. Aquel deporte, un divertimento para los jóvenes, fue la baza que el conde-duque jugó para tener la certeza de que el príncipe Gonzalo no se encontrara en palacio cuando Gadea llegara.

—Odio al conde-duque, no podemos dejar que se siga saliendo con la suya, Loreto —reconoció Julia sabiendo que aquel hombre no pararía hasta conseguir su propósito.

—¿Y qué quieres que yo haga, Julia? Me rindo. No puedo seguir luchando en favor de algo que nadie cree que me pertenece —se lamentó la infanta.

—Eso no es cierto, Loreto. Yo tengo el firme convencimiento de que esa corona te pertenece. Y las nereidas también —le recordó la joven cortesana.

—No hay nada que hacer, Julia. Mis padres quieren que Gonzalo y Gadea se casen y que sea él quien reine. Y yo estoy sola en esto. Las nereidas también me han dejado sola. Ellas no van a volver, no vais a volver. —Le quiso abrir los ojos Loreto.

—Te equivocas, Loreto. Habla con tu hermano, convénce-le para que le explique a Gadea la verdad, que no la ama y que nunca va a amarla porque quiere a otra mujer. Y yo me encargaré de convencer a doña Bárbara para que te ayudemos.

La joven cortesana le regaló un beso sincero en la mejilla, convencida de sus palabras, pues, desde que apareció Gadea, doña Bárbara había estado dubitativa y la conocía tan bien que estaba segura de que la idea de que las nereidas volvieran a reunirse se había paseado por su mente. Además, estaba convenciendo a Loreto de algo que le había sugerido la propia doña Bárbara, que ya estaba actuando, aunque no quisiese verlo, como cuando las nereidas se hallaban en pleno funcionamiento.

Julia salió del jardín procurando mantener esa pose segura que había intentado transmitir a la infanta Loreto, pero la realidad era que por dentro estaba destrozada. La cantidad de sensaciones que había experimentado en un periodo tan corto de tiempo la estaba desestabilizando. En pocos meses había pasado de ser una niña inocente bajo los mandatos familiares a ser una mujer en busca del descubrimiento del placer y de su propia identidad. Había pasado de mantener sus sentimientos enjaulados bajo llave a abrirse en canal al hombre del que llevaba toda su vida enamorada. Había pasado de ser alguien que no destacaba en palacio a formar parte de un grupo de mujeres que le habían hecho ver que poseía voz y voto. Pero también en muy poco tiempo lo había perdido todo. Así que su mente se encontraba en un vaivén de sensaciones que la arrastraban desde la tristeza a la ira, pasando por la frustración y luego mezclada con picos de vigor que le hacían levantarse y recobrar el coraje que siempre había tenido. Y en ese instante, con ese torbellino interior del que era presa, pensó en la única persona que sabía que le calmaría.

Se dirigió a las caballerizas con cierta premura, quería evitar a toda costa encontrarse con Gadea y derrumbarse. Sacó a

Oasis, un precioso caballo frisón de color negro azabache, con melena larga ondulada y ojos grandes y oscuros. Una raza de caballo muy pacífica y sensible que había conectado a la perfección con la joven cortesana. Se lo regaló un amigo de su padre, en señal de agradecimiento por los retratos que había dibujado de los miembros de su familia.

Julia se montó en el caballo y cabalgó fuera de la plaza de armas del Palacio Real. El aire frío que le rozaba en el rostro hacía que le llorasen los ojos o quizá fuera que todo lo que llevaba guardado en su interior empezaba a brotar. Al llegar a casa de Eva, amarró a Oasis al lado del caballo de la culebrina en la posta que había junto al porche de entrada. Al escuchar ruidos, Eva se asomó por el ventanillo, se relajó al ver que era Julia quien la visitaba. Abrió rápidamente el portón.

—Qué agradable sorpresa, ¿a qué se debe esta visita? —preguntó Eva sorprendida.

—Se me hace raro no verte cada día al despertarme.

Julia se acercó hasta Eva y se sumieron en un cálido abrazo. Un abrazo de verdad, de esos en los que los cuerpos se funden y esperan a sentirse. En el que los corazones se aproximan y pueden llegar a notarse los latidos. Un abrazo de los que te curan y te sostienen. Un abrazo sencillamente lento, de los que no denotan prisa, sino que dicen: «quédate un ratito más». La cortesana inspiró el olor de la culebrina, había algo en ella que hacía que sus sentidos se encendieran, con el simple aroma de su piel.

—Pasa, estoy segura de que no has venido hasta aquí solo porque me echaras de menos —indagó Eva, pues su madurez le hacía saber que las intenciones de la joven cortesana iban más allá.

Julia la siguió sin mediar palabra y cerró la puerta tras ella. Aceleró el paso mientras recorría aquel pasillo que le recordaba el incidente con el conde-duque y podía percibir el dolor que albergaban aquellas paredes. Al entrar en el salón respiró con ímpetu, como si dentro de esa estancia ya se encontrase a salvo.

—Venga, cuéntame a qué has venido —preguntó Eva poniéndose frente a Julia.

—¿Crees que las nereidas deberían volver? —Le hizo partícipe de su duda la joven cortesana.

—¿A qué viene eso? Sabes que nos lo prohibieron —recordó Eva de manera firme.

—Lo sé, pero creo que debería hablar con doña Bárbara y convencerla para que volvamos a reunirnos. Loreto me ha vuelto a pedir que le ayudemos, pues nos necesita para ser reina. Ella no puede hacerlo sola. Lo sabes, Eva, las mujeres nos necesitan, tú nos necesitas... —reconoció Julia angustiada.

Eva la miró calmada y llevó el dedo índice hasta los labios de su amiga.

—Shhh —espetó Eva en señal de silencio mientras seguía manteniendo su dedo ahí—, no hablemos de eso ahora, por favor —quiso desviar la conversación para no recordar sus incidentes con el conde-duque.

Julia repitió el gesto de la culebrina y llevó el dedo índice hasta sus labios. Eva besó el dedo que Julia tenía posado en su boca y fue ascendiendo sobre él con castos besos hasta introducírselo en la boca bañándolo en saliva. Luego dirigió la mano derecha hasta el cuello de Julia atrayéndola hacia sí, haciendo que sus labios quedaran peligrosamente próximos, mezclando sus alientos.

En esa mirada de Eva sintió que volvía a ser la de siempre, atractiva y valiente, que siempre había luchado por los derechos de las mujeres y que siempre había sabido rendirse a los placeres de la vida. Esa expresión de su rostro hizo que Julia percibiera de nuevo el deseo que aquella mujer le provocaba. Eva se acercó aún más y se besaron lentamente, como si estuvieran recreándose en cada uno de los instantes perdidos. La joven cortesana dirigió de nuevo el dedo índice, esta vez acompañado del dedo corazón, hasta la boca de Eva, y esta los cubrió de saliva. Con la mano izquierda Julia levantó el vestido de la culebrina y con los dos dedos mojados realizó pequeños círculos en su sexo cuidadosamente. La fricción de los dedos en la vulva hizo que la culebrina inspirara de manera vigorosa y arqueara levemente la espalda.

—Cómo echaba esto de menos —reconoció Eva mientras acercaba la boca a la oreja de la joven cortesana haciendo que escuchara de cerca su entrecortada respiración.

Este acto prendió a Julia, que aceleró el movimiento de los dedos agitando más la respiración de Eva. La joven deslizó los dedos hasta introducirlos dentro de la culebrina, metiéndolos y sacándolos sin cesar. Eva bajó su mano derecha hasta su propio sexo y compaginó los movimientos de Julia, masturbándose a la vez que entraban en ella los dedos de la cortesana. Hasta que acabó explotando de placer en un alarido. Aún extasiada, Eva posó las manos en la cintura de la cortesana y la condujo hasta el sofá en el que las noches pasadas habían compartido tantos momentos de calma. De rodillas frente al sofá cercó con las manos los tobillos de Julia y los separó. Esta se levantó el vestido dejando al descubierto su sexo completamente abierto como si en aquella posición, entregada a Eva, volviera a sentirse de nuevo viva.

—Cómeme, por favor —suplicó Julia, que anhelaba el deleite que aquella lengua le provocaba.

Eva posó las manos en las rodillas de la joven y separó aún más las piernas haciendo que su vulva se abriera desmesuradamente. Quiso que sus miraras se encontraran y pasó de forma lasciva la lengua sobre los labios haciendo desesperante la espera.

—Por favor, Eva —imploró de nuevo la cortesana.

La sensual mujer de hipnóticos ojos verdes acercó la cara hasta el vientre de la joven cortesana para posar su lengua cubierta de saliva en el sexo de Julia, que profirió un grito de gozo al advertir lo que estaba a punto de suceder en aquel salón lleno de flores. Eva dibujó círculos con la lengua, primero lentos, luego más rápidos, aumentando la respiración de su compañera de juegos sexuales. Hasta que además de la lengua introdujo los dedos en el interior de Julia y los metía y los sacaba sin miramiento. Esta acabó estallando de placer, volviendo otra vez a ser esa Julia que ella misma tanto había echado de menos durante las últimas semanas.

Pero hay veces en la vida que después de la tormenta, lejos de llegar la calma, lo único que llega es el desastre. Y aquellas dos mujeres, que reían cómplices y extasiadas de placer, estaban a punto de presenciar cómo el desastre iba a acompañarlas hasta el final de sus días.

11

El perdón

Gonzalo subió las escaleras de mármol de la entrada poseído por una rabia incontrolable. Le acompañaba Nicolás Carranza, que resoplaba víctima del cansancio tras la sesión de *jeu de paume* que habían estado jugando todo el día con Guillermo y Laia, los hijos de los duques de Ontiveros. Nicolás y Loreto intentaban alcanzarle, pero el príncipe refunfuñaba entre dientes subiendo apresurado cada uno de los escalones. A pesar de la prisa que les apremiaba y los gruñidos que iba profiriendo su amigo, Carranza mantenía la sonrisa intacta y atusaba su perfecta melena castaña, que hacía que sus ojos parecieran aún más verdes.

Gonzalo y Carranza se habían conocido estudiando en la escuela militar de París, un lugar dirigido a los hijos descarriados de monarcas, nobles o aristócratas. A menudo, mentes bastante brillantes, pero que el dinero y el poder los había llevado a rendirse en demasía a los placeres de la vida, cualesquiera que fueran. Había sido doña Bárbara la que había recomendado a Carranza de Sotillos, reputado abogado de la ciudad y buen amigo suyo, que enviara a su hijo Nicolás a dicha escuela, donde el príncipe llevaba ya un año. Allí, lejos de reconducirse, se habían aliado en santa unión para dejar constancia en la capital francesa del jolgorio que caracterizaba a los jóvenes españoles y de la labia que poseían para cortejar a cualquier parisina que se cruzara en camino. Nicolás había seguido un año más en París manteniendo el contacto con Gonzalo a través de las cartas. Había vuelto a España unas semanas antes, coincidiendo con la fecha en la que se suponía que iba a llevarse a cabo la boda del príncipe.

—Ni aunque la más bella cortesana de este reino me esperase en enaguas en mi cama ahora mismo, tendría yo fuerzas suficientes tan siquiera para mirarla después de la paliza que esos dos bellacos nos han dado. Así que no entiendo de dónde saca tu hermano ese genio para llevar tanta prisa —rio Nicolás intentando seguirle el paso a Gonzalo a la vez que le guiñaba el ojo a una joven que pasaba por su lado.

—¡Gonzalo, por favor, espera! —alzó la voz Loreto sin éxito, pues el príncipe seguía su camino sin aminorar el paso.

—Quizá deberías haber esperado a contarle lo de Gadea después de haberle atiborrado a infusiones de esas de salvia que toma tu padre para relajarse —bromeó de nuevo el joven sin darle importancia a lo que estaba sucediendo.

—Nicolás, por favor, ¡cierra la boca! Te aseguro que no es el momento para hacer bromas —dijo la infanta sin tan siquiera girarse para mirarlo—. ¡Gonzalo, para! —añadió enfadada.

Pero Gonzalo hizo oídos sordos a las peticiones de su hermana y entró furioso a la sala de té donde se encontraba su padre, el rey Carlos, junto al conde-duque charlando animosamente. Tiró de la puerta de madera con rabia, cerrándola en las narices de Loreto y Nicolás. La sala estaba adornada con un original montaje de piezas sueltas que formaban paneles procedentes de reconocidas sederías con motivos de guirnaldas y jarrones.

—¿Cómo habéis osado traer a Gadea a palacio sin avisarme, padre? —le recriminó el príncipe furioso, pues desconocía por completo los planes de su familia.

—Buenos días, buenas tardes, buenas noches, ¿se puede? ¿O es que acaso no te enseñaron algo de modales en esa escuela de París que tanto dinero nos costó? Los mayores estamos hablando e irrumpes aquí como una fiera sin tan siquiera pedir permiso para entrar —le reprendió el rey sin mucho esfuerzo, sentado en un sillón mientras cogía un azucarero de porcelana, dorada y esmaltada perteneciente a la Compañía de Indias, y depositaba un poco de azúcar en la bebida.

El conde-duque que se hallaba de pie, cerca del rey, se rio ante aquel comentario y bebió con delicadeza de su taza.

—¿Cree usted que tengo el cuerpo en este instante para formalismos? Tomé una decisión, padre, y parece no haber sido escuchada. ¿Por qué demonios ha vuelto Gadea? —preguntó el príncipe sin entender los motivos de aquella decisión.

—Tu padre cree que a la princesa Gadea no se la trató correctamente, más si tenemos en cuenta la deshonra que supuso para su familia la decisión que tomaste de dejarla plantada en el altar frente a toda la corte e invitados —intervino el conde-duque con ánimos de mediar entre padre e hijo.

—¡Usted no se meta en esto! —le advirtió el príncipe visiblemente alterado.

—El conde-duque tiene razón, hijo. Él fue quien me hizo recapacitar y debemos agradecérselo, pues ha sido él quien ha conseguido que Gadea te perdone y vuelva al Palacio Real. Deberías estar agradecido, después de lo que hiciste dudo que hubiera mujer que perdonara dicha ofensa —explicó el rey, que seguía haciendo caso omiso al sentir del príncipe.

—Pero ¿no ha entendido, padre, que no quiero que Gadea me perdone? Está en su derecho de odiarme y yo estoy en mi derecho de proseguir con mi vida sin que todo el mundo tenga que inmiscuirse para decidir cada uno de mis pasos —explicó Gonzalo devastado y siendo consciente de cómo todos volvían a decidir sobre su futuro.

—El conde-duque le comunicó que llegarías pasada la tarde y está esperándote en su antigua alcoba. Tan solo quiere charlar. Gadea es una buena chica, hijo. Y será una buena esposa, pero, sobre todo, será una buena madre. Me ha contado el conde-duque que ese es uno de sus sueños, engendrar descendencia. Sé que ahora no lo ves claro y que esas amistades tuyas que tanto te distraen no ayudan —hacía alusión el rey a la llegada de Nicolás—, pero tienes todo en tu mano para ser el rey de España. ¿Hay mayor honor que ese, Gonzalo? Poseerás poder, el bien más preciado... —reconoció el rey mientras le brillaban los ojos pronunciando aquellas palabras.

—¡No quiero poder, padre, no quiero casarme y no quiero ser rey! ¿Cómo he de decírselo? —contestó angustiado Gonzalo ante la terquedad de su padre.

—Date algo de tiempo, hijo. El tiempo calma las aguas y estoy seguro de que en unos días verás todo de una forma distinta —respondió tranquilo, aunque en realidad esos enfrentamientos con su hijo cada vez le hacían sentir peor.

Gonzalo abandonó la estancia desesperado al ver que sus súplicas seguían sin ser escuchadas. Abrió la puerta lleno de cólera, y Nicolás y Loreto trastabillaron, pues se hallaban apoyados en ella intentando escuchar lo que hablaban dentro.

—¿Ahora estáis espiando como críos? —les amonestó Gonzalo, molesto, mientras caminaba malhumorado.

—Siéndote franco, esa maldita puerta está fabricada a prueba de correveidiles. No hemos escuchado ni tan siquiera esas toses aguardentosas de tu padre —respondió Nicolás, imperturbable ante el evidente malestar del príncipe.

—¿Qué te ha dicho nuestro padre? —quiso saber la infanta preocupada.

—Lo de siempre, Loreto. La misma cantinela constantemente —respondió el príncipe hastiado.

—¿Lo de que eres un obstinado memo que has gastado el dinero real en lugares parisinos de dudosa reputación? —recordó Nicolás indagando de nuevo con cierta sorna en las reprimendas que había sufrido Gonzalo al volver de París.

—Ojalá fuera eso. Mi padre se deja embaucar por cualquiera que le engatuse con cantos de sirena. Siguen con esa cantinela de que debo casarme con Gadea y ser rey. Por eso ha vuelto a palacio. Encima están tan convencidos de que ella es la elegida y que debo conseguir que me perdone ¡que le han hecho creer que iré a hablar con ella para pedirle disculpas! —explicó exasperado Gonzalo.

—Valientes ingenuos si creen que con lo testarudo que eres aceptarás dicho reto para reinar —enfatizó su amigo, que conocía su carácter.

—Eso es, aceptarás dicho reto, pero no para reinar —le soltó Loreto encontrando en la propuesta que le había hecho Julia la solución.

—¿Qué quieres decir? —preguntó el príncipe, que no entendía qué le estaba proponiendo.

—Que, como te han pedido, irás a hablar con Gadea y le pedirás perdón. Pero no solo por lo que hiciste, sino también porque no puedes amarla, pues tu corazón pertenece a otra mujer —le aclaró Loreto siguiendo las directrices que Julia le había marcado.

La joven infanta desconocía en qué consistía el plan de Julia, pero algo dentro de ella le hacía sentir que esta tenía razón. Así que como le había pedido, intentaba convencer a Gonzalo de que hablara con Gadea y le contara la razón por la cual no había podido casarse con ella. No sabía los detalles de sus intenciones, pero no tenía muchas más salidas, ni muchas más aliadas como la joven cortesana.

—¿Estás enajenada? ¿Cómo voy a hacer eso? —preguntó el príncipe anonadado con la propuesta de su hermana.

—Gonzalo, en el ajedrez la dama es la pieza más valiosa del tablero. Confías en mí, ¿no? Pues ve a buscarla y pídele perdón. Muéstrate vulnerable y cuenta la verdad. La verdadera razón por la que no te casaste. Sé que parece un suicidio, pero las consecuencias, aunque peligrosas, nos ayudarán con nuestra victoria. Estamos unidos en esto, hermano —le tranquilizó Loreto haciéndole ver que todo saldría bien.

El príncipe Gonzalo asintió con la cabeza dando a entender que comulgaba con aquel plan suicida que su hermana le había propuesto: pedirle perdón a Gadea y hacer que se le escapase la verdadera razón por lo que no accedió a casarse. El joven dejó atrás a Nicolás y Loreto, y se armó de valor para dirigirse a los aposentos de la princesa Gadea. Estaba nervioso y sentía que le faltaban fuerzas para enfrentarse a aquella situación. No había vuelto a verla desde el día de la fatídica boda y no quería hacerle daño otra vez, pero deseaba creer que su hermana tenía un plan y que ese era un paso inevitable al que debía de enfrentarse si no quería reinar.

Al llegar al apartamento de invitados en el que la joven ya había estado instalada en el pasado, sintió cierta congoja en sus adentros y un nudo se aposentó en su garganta dificultando su respiración. Los nudillos le temblaban mientras acercaba la mano a la puerta que estaba a punto de golpear.

—Adelante —se oyó a Gadea al otro lado después de que el príncipe llamara al fin a la puerta.

Gonzalo deslizó tembloroso el pomo de metal dorado e inspiró vigorosamente antes de entrar. Debía enfrentarse no solo a sus demonios, sino a todo el daño que había causado y, sobre todo, al que sabía que estaba a punto de causar.

—Qué agradable sorpresa —prosiguió la princesa francesa disimulando desconocer la visita del príncipe.

—¿Cómo ha ido el viaje? —preguntó Gonzalo interesado, buscando la manera de suavizar el encuentro.

Gadea se acercó hasta él y le abrazó. Lejos de la lejanía y cólera que esperaba encontrar, la joven princesa mostró proximidad y cariño. En ese momento, no había nada de la altanería con la que había llegado a palacio horas antes. Lo que dejó ver a Gonzalo fue un carácter dócil y dulce. El príncipe estaba extrañado, pero con ella en sus brazos, recuperó su olor y también momentos de felicidad. Al abrazarla, su corazón le hizo recordar que había sentido algo por ella, o eso creía... Aunque siempre había tenido claro que su corazón era para Julia, Gadea era una mujer agradable, que se acercaba a su ideal. A veces los recuerdos pueden trasladar a un pasado que siempre fue mejor.

—Si te soy sincera ando algo cansada. Han sido varios días de viaje para volver a la capital y mi cuerpo se encuentra exhausto. Quizá podríamos tumbarnos un rato en la cama y conversar —propuso la joven.

—Gadea, me gustaría hablar contigo. Lo que pasó...

—Gonzalo, no sigas, olvídalo. El pasado está olvidado y he vuelto con la intención de empezar de nuevo —le cortó la princesa queriendo obviar por completo todo lo que había sucedido entre ellos dos.

—¿Cómo voy a olvidarlo? Te dejé plantada en el altar, Gadea. ¿Acaso no lo recuerdas? —preguntó contrariado el príncipe alzando las manos.

Aquella tranquilidad de la joven le perturbaba, no entendía por qué no desataba su rabia contra él. Lo necesitaba, necesitaba sentir su odio para poder castigarse por lo que había hecho. Para no martirizarse por seguir haciéndole daño. Pero en aquella habitación no existía ni un atisbo de despecho.

—En mi familia me enseñaron a perdonar, y, si eso es lo que te preocupa, estás perdonado. El conde-duque ya me ha dicho que estabas arrepentido y que sufriste mucho con mi partida. Pero ya estoy aquí —le trasladó la joven convencida de sus palabras mientras cogía la mano de Gonzalo y le regalaba un casto beso en el dorso.

—¿Cómo? ¿Qué te ha contado el conde-duque? —preguntó el joven enfurecido.

—La verdad. Que me echabas de menos y que estabas arrepentido de lo que hiciste. Que te asustaste con la premura de los acontecimientos y que ser rey te imponía algo de vértigo, pero que estaba seguro de que empezando de cero y sin prisa podríamos... —quiso dejar entrever la joven.

Pero antes de que pudiera acabar la frase el príncipe la interrumpió indignado, pues no podía creer las mentiras del conde-duque y le hervía la sangre al ver cómo todos jugaban con su vida. Aunque no quería reconocer que una pequeña parte de él sentía algo por aquella joven de cabellos cobrizos que lo miraba expectante.

—¡Podríamos nada, Gadea! Sus palabras no son ciertas, si no me casé contigo no fue porque tuviera miedo, sino porque mi corazón pertenece a otra dama —espetó Gonzalo sin ser consciente de que esa confesión estaba a punto de convertirse en el preludio de un incendio.

12

Pieles

El Salón de Espejos, contiguo al Comedor de Diario, era uno de los aposentos más enigmáticos y deslumbrantes del Palacio Real. Con forma de pieza cuadrangular, se llamaba así por la disposición de los grandes e imponentes espejos colgados. Alternaban con los papeles pintados y con los hermosos yesos en las sobrepuertas y el friso figuras mitológicas y alegóricas de relieve coloreadas de un azul intenso similar al color de cielo en los días de primavera. Aunque lo más impresionante de aquel lugar era un reloj del Buen Retiro con figuras blancas y las iniciales del rey Carlos y la reina Victoria grabadas.

El príncipe Gonzalo se hallaba sentado en uno de los sillones de la estancia. Vestía una chaqueta de paño abotonada alta con cinco botones y conjuntada con pantalones de montar de pana con polainas de cuero con hebillas y trabillas. Tenía las manos posadas sobre las rodillas mientras que la pierna derecha temblaba y hacía que el pie diera pequeños y repetidos golpecitos contra el suelo como resultado del nerviosismo que le invadía. Sin saber lo que a unos escasos metros de esa habitación estaba a punto de suceder. El hecho que desencadenaría el caos en la corte de los Monteros.

La tarde caía y los rayos del sol atravesaban impúdicos los cristales de la ventana impactando certeros contra los espejos que decoraban aquella estancia. De repente la puerta se abrió de una manera lenta, casi tímida, a la par que el corazón de Gonzalo bombeaba con una fuerza intempestiva.

—¿Estás ahí, Gonzalo? —preguntó algo confusa Julia, mientras empujaba la puerta para entrar en el Salón de Espejos.

—¡Adelante! —verbalizó el príncipe poniéndose rápidamente de pie al oír al otro lado la voz de la joven cortesana.

—¿Me has hecho llamar? La infanta Loreto me ha dicho que viniera al Salón de Espejos, pues querías verme —preguntó Julia explicando la razón por la que se encontraba en aquella sala y haciendo caso omiso a la promesa que le había hecho a doña Bárbara. Sintió que aquel encuentro sería su despedida silenciosa del joven. Después se alejaría de Gonzalo y actuaría como si nada hubiese sucedido entre ellos, como le había pedido la dama de compañía de la reina.

Gonzalo se acercó hasta ella y le cogió las manos. Pasó los pulgares por el dorso advirtiendo la suavidad de su piel que se asemejaba al tacto de las delicadas sedas que llegaban a palacio. El príncipe alzó los ojos, que se encontraron con los de la cortesana, gesto que le hizo respirar relajado, como si tener cerca a la joven consiguiera tranquilizarle. En esa calma que solo algunas personas son capaces de brindarnos sin tan siquiera ser conscientes de ello. Esa era la sensación de Gonzalo cuando Julia estaba a su lado, sentir que todo iba a salir bien. Como si la proximidad a su piel fuera el salvoconducto que le condujera siempre a puerto seguro.

—Necesitaba hablar contigo, Julia. He hecho algo terrible, pero por fin podré ser libre. Por fin, seremos libres —se confesó con la voz compungida.

—No me asustes, Gonzalo, ¿qué has hecho? —preguntó atemorizada.

—Decirle la verdad a Gadea. «La verdad os hará libres», aquella frase que doña Bárbara te enseñó. Ella tenía razón, tan solo debía ser valiente y contar la verdad, contar que no me casé porque tuviera miedo, sino que no lo hice porque estaba enamorado de otra mujer. Y eso es lo que he hecho, decir la verdad, Julia, para poder amarte —se declaró de nuevo el príncipe con cierta paz en sus palabras.

—¿Cómo has hecho eso? ¡Estás loco, Gonzalo! —rio Julia mientras echaba la cabeza hacia atrás, intentando disimular esa mezcla entre felicidad y miedo que sentía en aquel momento. El plan ya estaba en marcha.

Luego llevó la cabeza hacia delante para descansar la frente sobre la de Gonzalo. Ambos esbozaron una sonrisa como si sintieran que por fin el destino estaba decidido a unirlos. Aunque la realidad era que a la joven cortesana le atenazaba un temor atroz a que alguien pudiera descubrir que ella había sido la culpable del cambio de rumbo de la dinastía de los Monteros.

Gonzalo posó las manos en las mejillas de la cortesana. Acercó la boca hasta sus labios, que se fundieron en un húmedo beso. Julia se separó un poco y le fue besando castamente por la comisura de los labios, la barbilla, la punta de la nariz, las mejillas, los párpados, hasta llegar a la frente. Con esos besos, Julia expresaba de manera sincera el amor que le profesaba. Gonzalo le devolvió el gesto, pero esta vez cambió la dirección de los besos y comenzó a repartirlos de forma candorosa por el cuello de la cortesana hasta reposar sus labios en el primer lunar que la joven poseía en el escote, como si aquel punto fuera el inicio de partida que dejaba atrás lo casto para dar la bienvenida a lo impuro.

—Lo he hecho porque te amo, Julia, y no podía seguir ocultando este secreto —declaró el príncipe de nuevo sin miramientos.

Aquellas palabras estremecieron a Julia y su cuerpo se relajó dejándose caer levemente sobre los brazos de Gonzalo.

El príncipe la sostuvo de la cintura y comenzó a besarle los pechos, que sobresalían del escote del vestido de lino. Los pezones se endurecieron y se marcaron a través de la fina tela, encendiendo así la sangre de Gonzalo, que levitaba cuando sentía la cercanía de sus cuerpos. Tiró de la mano de la joven, y, acechados por la prisa de que alguien pudiera descubrirlos, no le quitó el vestido. Se arrodilló frente a ella. Él, de espaldas a la pared, y ella, frente a un espejo para poder admirarse. Levantó la tela despacio y Julia sintió un cosquilleo que recorría todas las partes de su cuerpo al saber el placer que le acechaba. Gonzalo posó las manos en los muslos y la invitó a separarlos dejando el hueco perfecto para que sus dedos emprendieran el viaje anhelado.

—Mírate —le propuso Gonzalo al ver que Julia había bajado los ojos para mirarlo.

La joven cortesana aceptó solícita el mandato y volvió a fijar su mirada en el espejo apreciando su propio reflejo. Gonzalo humedeció sus dedos índice y corazón, y los introdujo dentro de Julia, que se sumergió en un estado de éxtasis. Los comenzó a meter y sacar con delicadeza a la vez que con su pulgar mojado realizaba círculos en la parte exterior del sexo de Julia. El baile de aquellos dedos encendía los sentidos de la cortesana, que notaba cómo sus músculos se encogían a punto de explotar. Hasta que el ritmo de aquella sintonía le hizo estallar de gusto, alcanzando su máximo esplendor cuando el príncipe para calmar sus respiraciones acercó la boca y selló el final con un púdico y dulce beso en la vulva de la joven. Pero aquello tan solo era el prefacio, pues Julia codiciaba sentir aún más a Gonzalo.

Al levantarse, el príncipe se dirigió hasta el sofá contiguo y se sentó. Se bajó los pantalones y los dejó encajados en los tobillos por si alguien entraba y debía vestirse con rapidez. Su pene quedó al descubierto, mostrándose imponente y erecto. Aquella imagen hizo que Julia rápidamente acudiera en su búsqueda, queriendo acoger dicha verga en su interior. Se arremangó el vestido y se sentó a horcajadas sobre el joven, bajando poco a poco hasta conseguir encajar el falo en la vagina, como si fueran dos piezas condenadas por siempre a unirse. Aquella fricción que se producía cada vez que Julia cabalgaba con descaro al príncipe haciendo que su pene entrara y saliera sin descanso les provocaba una ola de placer indecible. Aumentaron el ritmo de aquellos embates hasta que se apoderó de Gonzalo el máximo regocijo y se derramó dentro de Julia.

A pesar de que aquella sala estaba muy cerca del bullicio de palacio, pues se encontraba contigua al comedor, aquellos dos temerarios amantes habían necesitado volver a sentirse de nuevo. Eso es lo que eran, amantes, personas que se aman, que olvidan por un momento la posibilidad de ser descubiertos. Porque aquellos dos jóvenes se amaban a pesar de todo y a pesar de todos. Se amaban pese los miedos, las dudas, los obstáculos, las imposiciones y las prohibiciones. Se amaban a pesar de todo y por encima de todo. Quizá no habían sabido expresar con palabras lo que sus corazones desde niños siempre habían guardado, pero la cercanía en la que ambos se encontraban, la manera en la que se miraban absortos, la forma que tenían de cuidarse, de preocuparse y de ocuparse el uno del otro, de respetarse y admirarse, aquello era una clara manifestación de amor. Habían tardado años en verbalizarlo y en encontrar las palabras adecuadas y precisas para ponerle nombre a aquello que los dos sentían. Porque a veces al amor no sabemos ponerle nombre, ni verbo, ni etiqueta, pero sabemos ponerle piel. Aquellas pieles estaban destinadas a amarse para el resto de sus vidas.

13

La ira

Los dos jóvenes amantes se hallaban ajenos a lo que acontecía a escasos metros de ellos.

En el pequeño gabinete con suelos de mármol, situado en la esquina suroeste del palacio y que era utilizado por el conde-duque de Pastrana como antedespacho del despacho del rey Carlos, el temor estaba a punto de hacer alarde de su osadía.

Don Francisco leía el periódico con las piernas apoyadas en un escritorio alemán de campaña en acero. El rey había salido a jugar una partida de cartas a casa de un conocido aristócrata que pasaba largas temporadas fuera de la ciudad, pero la que, cuando volvía a Madrid, le gustaba organizar timbas con la alta sociedad madrileña. Se encontraba relajado, pues al no encontrarse la figura del rey en palacio, podía descansar de sus quehaceres diarios.

La puerta del gabinete se abrió de golpe.

—¿Le gusta jugar con fuego, conde-duque? —preguntó don Juan, el valido del rey francés nada más cruzar el quicio de la puerta del gabinete con aire desafiante.

Don Francisco bajó rápidamente las piernas del escritorio y se puso en pie al ver de quién se trataba. Su usual altanería quedó relegada a un segundo plano y tragó saliva con gran esfuerzo, como si aquel habitual gesto le costara.

—Don Juan, no sabía que vendría. ¿A qué se debe esta grata visita? —preguntó extrañado el conde-duque, intentando suavizar el ambiente, pues podía notar el enojo del noble visitante.

—¿Usted me toma por necio? —respondió enfurecido a la vez que cogía del cuello al conde-duque.

El valido aumentó la fuerza de la mano derecha con la que apretaba el cuello del conde-duque haciendo que a este le costara respirar. Antes de que don Francisco pudiera reaccionar, pues aquel gesto le había dejado casi sin aliento, el francés separó la mano dándole tregua para que pudiera recobrarse de aquella agresión.

—Por favor, no sé de qué me habla —reconoció el conde-duque sin entender a qué se debía la violencia de aquel hombre.

—Anoche Gadea vino a verme hecha un mar de lágrimas, ese desgraciado engreído con el que usted prometió que se casaría le hizo saber que no la ama —explicó don Juan lleno de ira.

—Pero, don Juan, el chico simplemente está confundido, le dio miedo el compromiso, usted déjelo en mi mano, que verá cómo hago que vuelva a enamorarse. Ya sabe cómo son los jóvenes, no tienen remedio —intentó excusarle el conde-duque con falsa seguridad, ya que por dentro aquella situación le estaba atemorizando al ver la violencia con la que actuaba el valido francés.

—Usted cree que yo soy imbécil, ¿verdad? —dijo mientras le daba un empujón y le abofeteaba de tal modo que el conde-duque empezó a sangrar por el labio por el impacto.

Don Francisco retrocedió unos pasos por el golpe e instintivamente se tocó la boca al notar que algo descendía por el labio. Luego separó la mano para comprobar que era sangre.

El labio estaba ligeramente hinchado y una raja era la culpable de que la sangre siguiera brotando sin descanso.

—¿Está usted loco? —preguntó don Francisco, asustado.

—Loco estaría si creyera que puedo confiar en usted. No se trata de una rabieta de un joven que tiene miedo al compromiso. El príncipe Gonzalo le ha reconocido a Gadea que no se casó con ella porque en su corazón hay otra mujer —certificó el valido francés ante el asombro del conde-duque.

—Eso no puede ser cierto —respondió contrariado don Francisco, pues no había habido mujer en la vida del príncipe.

—Me da igual si es cierto o no. Pero la princesa Gadea está destrozada y enojada, y más aún lo estará su padre, el rey de Francia. Y nadie osa desafiar al rey de Francia. Más le vale encontrar una solución a esto y que Gadea se ponga la corona del reino de España, porque si no seré yo quien acabe con su vida como ya le dije. Si esta vez algo sale mal, me encargaré de que el rey Carlos sepa que es usted una vil alimaña y que le vendió a él y a su reino por unos cuántos reales y un puesto en nuestra corte. ¿Y sabe entonces qué pasará con usted? Que, en vez de morir en mis manos como un hombre de honor, morirá en la horca frente a todo el pueblo, que sabrá que usted no es más que una deshonra para España —le amenazó don Juan atacando en el punto débil de aquel narcisista.

—Juro por mi vida que Gadea Mendoza de Covarrubias será reina de España —espetó don Francisco dolorido mientras el valido francés abandonaba el gabinete cerrando la puerta con fuerza.

Con el estruendo de la puerta al cerrarse, el conde-duque respiró aliviado. Sacó un pañuelo de la casaca y retiró los restos de sangre de la boca y la barbilla. El labio se le había hinchado más y el cuello seguía dolorido con la marca de los dedos del valido francés. Pero el temor que había sentido instantes atrás se tornó en ira, y la rabia hizo mella en su ser. Cogió un tibor chino de la dinastía Qing que el rey Carlos le había regalado tiempo atrás y lo lanzó contra el suelo descargando su enfado con este gesto. El tibor se rompió en miles de trozos.

Tras esto abandonó el gabinete, montó su caballo y salió a toda prisa del palacio en busca de la única persona con la que podía descargar toda su furia. La inquina se adivinaba en su mirada y en la ferocidad con la que atizaba al animal. Cuando llegó a su destino, lo ató a una posta y se dirigió a la puerta de entrada de la vivienda, que aporreó repetidamente.

—¡Abre la maldita puerta! —gritó desgañitándose.

Pero aquella casa permanecía en silencio y todas las luces estaban apagadas.

—¡He dicho que abras la condenada puerta!

Parecía que nadie vivía allí, todo era silencio. Pero después de lo que acababa de vivir, el conde-duque no se dio por vencido.

—Eva, abre la maldita puerta, o te juro que después de aquí me iré a casa de tu padre y le pegaré un tiro en la sien —le intimidó con aquel ultimátum, pues estaba seguro de que la joven se encontraba en casa.

La puerta se abrió despacio y al otro lado esperaba Eva con la cabeza agachada, evitando hacer cualquier tipo de contacto visual con el conde-duque a sabiendas de cuáles serían las consecuencias por no haber querido abrirle. Pero a la joven no le dio tiempo ni a razonar, porque aquel le propinó un puñetazo que hizo que cayera estrepitosamente contra el suelo golpeándose la cabeza.

—¡Pare, se lo ruego! —suplicó la joven entre lágrimas y totalmente desubicada al no comprender lo que estaba sucediendo.

Intentó ponerse de pie, pero el pavor que se adivinaba en los ojos de Eva y sus súplicas no fueron suficientes para que don Francisco parara. Aquel hombre necesitaba sacar de sus adentros la rabia contenida tras la agresión que había sufrido por parte del valido francés. Ante este había replegado sus alas y había ocultado cualquier atisbo de valentía, pues sabía que ese hombre cumpliría sus amenazas. Así que aquella mujer indefensa a la que había conseguido amedrentar por medio de un chantaje y cuya seguridad había logrado minar haciéndola sentir pequeña y vulnerable era la única víctima contra la que podía descargar su ira sin recibir apenas respuesta o revancha por su parte.

Con Eva todavía tumbada en el suelo, dolorida, con el pómulo inflamado y el ojo ensangrentado por el impacto, el hombre se desvistió rápidamente quedando completamente desnudo. Ella se dio por vencida. Él se tumbó sobre ella y le levantó la falda dejando su sexo completamente accesible. Llevó la mano izquierda hasta su cuello apretándolo con fuerza a la vez que la penetraba con un ímpetu desmedido, embistiéndola violentamente. Los ojos del conde-duque parecían salirse de sus órbitas en cada movimiento, al mismo tiempo que apretaba con fuerza los dientes. Eva como pudo, pues don Francisco seguía agarrándola del cuello haciendo que le costara respirar, giró la cabeza hacia la izquierda para evitar tener que verle la cara a aquel repugnante hombre que la estaba forzando sin mesura. La joven tragó saliva a duras penas y en ese instante una lágrima descendió por su mejilla. Su libertad había sido sometida a la voluntad de aquel hombre que tenía en su poder el secreto que podía acabar con su familia.

Sin ningún atisbo de culpa en su ser, el conde-duque volvió al palacio con el semblante sereno, pero para su sorpresa se encontró a Gadea paseando con la mirada perdida en los aledaños de la entrada principal. Quiso evitar el encuentro deshaciendo sus pasos. Tuvo mala suerte, porque la princesa lo vio de inmediato.

—No hace falta que disimule, quizá debiera usted enfrentarse a sus lamentables actos —le reprochó Gadea, dirigiéndole una mirada altiva.

—No disimulaba, es que no quería molestarla —mintió el hombre.

Don Francisco recordó las palabras del valido francés y cómo este le había amenazado de nuevo tras contarle que Gonzalo había confesado a Gadea que realmente amaba a otra joven, dejándola completamente destrozada. El conde-duque la observó con detenimiento, no había signos de tristeza en ella, sino que podía sentir la ira que brotaba de cada uno de sus poros. Reconoció que aquella dureza en su rostro le confería cierto atractivo.

—¿Sabe? Pensaba en cómo veo la corona alejarse de mi cabeza y no me gusta tener ese pensamiento rondándome la cabeza —le explicó vacilante la joven.

Le gustaba esa nueva Gadea, le recordaba a él mismo cuando era más joven. Necesitaba tenerla de su lado, ganarse su confianza le ayudaría a espantar la amenaza que sobre su persona había lanzado el valido francés.

—El poder es muy seductor. Nos hace sentirnos vivos y nos coloca en un lugar al que pocos pueden acceder. Lo que pasa es que a veces oímos cantos de sirena que nos encandilan y en muchas ocasiones esos cantos provienen de quien tenemos demasiado cerca... —comenzó a engatusarla el conde-duque, dejándole caer que don Juan no debería ser su apuesta ganadora.

—¿Qué insinúa? —preguntó directa Gadea, aunque entendía a la perfección aquella referencia.

—Que si he llegado hasta donde estoy es porque cuento con el beneplácito de quienes poseen el poder en esta corte. Y que, si queréis lo mismo, quizá deberíais dejar de escuchar cantos de sirena y todo lo que a Gonzalo se refiere, y comenzar a escuchar a quien realmente tiene voz en este lugar —le aconsejó el conde-duque.

—O sea, a usted —sentenció la joven.

Don Francisco afirmó con una seductora y maliciosa sonrisa, y Gadea le ofreció su suave y delicada mano, como si aquel gesto denotara la aceptación de la invitación que el valido le acababa de hacer. Aquel gesto hizo honor al dicho que corría a veces por palacio de que «Dios los cría y ellos se juntan». En aquel diminuto espacio se habían juntado dos personas ávidas de poder y carentes de escrúpulos. Lo cierto es que en la corte de los Monteros había mucha gente dispuesta a ofrecer su alma al diablo con tal de acariciar el trono.

14

La pluma

La galería del piso principal era tan desnuda y sencilla que su belleza radicaba exactamente en ese encanto. Los techos altos con enormes ventanales y paredes de piedra eran suficientes para otorgar un halo de majestuosidad a aquellos pasillos. La galería daba la vuelta entera al Patio del Príncipe y se abrían a ella todos los aposentos menores, excepto en el ala de mediodía, que daba al Salón de Columnas y al de Alabarderos, y en el ala del norte, que daba a la capilla.

Doña Bárbara recorría la galería con paso firme mientras se abanicaba con una sensualidad inherente a ella. El abanico que llevaba era de La Comedia Francesa, que destacaba por su vistosidad y que había sido un regalo de su gran amigo, el abogado Carranza de Sotillos, traído desde Francia en uno de los viajes para ver a su hijo Nicolás mientras estudiaba en la capital francesa. En el anverso doble de piel había una serie de retratos en miniatura y en el reverso, en papel pintado con guanche, oro y plata cortada, la imagen de Minerva y Marte. Disponía de un varillaje hecho de marfil tallado y grabado con vidrio y brillantes. La vestimenta con la que lo acompañaba esta vez era más recatada, pues llevaba un vestido de delicada seda con estampado floral de cuello alto que le tapaba por completo el pecho, y a la altura de este un volante de linón acompañado con una falda escalonada. El pelo ondulado y rubio lucía perfecto en un recogido con moño bajo coronado por un sombrero de paja con alas de pájaro y bonitas flores artificiales del color de las frambuesas.

—Lo siento, doña Bárbara, no pienso hacer eso —se negó risueño Nicolás Carranza ante la disparatada proposición de la mujer mientras caminaba a la par que ella.

—Por favor, Nicolás, no te hagas ahora el digno, porque has pasado bajo las sábanas de la inmensa mayoría de las mujeres de esta corte. Bueno, y de fuera de ella —rio la dama de compañía, que conocía a la perfección lo mujeriego que era el hijo de su buen amigo. Se giró a mirarlo.

—Que me guste explorar mis instintos masculinos y regalar divertimento a las damas de este palacio para alejarlas de la aburrida vida en la que se hallan sumidas no quiere decir que acepte tener acercamientos con cualquiera —se rebeló el joven ante la petición que le estaba ofreciendo.

—No es con cualquiera —insistió doña Bárbara a sabiendas de que aquel joven era el mejor pretendiente del que disponía.

—¡Claro que no es con cualquiera! ¡Es con la madre de mi amigo! —se aireó el joven.

—Se te olvida que la madre de tu amigo es la reina de España. Y a la reina hay que obedecerla. Solo quiere que un joven de piel tersa y buena genética la mire. No tendrás que hacer nada, solo mirar. Desde que Jorge se fue y desde que el rey se alzó contra las nereidas, el Ateneo ha perdido fuerza. Cada vez me cuesta más organizar encuentros, así que los vapores melancólicos del rey van en aumento y la reina Victoria tiene necesidades carnales que nadie le satisface. Y ya sabes por tu padre que sois muy pocos en los que puedo confiar. Quiere que os pongáis capa y máscara, así que nadie sabrá quién eres. Solo tú y yo. Hazlo por mí, por favor —solicitó doña Bárbara. Sabía de la importancia que tenía para los reyes volver a revivir de alguna manera el Ateneo, aunque ya casi nadie se atreviera a formar parte de él tras conocer hasta donde era capaz de llegar el rey Carlos.

—Está bien, lo haré por usted. Pero júreme que Gonzalo nunca lo sabrá —pidió el joven Carranza, algo nervioso a pesar de que en el fondo aquella situación le provocaba cierta curiosidad.

—Te lo juro. Toma. —Doña Bárbara sacó del bolso que llevaba colgado del brazo una llave—, espérame en el cuarto rojo. Entra en el último habitáculo y desnúdate.

—¿Entero? —preguntó asombrado.

—Por Dios, Nicolás. Si os pasáis el día corriendo y bañándoos desnudos en la fuente. No quieras hacerte ahora el decente —le recriminó, pues sabía que siempre había sido poco pudoroso.

—Que conste que lo hago por usted —rio el joven.

—Por supuesto, estoy segura de que no lo haces porque eres un joven libidinoso. Anda, ve para allá, desnúdate y ponte la capa de seda y el antifaz que he dejado en el habitáculo. Yo he de ir a por una joven. No abras a nadie hasta que yo llegue.

Doña Bárbara siguió recorriendo la galería hasta que llegó al ala donde se encontraban algunas de las habitaciones de los cortesanos. Tocó suavemente en una de ellas.

—¿Estás preparada, Julia? —preguntó desde el otro lado.

La puerta se abrió y la joven cortesana la recibió tras ella. Vestía un vaporoso vestido de muselina de color buganvilla. Se había recogido el pelo castaño en una coleta tirante que acentuaba sus ojos color avellana.

—Creo que sí —contestó dubitativa.

—¿Llevas la capa y la máscara? —preguntó doña Bárbara para cerciorarse de que realmente estaba preparada.

—Sí —contestó la joven enseñando el brazo izquierdo que se escondía tras la puerta y sobre el que había colocado la capa y el antifaz.

—¿Estás nerviosa? —preguntó al ver cómo le temblaba el brazo.

—Estoy nerviosa porque me da miedo que el rey pueda descubrir que soy yo, pero tengo ganas de volver a sentir lo que experimentaba en el Ateneo —reconoció Julia, quien poco a poco estaba notando que se avivaba la llama del deseo.

—No te preocupes, nunca lo sabrá —le prometió doña Bárbara, que en cierto modo utilizaba los puntos débiles de aquellos jóvenes para cubrirse las espaldas y poder seguir satisfaciendo los deseos de los reyes, que era lo que más poder le concedía.

Las dos mujeres anduvieron en silencio hasta el cuarto rojo. Una vez ahí la dama de compañía hizo una señal a la joven cortesana para que se pusiera el antifaz y se cubriera con la capa.

—Una vez que entres en tu habitáculo has de desnudarte, ¿entendido? —le pidió mientras la otra asentía.

—¿Solo he de mirar? —quiso cerciorarse Julia.

—Solo has de hacer eso. La reina quiere que la miréis y sentirse de nuevo codiciada. En el fondo solo lo hace para vengarse de ese fetichismo que tiene el rey de ser él el que mira —explicó doña Bárbara.

—Pero si siempre le ha gustado mirar, ¿por qué ahora le molesta? —preguntó extrañada la cortesana.

—Pues porque desde que pasó todo aquello con las nereidas y la falta de mujeres para el Ateneo, el rey ahora observa con fascinación absoluta a mujeres dando a luz... —le confesó así el extraño nuevo fetichismo del rey.

—¿A mujeres dando a luz? —Se quedó totalmente asombrada.

—Mejor no preguntes —finalizó su tutora aceptando la rareza de aquel extraño comportamiento del rey.

Al entrar en el cuarto rojo dirigió a Julia hasta su habitáculo y cerró la cortina de terciopelo rojo. Luego se cercioró de que Nicolás ya se encontraba preparado dentro del suyo.

Poco rato después, unos golpes en la puerta y la contraseña de acceso permitieron que doña Bárbara, sentada en su sillón, diera paso a dos mujeres. Una de ellas se dirigió con la capa y el antifaz al habitáculo que había junto a Julia, y esta pudo escuchar cómo se desnudaba. La otra mujer se quedó junto a la cama redonda que había en el centro de la estancia y se desvistió. Al estar completamente desnuda y tan solo oculta por el antifaz de terciopelo negro, Julia pudo adivinar con prontitud que se trataba de Liliana, una de las cortesanas preferidas de la reina. Y en ese momento los reyes entraron al cuarto rojo a cara totalmente descubierta. El rey se dirigió al habitáculo que quedaba libre y la reina requirió de la ayuda de doña Bárbara para desnudarse.

—¿Llevan las capas? —preguntó la reina.

—Y los antifaces —añadió doña Bárbara.

—Ya puede destapar las cortinas —pidió la reina Victoria.

Mientras ella se tumbaba desnuda en la cama redonda con la ayuda de Liliana, doña Bárbara descorría las cortinas de terciopelo de los cuatro habitáculos donde se encontraban Nicolás, Julia, la mujer que llegó junto a Liliana y el rey. Todos ocultaban su identidad bajo las capas y los antifaces, salvo el rey. Nicolás y Julia se hallaban nerviosos por el mismo motivo: ser reconocidos por los monarcas. Pero esto no fue lo que sucedió. Lo que sí ocurrió es que, Julia, inquieta, inspiró de una forma acelerada y profunda, y esto fue lo que hizo que notase un olor que le resultaba familiarmente conocido: Eva. Reconocer ese olor tan característico y su manifiesta cercanía hizo que se le acelerara el corazón. Era la única mujer capaz de estremecerla con su sola presencia.

—Quiero que todos fijéis vuestros ojos en mí. Necesito sentirme deseada otra vez —reconoció la reina en voz alta.

Aquel comentario disgustó al rey, pues sabía que los vapores melancólicos también eran en parte causa de que ella se sintiera así.

Todos obedecieron y dirigieron la mirada hacia ella. Incluida doña Bárbara, que seguía sentada en su sillón admirando aquella estampa. Alzó el mentón dándole a Liliana el beneplácito para que empezase con el ritual sexual. La bella mujer se encaminó hasta la pared del fondo del cuarto rojo donde había una especie de equis de madera negra. Del borde de cada punta pendía una argolla metálica con un sistema de cerrojo, unida al resto por un tramo de cadenas. Estaban hechas a golpe de martillo en forja de hierro. A la derecha de esta equis, en un panel de madera, colgaban fustas de las que se utilizaban para dar brío a los caballos, antifaces de seda de color negro sin aperturas en los ojos, plumas largas y pobladas semejantes a las de un pavo real y un sinfín de artilugios. Liliana posó los ojos en ellos y se decantó por una bonita y larga pluma de color azul cobalto. La cogió entre sus manos y pasó los dedos entre ella. Volvió hasta la cama redonda donde la reina se encontraba tumbada. Dejó la pluma junto a ella y con la mano derecha sujetó el tobillo derecho y con la mano izquierda el tobillo izquierdo de la reina. Luego le separó las piernas e hizo que su sexo se abriera como si de una flor se tratase. La atractiva joven volvió a coger la pluma y la deslizó por el cuello de la monarca recorriendo con ella cada recoveco de su cuerpo. Primero se paró en sus pechos realizando círculos con ella. La reina al sentir el tacto notó cómo los pezones se le erizaban y también la piel. Luego Liliana continuó bajando la pluma por su tripa hasta llegar al pubis. Ahí se detuvo y pasó con delicadeza la pluma sobre él. Victoria suspiró presa de la excitación. Al notar esto la favorita pasó la mano por el sexo de la monarca para comprobar que ya se encontraba empapado y listo. Alzó la vista hacia doña Bárbara y asintió con la cabeza para trasmitirle que la reina ya estaba lubricada. La dama de se levantó del sillón con un dildo de marfil en la mano y se lo ofreció a la joven. Desde sus habitáculos, los asistentes tenían los ojos clavados en ellas. La joven introdujo el dildo en su boca para impregnarlo de saliva y luego dibujó círculos con él alrededor de la vulva de la reina.

—Métemelo ya, te lo ordeno —dictaminó Victoria presa del deseo.

Liliana acató la orden presurosa introduciendo el dildo de marfil, de frío tacto, en el sexo de la reina, una y otra vez. Y cuanto más rápidas eran sus respiraciones con mayor rapidez lo introducía y lo sacaba provocándole así un mayor gusto. Gusto que hizo que el pene de Nicolás también se endureciera y se pusiera erecto, aunque el joven intentara disimularlo poniendo la mano sobre él. La reina al ver que había provocado dicho ardor en el desconocido aumentó su enardecimiento. Y notó cómo se contraían los músculos de la vagina, pues estaba a punto de derramarse. No hicieron falta muchos más acometimientos con el dildo, pues un sonoro gemido dio por finalizada aquella sesión del Ateneo.

Todos abandonaron en silencio el cuarto rojo, incluida Julia. Pero aquel día Eva fue más lenta, y doña Bárbara aguardaba en la puerta a que terminara de vestirse.

—Por favor, date prisa, ya se han ido todos —le apremió la tutora.

—No se preocupe, doña Bárbara, puede irse. Yo tiraré de la puerta al salir —se ofreció Eva, que contaba con la total confianza de la dama de compañía.

Eva esperó a que esta saliera del cuarto rojo y acto seguido se vistió con más brío. Dobló la capa y la dejó sobre la cama redonda. Y abandonó la estancia con el antifaz puesto, como había hecho el resto. Al salir cerró la puerta y caminó por el pasillo de la planta inferior, cuando repente al pasar por delante de una sala contigua notó cómo alguien le tiraba del brazo, obligándola a entrar en la estancia.

—¿Quién eres? —preguntó estupefacta Eva, pues no comprendía lo que estaba sucediendo.

—Tranquila, soy yo. —Julia se bajó la capucha de su capa y se quitó el antifaz—. He reconocido tu inconfundible olor.

—¿Estás loca, Julia? Casi me da un infarto. —Respiró más tranquila al saberse fuera de peligro.

—Anda, quítate ya eso, que aquí ya nadie puede vernos —dijo la cortesana mientras dirigía su mano hasta el antifaz de Eva.

Pero esta le dio un manotazo para apartar la mano de Julia. El violento gesto le dolió.

—Pero ¿qué haces? ¿A qué ha venido eso? —preguntó extrañada Julia mientras con la mano izquierda se acariciaba la mano.

—No ha venido a nada, Julia, es que no puedes ir toqueteando a la gente así sin más, sin su permiso —le recriminó Eva molesta.

—Pero ¿qué bicho te ha picado? —contestó visiblemente molesta la cortesana, que no entendía a qué se debía esa actitud.

—Lo siento, tengo que irme, Julia —se disculpó la culebrina disgustada por lo que acababa de suceder.

—No, tú no vas a irte de aquí hasta que hablemos. Dime, ¿qué diantres te sucede? —La cortesana la retuvo agarrándola del brazo.

—Nada, no me sucede nada —contestó Eva con lágrimas que caían bajo el antifaz, a la vez que sujetaba el brazo dolorido.

—¿Te he hecho daño? —indagó la joven sorprendida, pues no le había tomado con excesiva fuerza.

—No, no has sido tú —reveló Eva al ver la preocupación de Julia.

Eva agachó la cabeza y deshizo lentamente con sus manos el nudo que ataba los extremos de los lazos de seda del antifaz.

Se lo quitó con cuidado y lo dejó caer al suelo. Sin levantar la cabeza y con la mirada en el suelo, Eva sollozó, y las lágrimas caían certeras sobre las baldosas. Julia se adelantó hasta ella y colocó las manos en sus mejillas para levantarle la cara y poder mirarla a los ojos. Pero lo que vio frente a ella le destrozó el corazón en mil pedazos.

—¿Quién te ha hecho eso? ¿Ha sido ese malnacido? —preguntó furiosa.

La ceja de Eva y el labio superior estaban totalmente hinchados, el ojo derecho amoratado y bajo este una rozadura coronaba el pómulo. La belleza de Eva parecía haberse desvanecido, y había algo peor que aquellos daños visibles, algo que iba más allá de lo tangible: el brillo de sus preciosos ojos verdes se había apagado para siempre.

15

Una mente maquiavélica

Un nuevo día amanecía en palacio, y el sol hacía acto de presencia colándose por los imponentes ventanales que recorrían todo el edificio. Con delicadeza buscaba despertar a los cortesanos que habitaban aquel majestuoso lugar. Aunque en una de las estancias no hicieron falta sus dotes para conseguirlo, pues la residente de aquella alcoba llevaba toda la noche en vela absorta en un sinfín de pensamientos que la atormentaban. La imagen del rostro herido y amoratado de Eva se había instalado de forma perenne en la mente de Julia. Le preocupaba ignorar el porqué de que su amiga permitiera esas vejaciones, cuál era el poderoso motivo por el que el conde-duque podía someterla. Todo aquello la martirizaba por dentro y necesitaba arrojar algo de luz para paliar aquel sufrimiento. Así que se sentó en el sillón que se encontraba frente a su escritorio. Del cajón sacó un tintero y un cuaderno amarrado con un cordel de fibra natural que sujetaba una pluma y se dispuso a escribir una de sus muchas cartas sin destinatario.

Quisiera olvidarme de tal sufrimiento, propio y ajeno. Quisiera acariciar esas heridas y besar sus cicatrices para que ella no sienta ese injusto dolor que alguien le causa. Acurrucarla en mis brazos y tocar con cuidado su cabello para que con ese gesto sepa que sigo a su lado. Quisiera entender la razón por la que anoche salió despavorida al mostrarme su rostro sin darme explicación alguna. Quisiera que alguien amara a Eva como se merece. Al igual que quisiera que me amaran a mí. Aunque he de reconocer que si busco algo de luz no puedo negar la evidencia de que Gonzalo se encamina a dármela. Llevo toda la vida a la sombra, siendo el secreto que hay que callar, la vivencia que hay que ocultar. Sintiéndome pequeña al no ser reconocida, al no ser vista, al no ser celebrada. En el cobijo de una sombra que me helaba, pues nadie sabía de mi existencia dentro del corazón del príncipe. Pues nadie sabía que él me pensaba y me anhelaba, nadie sabía que él me amaba. Y eso me estaba matando, me estaba empequeñeciendo. Porque necesitaba sentirme querida, protegida y vista. Necesitaba sentirme vista, por él y por quiénes le rodean. Aunque temo las represalias, pero el simple hecho de que le haya reconocido a Gadea que en su corazón anida otra mujer me ha valido como un rayito de esperanza que ha dado algo de luz a esta eterna sombra.

Al terminar de escribir, alzó la mirada y se detuvo en la calidez que el sol le regalaba, como si ansiara recargarse con aquella energía. La calma fue interrumpida de imprevisto cuando alguien tocó con premura la puerta de la habitación.

—¿Quién es? —preguntó extrañada Julia, que no esperaba visita.

Pero al otro lado nadie contestó. La joven cortesana oyó unos pasos que se alejaban y rápidamente se levantó intrigada para ver de quién se trataba.

—¿Eva? —preguntó sorprendida al adivinar en la figura que se alejaba a alguien que conocía bien.

—Lo siento, Julia, no tenía que haber venido. —La culebrina se arrepintió de haber llamado a la puerta.

—¡Por favor, espera! —vociferó Julia saliendo en su búsqueda, pero Eva aligeró el paso.

—Julia, no —contestó firme cuando notó que la joven cortesana la alcanzaba y la sostenía de la mano.

—Te lo ruego, Eva. Ven conmigo —suplicó con tanta congoja en la voz que su amiga tan solo pudo aceptar sumisa aquella petición.

Eva la siguió hasta la habitación. Su paso era lento y parecía cansino, como si le costara arrastrar el peso de su propio cuerpo. Se cubría el cabello y parte del rostro con un chal de seda de color violeta y gris intenso. Estaba confeccionado en una sola pieza rectangular acabada en flecos deshilados y decorado con motivos vegetales. Al entrar en la estancia se dirigió directamente a la esquina de la cama de Julia y se sentó en ella.

—Te ayudo a quitártelo.

Julia se acercó lentamente para retirarle con cuidado el chal.

Eva agachó la cabeza y volvió a clavar la mirada en el suelo. Un gesto que denotaba vergüenza. Como si ella fuera la imagen de la deshonra y el bochorno, y necesitara ocultarse tras aquel trozo de seda que escondía no solo su cabello, sino sus heridas.

—Cuéntame qué ha pasado, Eva, si no, no podré ayudarte —pidió la cortesana verdaderamente preocupada al contemplar de nuevo el rostro de la culebrina.

Pero ella seguía ensimismada con los ojos clavados en los pies y los labios sellados presos del miedo que se había apoderado de ella. En esa habitación no quedaban restos de Eva, de su Eva. De aquella mujer que había conseguido romper las barreras de los ideales arcaicos con los que Julia había crecido y había sido capaz de que se rindiera en sus brazos, en sus besos, en sus caricias, en su sexo. Había logrado que se rindiera a ella. Pero allí ya no quedaba rastro de aquella belleza magnética, de aquella sensualidad cautivadora. Allí ya no quedaban indicios de la mujer que había sido, tan solo la imagen de alguien a quien la vida la abrumaba.

—Si no me lo cuentas, tendré que ir a buscar a doña Bárbara y confesarle lo que te han hecho —anunció la cortesana mientras hacía un amago de salir por la puerta.

Aquella advertencia fue suficiente para que Eva reaccionara. Con la mirada perdida se puso en pie para abandonar esa burbuja en la que se hallaba sumida. De repente sus ojos volvieron a la realidad y un instinto casi de supervivencia brotó al escuchar aquellas palabras.

—Por favor, no, Julia. Te lo ruego —suplicó la mujer mientras la sujetaba del brazo—. Te lo contaré todo.

—¿Por qué el conde-duque te está haciendo todo esto? —preguntó la joven cortesana.

Eva la observó impasible, con la mirada fija en sus ojos, pero con los pensamientos a kilómetros de allí. Como si estuviera rumiando por dentro todo aquello que le mortificaba.

—Cuéntamelo, Eva, por favor. Qué ocurre con el conde-duque —volvió a insistir.

Su amiga bajó la mirada y volvió a clavarla en el suelo, y entonces comenzó a asentir, dispuesta por fin a contar la verdad.

—¿Por qué te lo ha hecho? —quiso saber angustiada la cortesana.

—El conde-duque tiene una mente maquiavélica —suspiró Eva al comenzar su confesión, como si se estuviese liberando de un gran peso.

—Desgraciadamente eso ya lo sabemos. Pero quiero saber por qué te hace daño. Quiero saber por qué te fuerza a hacer esas cosas horribles.

—El conde-duque es un enfermo del poder y la riqueza, y quiere a toda costa salir de la sombra del rey. No solo firmó el pacto para convertir a Gadea en reina a cambio de ser un mandamás en la corte francesa, sino que ha urdido un plan para amasar más dinero y mando. Está aprovechando los vapores melancólicos del rey y convenciéndole de que la capital del reino debe trasladarse a Valladolid con la excusa de la insalubridad y el riesgo de peste en que Madrid se halla sumida —explicó Eva.

Julia la miraba aturdida sin entender cómo aquello le afectaba, cómo aquello había derivado en aquel ensañamiento contra su persona.

—Pero, Eva, ¿qué tiene que ver todo esto contigo? —preguntó Julia desconcertada, pues no sabía dónde le iba a llevar esa confesión.

—El conde-duque ha comprado numerosos terrenos y propiedades en Valladolid, que venderá a la corte y a los cortesanos cuando consiga su propósito de trasladar la capital allí. Y para ello, ha engañado a la gente con contratos irrisorios y abusivos. Contratos que obligó a mi padre, por ser abogado, redactar y firmar. Le obligó a hacerlo amenazándole de muerte. Y ahora que lo ha hecho, me obliga a mí a rendirle pleitesía, pues si no le contará al rey que todo esto ha sido un plan de mi padre para engañar a su majestad y llenarse los bolsillos. Y, Julia, si el rey se entera de esto, mi padre acabará en la horca. Me amenaza con eso o con que lo matará él con sus propias manos, como oíste el día que estabas en casa, para que no me olvide nunca de lo que es capaz de hacer y por qué tengo que someterme siempre que le plazca.

La joven cortesana tragó saliva ante esa confidencia. No podía comprender la crueldad de aquel hombre ni su mente perversa. Cómo el conde-duque era capaz de maquinar planes basados en el engaño, las amenazas y los chantajes. No podía entender cómo en la corte de los Monteros nadie sabía de su perversidad ni le dejaba al descubierto.

—Eva, déjame ayudarte. Debemos parar esto. No podemos permitir que te cause más daño —reconoció la joven cortesana aun sabiendo que ella sola no podría.

—Ni se te ocurra, Julia. Si el conde-duque se entera de que lo he contado, matará a quien sea para hacerme daño. Lo sé, lo conozco. Él jamás descansa. Júrame que no le dirás ni una palabra de esto a nadie —suplicó Eva atemorizada.

—Te lo juro.

Las dos amigas se fundieron en un eterno abrazo.

Eva volvió a cubrirse el cabello y tapar parte del rostro con el chal y se despidió de Julia. Parecía que el abrirse en canal le había dado calma. Esto demostraba que todo aquello que nos guardamos dentro se acaba convirtiendo en un nudo que nos ahoga y nos atormenta, nos mata poco a poco. Nos consume y nos diluye. Nos volvemos esclavos de lo que callamos.

Unos nudillos golpearon la puerta.

—¿Qué sucede? —preguntó Julia mientras abría esperando encontrar al otro lado a la culebrina.

—Eso quisiera saber yo, qué sucede —preguntó curiosa doña Bárbara mientras empujaba la puerta y entraba en la alcoba sin reparo.

—No sucede nada, doña Bárbara —quiso mentir Julia, pese a que se le daba fatal.

—Ay, Julia, mi trabajo es saber leer a las personas. Sé lo que quieren con tan solo observar la expresión de su rostro, también sé cuándo mienten. Y tú lo estás haciendo ahora mismo. Acabo de ver salir a Eva a toda prisa de aquí y el otro día, en la sala de música, actuasteis ambas de manera extraña. Le dijiste a Eva que debía contarme algo. Algo que presagio que tú sabes ya —insistió doña Bárbara, conocedora de la influencia que ejercía sobre su pupila.

—De veras que no sé de qué me habla —respondió Julia con la voz entrecortada dándole a la tutora los motivos suficientes para reafirmarse.

—Julia, no puedo confiar en ti si tú no confías en mí. ¿Crees que es justo que yo te abra las puertas de mi mundo, y tú, sin embargo, me ocultes cosas? —preguntó con firmeza.

La joven cortesana se puso nerviosa. La inflexibilidad de doña Bárbara conseguía minar su seguridad y su entereza.

Aquella mujer tenía razón, cómo iba a confiar en ella si no correspondía.

—Le juro que yo confío en usted y no le oculto nada. Pero es algo que no me pertenece y que si se lo cuento puede tener graves consecuencias —lloriqueó Julia presa del temor a lo que pudiera pasar.

—Julia, tranquilízate. Recuerda, ¿quién te salvó cuando ibas a morir en la horca? —Le hizo revivir aquella terrible etapa de su vida.

—Usted y las nereidas —reconoció Julia con convencimiento, pues habían sido aquellas mujeres las que le habían enseñado a vivir y las que le habían salvado.

—Pues sea lo que sea, lo solucionaremos juntas —aseguró doña Bárbara.

Y entre aquellas cuatro paredes, Julia se derrumbó. Le había jurado a Eva no contar nunca su secreto, pero ella sola no podría salvarla. Necesitaba a su red de seguridad, el candor de todas aquellas mujeres, las manos de aquellas que siempre la sostenían. Julia sabía que, una vez más, necesitaba a las nereidas, que Eva también las necesitaba. Julia falló a su palabra y rompió su silencio para hacer partícipe a doña Bárbara del horrible secreto que Eva escondía.

16

Los italianos

La estancia contigua al cuarto de la reina Victoria se destinaba a comedor de diario. La sala estaba coronada por un impresionante fresco en la bóveda que había pintado Rafael Ponce de León, el padre de Julia. Una ancha faja de estucos neoclásicos con grecas y cuatro medallones en claroscuros con escenas de la mitología clásica. Y toda la decoración de esta habitación se componía de mármol y bronce con relieves alegóricos de figuras en color blanco que sostenían a su vez medallones en oro sobre las seis puertas y los seis espejos. Y en el centro, un juego de comedor compuesto por una gran mesa y sillas en caoba de líneas inglesas. Un precioso mantel en color azul cielo de algodón con bordados en hilo de color blanco que asemejaban guirnaldas de flores vestía el tablero de la mesa.

Un festín de suculentas frutas tropicales había llegado a palacio para agasajar a los reyes y se encontraban repartidas sobre la mesa en fruteros de cristal transparente. Entre estos, llamativas y coloridas tartas dejaban escapar un dulce aroma por todo el comedor. Tres pisos de apetitoso merengue y vistosas fresas, otra tarta en tonos amarillos hecha con bizcocho de limón, mazapanes de naranja y frambuesas, y un bizcocho de chocolate, el postre más desconocido. Un ingrediente que hasta ahora solo había sido utilizado como bebida y que Felipe Javier Sogorb, un repostero leonés, que había arribado escasas semanas antes a la corte de los Monteros, había cocinado.

—Este bizcocho es tan sabroso que debería considerarse un pecado —dijo el rey mientras se llevaba un trozo de dulce de chocolate a la boca sin ningún cuidado.

—¿Has hablado con ella? —preguntó la reina, que miraba más sus modales y cortaba con cuchillo y tenedor la tarta de merengue y fresas.

—Ayer vino de nuevo a mi despacho. Tu hija está insufrible —reconoció el rey.

—Nuestra hija —puntualizó la reina, cortante.

—Pues nuestra hija está insoportable, Victoria. No sé qué diantres le han metido en la cabeza, pero no cesa en su empeño de querer reinar. Pierde los modales con facilidad y me acusa de tener predilección por su hermano. Cree que no confío en su capacidad para ser reina y a mí se me parte el alma cuando la escucho —explicó apenado el rey Carlos, pues la infanta Loreto siempre había sido su ojo derecho.

—Carlos, debemos parar esto. Nuestra hija es demasiado astuta y sabe cómo llevarte a su terreno —le recriminó la reina.

—Tiene a quién parecerse —rio doña Bárbara con cierta ironía.

—Loreto nunca podrá reinar —sentenció la reina Victoria haciendo caso omiso al comentario de su dama de compañía.

Al escuchar aquellas palabras doña Bárbara no pudo evitar derramar el té sobre el mantel. Llevaba años sirviendo a la reina y la conocía a la perfección. Sabía la capacidad que tenía para embaucar a cualquiera, incluido su marido. Le había dolido aquella afirmación, pues no entendía los motivos por los que no querían que la infanta reinara. Estaba segura de que debía haber algo más. Alguna razón desconocida por la cual se empeñaban tanto en no dejar que Loreto subiera al trono. Pero una vez más, había presenciado cómo la reina era capaz de mover sus hilos para que fuese el rey Carlos el que diera la cara. En pro de ganarse ella siempre el beneplácito del resto.

—Pues habremos de hacer algo para calmar sus ánimos —propuso el rey. Sabía bien que la cosa iría empeorando si no le ponían remedio pronto.

—Hagamos una fiesta. Esta mañana te escuché hablando con el conde-duque, ¿para cuándo te ha comunicado que se espera la estatua que envía Pietro? —preguntó curiosa la reina, como si estuviese cocinando alguna idea sabrosa a fuego lento.

—En dos días llegarán a palacio. Atracaron en el puerto de Cartagena hace días y emprendieron el viaje hacia Madrid —explicó el rey.

—Doña Bárbara, encárguese, por favor. Planee algo majestuoso. Un baile de máscaras, por ejemplo. Hace mucho que no organizamos uno. Que monten la estatua y celebremos su llegada, después de tantos meses esperándola lo mínimo es que resuenen los tambores. Recibamos a los italianos como se merecen y así, querido, calmaremos los ánimos de tu hija y del resto de la corte. ¿A quién no le gusta un baile de máscaras? —preguntó Victoria con ironía y con total convencimiento de que aquella idea era la mejor solución para suavizar el conflicto.

—Descuide, majestad. Me encargaré personalmente. La corte de los Monteros recibirá a los italianos con una fiesta que jamás podrán olvidar —contestó su dama de compañía bajando la cabeza en señal de aceptación del mandato que le acababan de encomendar.

Doña Bárbara salió a toda prisa del comedor. La última frase de la reina Victoria resonaba una y otra vez en su sien. Ella sabía a qué persona no le gustaría un baile de máscaras. Ese baile de máscaras en concreto. Y necesitaba ir a su encuentro, pues conocía las consecuencias que tendría la llegada de los italianos al Palacio Real. A pesar de que siempre medía a la perfección cada uno de sus pasos, aparentando siempre calma, la realidad era que su conexión con las nereidas a veces le hacía flaquear. Aquella fortaleza y seriedad que muchas veces saltaba a la vista se diluía cuando el sufrimiento de otras mujeres afloraba. Adivinaba bien que la noticia de inminente presencia de los italianos iba a causar sufrimiento a una de ellas.

Al llegar a la puerta de la habitación se paró en seco y respiró hondo. Como si aquel gesto la trajera de vuelta a su porte recto e imponente. Levantó la mano derecha y golpeó levemente la madera con una tranquilidad con la que trataba de disimular el pellizco que sentía en el estómago.

—Julia, ¿estás ahí? —preguntó doña Bárbara.

—Doña Bárbara, no sabía que vendría —contestó la joven cortesana a la par que abría la puerta de la habitación.

—¿Puedo pasar?

—Por supuesto, adelante —le invitó Julia haciendo un ademán con la mano para darle paso dentro de la estancia.

La dama de compañía tomó asiento en uno de los sillones de ébano con los tapices de la colección real y palmeó el cojín del sillón de su lado dándole a entender a Julia que debía tomar asiento ahí.

La joven cortesana aceptó obediente y se sentó junto a ella. Doña Bárbara provocó que sus ojos se encontrasen. Sabía lo mucho que significaba para Julia aquello que estaba a punto de contarle. Conocía el dolor que aquella noticia iba a producirle, y quería ser ella quien se lo contase. Porque a veces las noticias parecen doler menos según de los labios de donde provengan.

—Tu prometido llegará pronto a Madrid —soltó doña Bárbara sin rodeos.

El cuerpo de Julia se quedó paralizado, inmóvil, inerte. Como si le costara entender aquella frase que acababa de escuchar, como si necesitara digerir la información que había recorrido sus tímpanos. Sus ojos del color de las avellanas seguían clavados en los de doña Bárbara aguantando la lágrima que atraviesa certera cuando el sufrimiento golpea sin avisar.

—Doña Bárbara, ¿qué quiere decir? —preguntó con la voz acongojada, intentando encontrar un sentido distinto al que auguraba.

Pero hay veces que buscarle otro sentido a la certeza que nos azota sin mesura es simplemente un parche que esconde la herida mas no la sana. Es una manera de engañarse, un final feliz que dura lo mismo que el aleteo de una mariposa. Querer creer que nuestra voluntad tiene algo de mano en lo que está destinado a pasar es creencia de necios. De aquellos que miran a otro lado olvidándose de que la realidad es solo lo que ven nuestros ojos. Porque nuestra mente es capaz de crear una infinidad de posibles escenarios, aferrándonos al que menos nos duele... Hasta que te das de bruces con la verdad y entiendes que transitar el dolor es la única forma de superarlo.

—Mateo Ítaca llegará al Palacio Real en dos días. La reina Victoria me ha pedido que prepare un baile de máscaras para recibir a los italianos y celebrar que la escultura del rey Carlos se encuentra por fin aquí —explicó doña Bárbara intentando contener la compostura.

Julia tragó saliva. El momento que tanto tiempo había evitado, el día que nunca quiso que llegara, estaba ahí. Al acecho. Un amasijo de angustia se instaló en su estómago y le invadió un sentimiento de repulsa hacia su familia, pues ellos habían orquestado todo aquello. Sus padres, Mercedes y Rafael, con ayuda de Enrique, su abuelo, habían concertado su matrimonio con Mateo Ítaca, pues creían que era la mejor opción para ella y que le brindaría la oportunidad de un futuro digno. Sin haberle permitido ser ella misma la que decidiera el rumbo de su propio destino.

—Doña Bárbara, ayúdeme, se lo suplico. No quiero casarme con Mateo. —No pudo retener una lágrima que le descendía por la mejilla al tiempo que su boca pronunciaba aquella sincera petición.

Julia Ponce de León había amado en silencio al príncipe Gonzalo desde que tenía uso de razón y ahora era ella la que estaba a punto de alejarse de él para siempre. Tenía que tomar la decisión más difícil de su vida: ser leal a su familia o ser leal a sí misma.

17

Detrás de la máscara

La comitiva de Mateo Ítaca, hijo de Pietro Ítaca, había llegado al Palacio Real de madrugada. Se encontraban cansados tras el largo viaje, que habían emprendido en el mes de marzo desde el puerto de Livorno, en Italia. A Pietro Ítaca, el reputado escultor italiano, se le había encargado una estatua del rey Carlos con su caballo bravo en corveta. Este había pedido ayuda a Rafael Ponce de León para que le revelara cuáles eran los gustos y la apariencia del monarca. Como el escultor no podía viajar, había enviado un séquito a España para acompañar a su hijo Mateo, que sería el encargado de transportar en cajas la estatua desmontada hasta el Palacio Real de Madrid. Y eso suponía uno de los mayores hitos de palacio, pues el caballo de dicha escultura se encontraba en una posición ardua de realizar. Así que todo el mundo había esperado expectante su llegada.

Todos menos Julia. La llegada de la estatua para ella suponía su máxima condena. El inicio del fin de su libertad. En los últimos meses había superado todos los obstáculos en el camino y había dado vida a una nueva Julia que asumía su condición de mujer. Una mujer capaz de amar y desear, de sentir placer y darlo. Pero todo aquello estaba a punto de desvanecerse, porque Mateo viajaba a España no solo para transportar la escultura que había hecho su padre, sino también para contraer matrimonio con la joven cortesana.

Enrique, el abuelo de Julia y el que les había ayudado a instalarse en la corte cuando ella era pequeña, pues poseía cierta amistad con el conde-duque, había urdido un perfecto plan para casar a su nieta con el hijo del reputado escultor, al conocer el viaje que este emprendía hacia España. Y había convencido a su yerno, Rafael, de que esta era la mejor opción para su hija, pues la edad de Julia era muy elevada para seguir soltera. El abuelo había hecho alarde de las mentalidades férreas que se heredaban generación tras generación.

La joven cortesana había montado en cólera al enterarse de que su familia había decidido por ella a quién debía amar para el resto de sus días, pero el amor y lealtad por ellos eran mucho mayores que su propia dignidad y había claudicado. Su abuelo también había sido el responsable del encuentro y el matrimonio de sus padres, y aunque entre ellos no imperaba un vistoso enamoramiento, el respeto y el cariño había marcado siempre su convivencia. Eso hizo que Julia creyera que como tenían más experiencia quizá sí podían guiarla en el camino del santo sacramento, sobre todo cuando se dio cuenta de que estaba condenada a seguir los designios de su familia. Julia había aceptado que su destino estaba escrito y que jamás podría estar con el hombre que ella realmente amaba: el príncipe Gonzalo. Por eso, había festejado cada uno de los días que el viaje de Mateo, su prometido, se había retrasado. Pero su fin ya había llegado y su vida estaba a punto de cambiar para siempre.

Mateo y sus acompañantes habían montado la estatua durante toda la noche, a pesar del cansancio que arrastraban del largo viaje, con la ayuda de algunos cortesanos, por lo que se habían pasado todo el día en sus respectivas estancias durmiendo. Las costureras habían preparado una gran tela de seda en color borgoña con ribetes de hilo dorado para poder cubrir la estatua y que no fuera desvelada hasta que el rey y la reina se encontraran junto a ella. La colocaron a la izquierda del Palacio Real en un precioso jardín lleno de frondosos árboles y arbustos. El mismo lugar que se había designado para el baile de máscaras que doña Bárbara había preparado de manera precipitada.

—¿Le has visto ya? —preguntó Julia nada más ver a doña Bárbara, que se encontraba arreglando uno de los grandes jarrones de porcelana con flores que se habían repartido por el jardín.

—No, no le he visto todavía. Llegaron de madrugada y tras colocar la estatua se fueron a descansar. Pensaba que tratarías de evitarlo hasta el último momento —contestó extrañada doña Bárbara.

—Los nervios me han podido y mis padres y mi abuelo llevan todo el día emocionados. Han repetido como una cantinela las bondades de los Ítaca y lo beneficioso que será para nuestra familia este matrimonio. Y, por supuesto, mi madre ha cosido sin descanso esta máscara y este vestido para que se lleve una buena impresión de mi persona —explicó entristecida Julia.

—Encontraremos una solución, Julia. Confía en mí —aseguró la mujer.

—¿Y para mí encontrarán una solución? —preguntó hastiada la infanta Loreto, que se unió al paso de las dos mujeres desde atrás.

Doña Bárbara miró a la joven en silencio. Recordaba las palabras de la reina en las que rumiaba la imposibilidad de que Loreto reinara, así que podía sentir el dolor de la infanta, pues sabía que los reyes no permitirían que esto sucediera. Seguía sin entender ese empeño, ya que ella era una joven instruida, cercana, que se había ganado el cariño de toda la corte. A diferencia de Gonzalo, que tenía otras preocupaciones, ella conocía a todos los cortesanos, se preocupaba por sus vidas y tenía la capacidad de hacer de la corte de los Monteros un lugar mejor. Sabía que las nereidas eran las únicas que podían ayudarla y no podía dejarla sola.

—Lo intentaremos, pero, por favor, hoy hemos venido aquí a celebrar la vida y su explosión. De ahí el nombre elegido por tu padre para la fiesta de hoy: «Los placeres de la isla encantada». Hoy es una noche para hacer realidad vuestros sueños bajo esas máscaras. Sois jóvenes, inteligentes y bellas. Cambiad por un instante esas caras mustias y disfrutad. Salvo que estéis menstruando, rendíos al placer. Bajo las máscaras si no habláis, nadie sabrá quién se oculta... —les aconsejó doña Bárbara, intentando desviar las preocupaciones de aquellas dos jóvenes.

—Yo no menstrúo todavía, pero no entiendo qué tiene que ver eso con disfrutar del placer de este baile —contestó curiosa la infanta.

Doña Bárbara se extrañó ante aquel comentario y arqueó sus cejas mirando a la infanta.

—Loreto, no te hagas la ingenua, por favor. No ha de ruborizarte. Ya posees edad para entender que hablo de los placeres... —quiso explicar la dama de compañía.

—Carnales —le cortó Julia—. Pero como comprenderá mi cuerpo no tiene ninguna gana con el ruido que atormenta mi cabeza. Cuento hasta con náuseas y me siento cansada. Mi corazón está ansioso.

La joven infanta lucía deslumbrante con ese halo distinto que la hacía más mujer. Llevaba un dominó con mangas anchas y falda acampanada, haciéndole figura de reloj de arena. Estaba decorado con guirnaldas de rosas hechas con cinta de seda y hojas de chenilla. La capucha se adornaba con una cinta ancha en el color de las flores que hacía juego con la bonita máscara que portaba. Se cubría el rostro con una máscara decorada con pétalos de rosa y una gran rosa roja en el extremo.

De repente, el lugar se hallaba abarrotado de personas ocultas bajo las máscaras y las capas que plagaban de vívidos colores el entorno. Se había preparado un recorrido que partía desde el palacio y conducía hasta los jardines donde se sucedía una obra escénica sobre un teatro efímero, un cuerpo de ballet que danzaba entre los árboles, una zona de baile para los invitados, un gran festín y al final unos fuegos de artificio. Galerías construidas con pasta de papel y decoradas con telas y flores recubrían gran parte del terreno.

Una orquesta de cuarenta músicos se repartía por todo el jardín. Empezaron a tocar una sinfonía con la que anunciar el inicio de la fiesta. Esta se pudo dar por empezada cuando el rey Carlos, subido a una tarima situada junto a la escultura cubierta, se dispuso a dar un discurso. Bajo la atenta mirada de muchos rostros enmascarados entre los que se encontraban la reina Victoria, el príncipe Gonzalo, la infanta Loreto, Nicolás Carranza y la princesa Gadea, habló:

—Queridos amigos, esta noche nos hemos reunido aquí para celebrar la llegada a nuestra corte de nuestros hermanos italianos. —El rey extendió el brazo y señaló a un grupo de hombres que acababan de entrar en el jardín acompañados por el conde-duque.

Todos los invitados se giraron rápidamente para clavar sus miradas en los nuevos integrantes de la corte, que de acuerdo con las directrices del baile, se cubrían con máscaras.

—Me gustaría que los recibiéramos con un caluroso aplauso para que se sientan bienvenidos en nuestra casa después del largo viaje que han realizado desde la bella Italia. Quisiera, para dar inicio a esta festividad, que Mateo Ítaca suba aquí y nos dedique unas palabras. Ha sido su padre, Pietro Ítaca, el artista que ha creado con sus manos la espectacular estatua que veremos en unos instantes —explicó el rey dando la bienvenida a los italianos.

Todos los invitados rompieron en un sonoro aplauso y unos desmedidos vítores en pro de satisfacer al propio rey. Mateo Ítaca, acompañado del conde-duque, se dirigió con paso firme hasta el lugar donde se encontraba el monarca. Tras la máscara que portaba se adivinaban unos rasgos marcados. Era alto y su cuerpo lucía musculado con el traje que vestía. Una media melena de pelo negro bailaba despeinada al unísono de sus pasos. Todas las miradas estaban clavadas en él. Sobre todo la de Julia, cuyo corazón latía a un ritmo desmesurado. Su reacción dejaba al descubierto el coraje que sentía hacia él sin tan siquiera conocerlo, pues era consciente de lo que su presencia allí significaba para ella.

—Su majestad —saludó Mateo haciendo una breve reverencia ante el rey—. Es para mí un honor estar hoy aquí en la corte española en representación de mi padre Pietro Ítaca.

—El honor es nuestro. —El rey se deshizo en halagos ante el descomunal tamaño de la estatua solicitada—. Y aunque sé que va en contra de las normas de este baile, me gustaría que se quitara la máscara para que todo el mundo tenga el placer de conocerle.

Mateo hizo un ademán dando a entender que aceptaba su petición y llevó las manos hacia la nuca para desanudar los cordones de seda de la máscara. La música paró de golpe dándole más énfasis al momento. El joven tenía la cabeza agachada mientras retiraba lentamente la máscara. En el momento en el que alzó la mirada un sinfín de manos se elevaron hasta sus bocas en señal de asombro, la mayoría provenientes de las mujeres que allí se hallaban. La belleza de Mateo era hipnótica, sus grandes ojos negros los adornaban unas largas y tupidas pestañas. Unos prominentes pómulos y unos carnosos labios le conferían una apariencia casi divina. Los ojos de Julia se abrieron sumándose al asombro de los allí presentes, pues aquel hombre por el que todas suspiraban sería su futuro esposo. Algo extraño la invadió por dentro, una especie de contradicción. Quería odiarlo, pero su hermosura se lo hacía difícil. ¿Y si el universo la estaba avisando?

—Sí que han sido rápidos en su montaje —se asombró el rey al constatar las dimensiones.

—Han trabajado medio centenar de personas en ello para que los italianos pudiesen tener todo listo para hoy, han contado con la supervisión de López de Huerta —aclaró don Francisco dándole tranquilidad al rey porque había sido todo controlado por su escultor de cámara—. Además, pedí expresamente que no anclaran la piedra al suelo por si en algún momento se planteaba trasladar la corte a Valladolid, como hablamos. Así podríamos desplazar la estatua con facilidad —explicó el conde-duque volviendo a sacar a relucir sus cantos de sirena en busca de convencer al rey de su plan.

—Ya trataremos ese tema. Rápido, conde-duque, destape la estatua, pues la gente no puede seguir esperando —pidió el rey con una repentina prisa al ver que había dejado de ser él el centro de atención y que todo el mundo tenía la mirada puesta en el apuesto italiano.

Mateo, contrariado ante lo que acontecía a su alrededor y entendiendo que aquello había incomodado al rey, volvió a ponerse la máscara y se acercó hasta la estatua para ayudar al conde-duque a despojarla de la tela.

—Con todos ustedes —comenzó el conde-duque tirando de la tela—, su majestad el rey don Carlos Serna de los Monteros.

Toda la corte comenzó a aplaudir y a murmurar impresionados, pues aquella estatua era completamente majestuosa. El rey Carlos lucía imponente, montado sobre su caballo en corveta. Aquella era la primera vez que se hacía una estatua ecuestre en el que el caballo solo se apoyaba sobre sus dos patas traseras.

—¿Es de su agrado, majestad? —preguntó Mateo, interesado.

—Ese rostro no se parece al mío —contestó el monarca con rostro serio y casi sin mirar al joven.

Luego se dirigió a los invitados y cambió el rostro por una fingida sonrisa. A pesar de que no le había agradado el resultado de la escultura, pues se presuponía con más belleza, no le importó demasiado al ver las caras de asombro de los presentes mientras la admiraban. El rey dio dos palmadas para llamar la atención de los invitados y carraspeó.

—¡Que comience la fiesta! —gritó y provocó el júbilo de los allí presentes.

Lo que no sabían es que aquellas palabras serían su propio verdugo.

18

Entre intrigas y placeres

El vino corría por las gargantas de los presentes, que danzaban jubilosos al ritmo de la orquesta. Las copas de fino cristal se alzaban al aire en busca del brindis. Los vestidos descendían por los hombros haciendo alarde de la sensualidad que impregnaba el jardín y la mayoría de los enmascarados habían descubierto sus rostros, pues el alcohol ya había hecho estragos. Las manos se entrelazaban y se perdían juguetonas entre piel y telas. Besos furtivos, cachetadas y un ambiente que conforme el tiempo pasaba caldeaba los ánimos de los que allí se entregaban a la celebración de los cuerpos.

—Julia, a ti te andábamos buscando —confesó Rafael de la mano de su esposa Mercedes.

Rafael estaba incómodo, y se notaba en que no podía controlar cierto tembleque. No quería dar ese paso, pero sabía que el matrimonio de Julia y Mateo debía celebrarse porque, de lo contrario, supondría una deshonra para su nombre.

—Dime, padre —contestó la joven cortesana sin quitarse la máscara.

Julia había extendido el brazo con una copa en la mano para que una doncella le sirviese vino. Al volverse constató que junto a su padre y su madre había alguien más. Sorbió de la copa con dificultad e intentó manejar las emociones que le asaltaban en aquel instante. Estaba convencida de que sus pesares acerca de aquella unión habían calado en sus padres cuando les abrió su corazón, pero se dio cuenta de que se había equivocado. Así que tener al joven ahí delante le pareció ofensivo, porque de nada le había servido su sinceridad.

—Hay alguien que tiene muchas ganas de verte —comenzó su padre mientras dirigía los ojos hasta su acompañante.

—Julia, es un placer para mí conocerte. —Mateo tomó su mano y la besó con delicadeza.

—Ojalá pudiera decir lo mismo —replicó Julia con condescendencia, apartando la mirada del apuesto italiano, ya desenmascarado.

—Hija, por favor, sé educada con nuestro invitado —intervino Mercedes, avergonzada.

—No se preocupe, Mercedes. Es normal que Julia se encuentre abrumada, pues no hemos tenido tiempo de conocernos. Pero tenga un poco de paciencia, y le aseguro que caerá rendida ante mí —contestó risueño Mateo con una seguridad pasmosa y arrancando las sonrisas de los allí presentes.

—Antes prefiero que me envíen de nuevo a la horca —insistió desafiante la joven cortesana, apuró la copa de vino de un trago y la dejó sobre la bandeja de otra doncella que pasaba por ahí en ese mismo instante.

Todos se quedaron atónitos ante aquel comportamiento impropio, pues, aunque se veían obligados a actuar así por la presión social que acarreaba su posición en la corte y les dolía tener que poner a su hija en esa tesitura, no esperaban aquella rebeldía de Julia. Esta, sin demorarse un segundo, atravesó el jardín. Rafael y Mercedes se quedaron petrificados ante aquel inesperado proceder. Mateo, por su parte, arrugó el ceño, pues no sabía a qué se refería Julia con aquello de volver a la horca.

—Disculpa a nuestra hija, Mateo. Julia no suele conducirse así —se intentó excusar Mercedes, que no podía disimular su sofoco.

—No se angustien, me encantan los retos.

Mateo, con una mezcla de soberbia y divertimento, inclinó la cabeza a modo de despedida y esbozó su mejor sonrisa para recibir a una multitud de jóvenes que se aproximaba para presentarse.

En otro lugar de la fiesta, el príncipe Gonzalo conversaba con Gadea. El joven mantenía una considerada distancia, mientras que el cuerpo de ella se inclinaba con descaro hacia él.

—Deberías probar este licor —propuso Gadea acercándose a Gonzalo y llevándole la copa hasta los labios.

—No quisiera beber más, pues estoy ya algo mareado —fingió Gonzalo, apartándose con cierto disimulo de la joven.

—¿Acaso me temes? —le susurró Gadea en el oído, arrimándose con cierto tono de burla.

El príncipe Gonzalo buscó en ese momento la mirada cómplice de su amigo Nicolás Carranza, pero este se hallaba besuqueando el cuello de una sirvienta que entre risas hacía como que se apartaba, pero realmente le seguía el juego al apuesto joven.

—Sabes que no es eso, pero preferiría evitar que la gente volviera a las habladurías —reconoció Gonzalo al ver que no le quedaba más remedio que enfrentarse a aquella incómoda situación.

—¿Te importan más las habladurías y lo que piensen aquellos que no te conocen que el sentir que yo pudiera padecer? —preguntó molesta Gadea.

El agobio de Gonzalo aumentaba por instantes al verse acorralado por la princesa y de nuevo sus ojos buscaron la complicidad de su amigo. Nicolás, que se hallaba bastante achispado por la ingesta de licores, cruzó un instante la mirada con su amigo para darse cuenta por fin de lo que sucedía.

—Lo siento, encanto, he de marcharme. —Nicolás le regaló un beso fugaz a la sirvienta en la comisura de los labios.

—¿En serio vas a marcharte ahora? —preguntó incrédula la joven.

—El deber me llama —bromeó Nicolás llevando su mano derecha hasta la frente y simulando un saludo militar.

Luego tiró de la mano de Gonzalo para salvarle de aquella violenta situación ante la mirada desconcertada de Gadea.

—¿Dónde le llevas? —preguntó la joven ofendida.

—Su madre le reclama, y te aseguro, Gadea, que es mejor no ver a la reina enfadada —improvisó Nicolás, que conocía a la perfección a su amigo.

Al voltearse y dejar atrás a Gadea, ambos rieron con disimulo. Gonzalo guiñó un ojo a su amigo al saberse salvado por él. En su huida se cruzaron con una dama que, a Gonzalo le recordó a doña Bárbara Sintió un pinchazo en el costado, pues no había visto a Julia en toda la fiesta y toparse con la dama de compañía le hizo recordar a su amada. ¿Dónde estaría? ¿Cuál de aquellas muchachas enmascaradas ocultaría su rostro? La echaba de menos y detestaba tener que mantener esa distancia con ella.

Doña Bárbaro, en efecto, se dirigía hacia un banco a paso ligero y con una cierta preocupación que ocultaba bajo su máscara. Llevaba en la mano, disimulada con el abanico, una carta que una culebrina con el rostro cubierto, aprovechando la ocasión, le había entregado. En el banco, una mujer con una gran máscara decorada con plumajes de pavo real y una peluca de tirabuzones pelirrojos la aguardaba.

—Me alegro de verte —saludó doña Bárbara fundiéndose en un cálido abrazo—, pero eres una insensata viniendo hasta aquí.

—Yo también me alegro de verte. Veo que has recibido mi mensaje. —Olimpia clavó los ojos en el sobre.

—Por supuesto, pero imagina que alguien lo hubiera interceptado. Si alguien te descubriera, acabaríamos degolladas

—razonó intranquila doña Bárbara—. ¿Cómo has hecho para entrar sin la invitación real?

Olimpia era la máxima autoridad de las nereidas. Desde bien joven su padre no quiso que su niña corriera la misma suerte que el resto de las jóvenes a las que se les negaba la formación. Por eso, él le inculcó el amor por la cultura, la instruyó en la música y consiguió realzar todas sus cualidades para que tuviera acceso a lugares de la sociedad inalcanzables para las mujeres. También le enseñó los placeres carnales y la educó en una mentalidad liberal que no la anclara a viejos convencionalismos. La animó a que disfrutara del placer, del sexo y de la vida, y así había hecho ella. Cuando vivía en Francia, la reina la había obligado a ingresar en un convento por culpa de los rumores que esparcieron unas mojigatas que vivían en la corte francesa. Pero su reputado círculo de amistades consiguió sacarla de allí y traerla a España. Aquí había experimentado la peor versión del ser humano, pues el conde-duque se había aprovechado de su desesperación al huir de Francia para exigirle acceso carnal tras haberle brindado ayuda. Por eso sabía que las mujeres que acudían a las nereidas no mentían, porque ella lo había comprobado en su propia piel. Había luchado por las nereidas y se había sacrificado por ellas. Había vuelto a las sombras, pero ya era hora de buscar la luz.

—Por el pasadizo del monasterio de la Encarnación. La madre Sepu me debía unos cuantos favores. En los últimos meses hemos apoyado en algunas cuestiones legales a las mujeres que acudían a ellas en busca de consuelo —reconoció la valiente nereida.

—Olimpia, sabes que lo que habéis hecho es muy peligroso, ¿no? Aceptamos la rendición de las nereidas a cambio de continuar con vida. Si el rey Carlos se enterase... —le reprochó preocupada.

—Venga ya, doña Bárbara. ¿No me digas que no te hierve la sangre viendo a ese malnacido campando a sus anchas? Viendo cómo se sale con la suya. Paseándose impune con esa maldita sonrisa de arrogante. Ese hombre no va a parar, y sabes tan bien como yo que las nereidas somos las únicas que podremos detenerle —le recordó Olimpia, pues bien sabían ambas lo intimidados que tenía el conde-duque a los comerciantes y a una infinidad de mujeres.

—Claro que sí, Olimpia. Lo mataría yo misma con mis propias manos. Pero muertas no somos la solución. Valemos más vivas que ahorcadas por intentar darle caza. Don Francisco planea trasladar la corte a Valladolid, ha puesto en marcha numerosas artimañas para ganar dinero y poder, y, además, tiene atemorizada a Eva, la ha sometido de la manera más vil. Pero escuché una valiosa conversación del conde-duque con un hombre francés. Ahora no es el momento de contártelo, pues deberías marcharte, pero lo haré pronto. Debemos ser cautas con nuestros pasos, Olimpia, si no queremos ser descubiertas —quiso poner cordura la dama de compañía de la reina.

—La única forma de darle caza es unidas.

Olimpia estaba segura de que solo aunando la fuerza de todas aquellas mujeres podrían acabar con él. Fuese cual fuese la información doña Bárbara guardaba con celo sería valiosa para la causa. Además, había intuido, por sus palabras y por cómo la había abordado, que la dama de compañía anhelaba que las nereidas volvieran a unirse, aunque temiese el riesgo de volver a poner sus vidas en peligro.

—¡Doña Bárbara! —las interrumpió desde la lejanía la infanta Loreto.

La joven se dirigió hacia el banco presurosa. Además de por la voz, doña Bárbara la reconoció fácilmente por su vestido de guirnaldas de rosas hechas con cinta de seda y hojas de chenilla y la máscara con pétalos de rosa.

—Olimpia, has de irte antes de que Loreto te descubra —alertó a su amiga manteniendo la compostura.

Olimpia se levantó rauda del banco y se alejó de allí.

—¿Qué sucede, Loreto? —preguntó doña Bárbara.

—He visto a mi hermano hablando con Gadea, sus cuerpos se hallaban muy cercanos. No ha valido de nada lo que hice. No sé si Julia le ha contado, pero seguí unos consejos que me dio, que convenciera a Gonzalo para que hiciese una confesión a Gadea. —La infanta se mostraba disgustada sin ser consciente de que había sido doña Bárbara la artífice de ese plan—. Y no ha servido. Por favor, debe ayudarme. Estoy segura de que ese acercamiento significa algo y de que me aleja un paso más de la corona —admitió con visible preocupación la infanta Loreto.

Doña Bárbara sabía perfectamente a qué se refería. Sopesó su respuesta, pues en aquel momento sentía en el pecho una presión inusual en ella. Como si una certeza le invadiera, una especie de intuición que la arrastraba a sentir dentro de sí lo que era correcto. Aun así, pensó que en la sensatez está la victoria y, lejos de continuar alentando el nerviosismo de la infanta, decidió suavizarlo de la forma que mejor sabía.

—¿Has experimentado ya los placeres carnales de los que te hablé antes? —desvió la conversación.

—¿Está usted chiflada? Apenas ha pasado un rato desde que hablamos. Y además le estoy contando algo importante —contestó contrariada la joven.

Doña Bárbara levantó la mano derecha e hizo un llamamiento a uno de los sirvientes que llevaba una bandeja con copas de licores. Al acercarse, ella cogió dos.

—Toma, bebe. Ya te he dicho que hoy estamos celebrando «Los placeres de la isla encantada». Déjate llevar por lo que siente tu cuerpo. Para ser reina antes debes de ser mujer. —La tutora le acercó la copa a los labios.

Aquellas palabras calaron con fuerza en la infanta Loreto. Levantó los ojos mirando a doña Bárbara fijamente y sujetó la copa con las dos manos. Bebió. Confiaba en ella, en su sabiduría y en la experiencia que le conferían tantos años en la corte. Al terminar de beber, le devolvió la copa vacía.

—Y ahora esta —dijo doña Bárbara ofreciéndole la otra copa de licor.

—¿Está usted loca? Me moriré si también me bebo esa —contestó la infanta, que empezaba a notar rápidamente el influjo del licor en su cuerpo.

—Loreto, llevas toda la vida a la sombra de tu hermano. Siendo la niña buena que vela por los demás y pisa sin hacer ruido. ¿Y acaso te ha servido de algo? La vida está llena de placeres al alcance de tu mano, y tú sigues mirando por la ventana anhelando algo que no llega. Comienza a vivir, Loreto, y a vivirte. Antes de que sea demasiado tarde.

Doña Bárbara la cogió de la mano y la llevó de regreso al barullo de invitados que danzaban, bebían, se divertían y hasta se concedían algún que otro roce en la cercanía. Levantó la barbilla señalándole que se perdiera entre la animada multitud, y la infanta, obediente, acató el mandato. Se introdujo entre el gentío disimulando el mareo que sentía tras el licor ingerido. El ritmo de la música era frenético, por lo que los bailes acelerados de los allí presentes hacían que Loreto se meciera de un lado a otro tratando de mantener la compostura. Dibujó una sonrisa en su rostro al notar cómo bajo aquella máscara y aquel dominó era una más. Comenzó a soltarse, elevó los brazos y danzó extasiada dejándose llevar por las alegres melodías que los músicos tocaban. Pero presa de aquel enaltecimiento, el licor hizo estragos y un vaivén la derribó hacia delante chocándose fuertemente contra un joven. La infanta acabó de bruces contra el suelo. Se le subió el vestido, dejando a la vista las enaguas.

—¿Estás bien? —preguntó el joven mientras la ayudaba a levantarse.

El desconocido estaba muerto de la risa por la postura cómica de la joven.

—Creo que no estoy herida —respondió Loreto, avergonzada y dolorida, mientras se levantaba un poco la falda para comprobar que no se había lastimado las rodillas.

—Tu dignidad no puede decir lo mismo —rio el joven ataviado también con una máscara.

Aquella voz le sonó familiar, pero no reconocía a aquel enmascarado, así que supuso que se debía al alcohol y la conmoción por la caída.

—No deberías burlarte, me he hecho daño. Aun así, gracias —respondió la infanta, que no pudo aguantarse la risa por lo vergonzoso de la caída.

—¿Gracias? ¿Y ya está? Te salvo la vida y no me regalas ni un baile, ni un beso... —preguntó atrevido el desconocido.

—Toma, saldo así mi deuda. —Se quitó un lazo de seda azul que llevaba en la muñeca y lo anudó en la muñeca del joven.

Al acercarse a él se embriagó de su olor. Inspiró y sintió por primera vez un cosquilleo en el cuerpo. Aquel enigmático hombre le había descolocado por completo y su cercanía le provocaba nerviosismo. Aquella irreconocible atracción la puso en alerta: ¿qué le estaba sucediendo?

—¿Un lazo? ¿Cómo vas a saldar tu deuda con un lazo? Me merezco como mínimo un baile.

El joven, divertido, le tendió la misma mano donde le había colocado el lazo. Loreto, tímida, aceptó su mano. Él marcaba los pasos y ella dejaba que él llevara su cuerpo. Cerró los ojos aturdida y confusa, pero también presa del disfrute que aquel momento le estaba generando. De repente, la música cesó y el joven enmascarado frenó en seco. La falta de reflejos de la infanta provocó que de nuevo su cuerpo se precipitara hacia un costado, pero el desconocido la atrapó y evitó que cayera.

—Parece, señorita, que vuelve a estar en deuda conmigo. —Se despidió el joven.

Y aquel fortuito encuentro hizo que por primera vez la infanta Loreto supiera a qué se asemejaban los placeres.

19

El lazo azul

A diferencia de la noche anterior, la calma reinaba en el Palacio Real. La melodía de los instrumentos había dado paso a los cánticos de los pájaros, que se colaban entre los grandes ventanales que vestían los pasillos. El incansable trabajo de los sirvientes había hecho que tanto el palacio como el jardín ya lucieran impolutos a primera hora de la mañana. No quedaba ni rastro del desenfreno que había ocasionado aquel baile. Nada había ya de las caricias furtivas, de los besos bañados en vino, de los azotes en las nalgas que se movían al ritmo de la danza, de los gemidos ahogados entre las notas musicales... Ni una sombra de aquellos placeres de la isla encantada que hicieron honor al nombre elegido para aquel baile.

Mateo y un amigo paseaban por los jardines.

—Veo que se te dio bien la noche —observó el segundo señalando la camisa mal abrochada y su alborotada melena negra.

—Ha sido un largo viaje y quería saber a qué saben las españolas —rio Mateo mientras se atusaba el pelo y se abrochaba bien la camisa.

—¿Y a qué saben? —se interesó su amigo.

—A ganas. A muchas ganas. Menuda fiera —admitió el joven recordando la noche que había pasado.

—No eres de este mundo, Mateo. Has venido aquí a por tu prometida y ya has conseguido tu primer trofeo en la primera noche en palacio —comentó asombrado su compañero de confidencias.

—¿Trofeo? No puedes hablar así de las damas. ¿Entiendes ahora por qué siempre duermes solo? Además, debo ir practicando mientras conquisto a mi prometida, porque ayer se hizo de rogar —se burló Mateo de su amigo.

—¿Y quién fue la afortunada que cayó rendida a tus encantos? —indagó curioso el joven.

—Una tal Lola Valderrama. Se acercó a mí en mitad de la noche y me dijo que ella había confeccionado mi máscara. Se ofreció a enseñarme las telas con las que la había cosido y acabamos la noche en la sala de costura. Desprovistos de tela alguna.

—Pero no me dejes con la duda, ¿cómo son las españolas en las artes amatorias? —insistió el otro con los ojos abiertos, completamente entregado a aquella historia.

—Qué más te da, si nunca las vas a probar —se mofó el hijo del escultor.

—Venga, cuéntamelo —insistió el confidente totalmente fascinado.

—Si el resto se parece a esta dama, tienen un don en la lengua. Ay, esta mujer en cuestión era una virtuosa de la succión. Anoche me lamió la verga con una dedicación y un ansia que nunca había experimentado. La humedeció y recorrió cada parte de ella como si fuese un trofeo. —Mateo no escatimó lo detalles.

Su amigo ensimismado, y con una mano en el pantalón intentando ocultar que su pene estaba erecto tras escuchar aquellas palabras, no pudo responder porque la voz de una mujer los interrumpió.

—¡Mateo!

El joven italiano se giró para ver quién le llamaba. Mercedes, la madre de Julia, la que iba a ser su futura esposa, le reclamaba.

—Dígame, Mercedes.

Trató de transmitir calma a aquella mujer que iba casi a la carrera para alcanzarle y con el desasosiego reflejado en el rostro.

—Quería pedirle disculpas de nuevo por el comportamiento de Julia. Le aseguro que ella no es así.

—No se preocupe, Mercedes. Todavía no nos conocemos bien, pero como ya le dije su hija se acabará enamorando de mí. —Mateo estaba bastante seguro de sus encantos.

—Estoy segura de ello. Si me permites, os he preparado un suculento desayuno en el jardín que no podrás rechazar. Ella aguarda allí y desconoce que tú eres el invitado especial. Piensa que espera a mi esposo. No le tengas en cuenta si brama al principio. Es algo terca, pero en el fondo tiene buen corazón —reconoció Mercedes, confiada en que aquel hombre era la mejor opción para su hija.

—No lo dudo y descuide, iré a su encuentro —aseguró el joven—. ¿Por dónde se llega al jardín?

Mercedes le señaló con el dedo índice la puerta que daba acceso a él. Mateo se despidió de la costurera y de su amigo, y se encaminó hacia el jardín. Todas las damas que se cruzaban con el italiano lo miraban. Su facilidad para conquistar a cualquier mujer hacía que aquel reto le gustara aún más. Así que se presentó ante Julia con una seguridad pasmosa. Mercedes había preparado una pequeña mesa de té. Julia ya estaba allí leyendo. Al escuchar los pasos de alguien acercándose, levantó la mirada.

—Rogaría no me interrumpas, pues ando esperando a alguien —le recibió arisca.

—Me esperas a mí —contestó seguro Mateo.

—Ni en tus mejores sueños. Espero a mi padre. Mi madre nos ha preparado este desayuno —le contradijo Julia.

—Ella misma me ha pedido que venga —la corrigió Mateo mientras separaba una de las sillas y tomaba asiento.

—No me lo puedo creer —rechistó enfadada la joven cortesana, aunque no pudo reprimir cierta curiosidad por el artista italiano.

—Veo que te gusta leer. ¿Has leído *La vida es sueño*? Es uno de mis libros preferidos. Hay una frase que dice: «Con cada vez que te veo, nueva admiración me das…».

—«… Y cuando te miro más. Aún más mirarte deseo» —le interrumpió Julia atónita al ver que aquel joven conocía el verso—. También es uno de mis libros preferidos.

Lo que la joven cortesana desconocía era que Mateo recordaba esa frase de una de las cartas que Rafael, el padre de Julia, le había enviado hablándole de su hija y de las cosas que amaba, como los libros y la pintura.

—¿Ves? Deseas mirarme, ya lo auguré —contestó divertido Mateo.

—No cantes victoria tan rápido —rio Julia por primera vez ante él, pero enseguida recuperó un rostro serio, porque sentía que aquella camaradería entre ambos era una especie de falta de lealtad hacia Gonzalo.

—He venido para quedarme, así que no tengo prisa alguna —le aseguró el italiano.

—¡Julia! —La infanta Loreto interrumpió la conversación de los jóvenes.

—¿Has conocido ya a Mateo?

—No, tan solo fui testigo del furor que causó entre las damas de la corte cuando mi padre le presentó en sociedad —contestó en un tono burlesco Loreto.

—Usted debe de ser la infanta Loreto, ¿me equivoco?

—No me hables de usted. Está penado con la horca si alguien me hace sentir mayor —le recriminó con guasa la infanta.

Loreto arrancó la risa de Julia y Mateo. Los tres jóvenes estaban sumidos en un halo de divertimento cuando alguien más quiso unirse a aquella improvisada reunión.

—Veo que os estáis divirtiendo. —Una voz sonó tras ellos.

Julia se volteó y no se podía creer quién estaba frente a sus ojos. Su corazón se aceleró de forma abrupta y su cuerpo sintió un leve escalofrío que hizo que la piel se le erizara. Solo había una persona capaz de provocarle esa sensación con tan solo sentirle cerca.

—¿Jorge? —preguntó incrédula.

—¿Tú? —añadió Loreto desconcertada al descubrir en su muñeca el lazo de seda azul que había entregado a aquel desconocido con el que había bailado.

—¡Pareciera que hubierais visto un fantasma! —rio el atractivo joven.

—¡Jorge, eres tú! —gritó Julia.

La joven cortesana salió de su asombro, corrió hacía él y se fundió en un efusivo abrazo. No se esperaba para nada aquella visita. Ahí estaba, el hombre que le había abierto las puertas del placer, aquel que le había hecho ser menos niña y ser más mujer, aquel que su sola presencia conseguía encenderla… Jorge había vuelto. Las circunstancias de su marcha habían cambiado. Vino a su cabeza aquella despedida entre lágrimas, antes de partir hacia Francia. Aquella había sido una petición de doña Bárbara cuando todos estaban seguros de que los reinos de España y Francia se unirían tras el matrimonio de Gonzalo y Gadea. Jorge Novoa había sido siempre el hombre de confianza de doña Bárbara, por eso ella le había pedido que viajara a Francia para contar con alguien dentro de la corte que espiase con cuidado los planes de los reyes, los padres de Gadea. Ella siempre decía que la información era poder y que allí podría seguir ayudando de algún modo a las nereidas. Él sentía que se lo debía, pues ella siempre había ayudado a su familia y llevaba años luchando por hacer justicia a su padre, que había sido asesinado por orden del conde-duque.

—Por la fuerza de tu abrazo, creo que me has echado bastante de menos —bromeó Jorge al ver el ímpetu con la que la joven cortesana le apretaba el cuerpo.

—Pero ¿qué haces aquí? —preguntó Julia extrañada.

—Bueno, cuando Gonzalo decidió no casarse, mi presencia en Francia no tenía sentido alguno. Así que doña Bárbara me pidió que volviera —explicó el joven, que no había perdido su cautivadora sonrisa.

—No me había contado nada —reconoció la cortesana con cierta molestia, aunque en el fondo agradecía aquella sorpresa.

Jorge se giró hacia la infanta Loreto. Seguía petrificada sin articular palabra alguna. La sintió diferente, Jorge también había notado que la joven había cambiado, como si hubiese hecho un trato con la madurez. Ese halo de niña que la envolvía prácticamente había desaparecido. Su rostro cubierto de pecas la hacía irresistiblemente atractiva. Sí, estaba cambiada.

—¿Y tú no piensas saludarme? —le preguntó Jorge con bravuconería.

Loreto estaba perpleja. Era el joven con el que había bailado la noche de antes, con el que había coqueteado y al que había regalado el lazo de seda azul. Pero estaba claro que él no sospechaba que Loreto era la joven que había tras la máscara. Estaba avergonzada, se había dejado llevar por el fulgor del momento, pero ahora él se encontraba frente a ella. Y no era un desconocido al que jamás volvería a ver, era Jorge Novoa. El Jorge de Julia... El único hombre que había sido capaz de despertar algo en ella.

—He de irme —contestó nerviosa, queriendo escapar de allí.

La infanta aceleró el paso y desapareció tal y como había venido. Jorge miró extrañado a Julia sin entender lo que estaba pasando. Entonces se dirigió a Mateo.

—Tú debes de ser el italiano, ¿no? —preguntó con cierta altanería a sabiendas de que era el prometido de Julia.

—Prefiero que me llamen Mateo. —Le tendió la mano para saludarle.

—¡Señorito! —saludó con impetuosidad doña Bárbara desde las escaleras, llamando a Jorge.

—Si me disculpáis, he de marcharme.

Jorge Novoa se atusó el pelo y elevó la comisura de sus labios para pintar una sonrisa. Este tiempo sin doña Bárbara se había hecho largo, la echaba de menos. Ella lo cuidaba y siempre había sentido que le debía pleitesía. Se acercó hasta ella y la abrazó con fuerza, como si quisiera traer de vuelta todo el tiempo perdido.

—Me alegro de tu regreso —confesó la dama.

—Alguien tiene que vigilar las cloacas, y no creo que ese vestido que lleva sea digno de ello —rio el joven.

—Nadie va a volver a las cloacas, Jorge. Debemos ser cautos.

—Doña Bárbara, he visitado a Olimpia antes de venir aquí. Sé que hablaron durante la fiesta. La situación con el conde-duque tan solo empeora. Me ha contado su plan de trasladar la corte a Valladolid para sacar rédito de la compra de propiedades en dicha ciudad. Además, dice que el número de mujeres que han sido acosadas por él y acuden en busca de ayuda ha aumentado desde que las nereidas se disolvieron... —El tono del joven denotaba preocupación.

—Ojalá eso fuera lo único que ha hecho —contestó con desolación doña Bárbara recordando todo lo que le había hecho a Eva.

—¿A qué se refiere?

—Da igual, pero volver a reunirnos es peligroso para todas. Es anunciar nuestra muerte. —Se mostró muy intranquila.

—Y dejar que él campe a sus anchas es dejar que todas mueran. Olimpia me ha pedido que le comunique que mañana se reunirán en casa de Carranza de Sotillos por la noche. Prohíbe expresamente que vaya, pues sabe que debe seguir salvaguardando su nombre para ayudarlas —le advirtió Jorge—. Usted es la única que ha sabido manejar al enemigo cerca.

Doña Bárbara suspiró. Había visto tan próximo el peligro tras el juicio a las nereidas que temía ponerlas en peligro. Sentía como si esas ansias fieras de perseguirle, que siempre la habían caracterizado, estuviesen desvaneciéndose. Como si sintiera que debiera poner cordura, pero a la vez la ira la estaba consumiendo por dentro al saber todos y cada uno de los planes que el conde-duque tramaba y todas las vidas que estaba destrozando por el camino.

—Has visto ya a Julia, ¿no? —preguntó la mujer cambiando completamente el hilo de la conversación, pues necesitaba dejar de martirizar su propia cabeza.

—Sí, está tan bella como siempre. Anda sentada con el tal Mateo —dijo con cierto desprecio el joven.

—¿Has sentido celos? —La dama de compañía de la reina lanzó la pregunta de forma directa.

—El caso es que anoche acudí al baile de máscaras. Siento no haberle avisado de mi presencia, pero quería ver con mis propios ojos qué había sucedido en la corte durante mi ausencia. Quería saber si algo había cambiado. Y quiso el destino que chocara con una joven desconocida. No conozco su nombre ni sé cómo es su rostro. Tan solo poseo este lazo de seda que me anudó en la muñeca. —Jorge elevó la mano mientras hablaba.

Doña Bárbara sonrió al verlo. Sabía quién era la dueña de aquel lazo azul. Aunque también sabía lo alejada que estaba de los gustos de Jorge. Pero a la dama le divertía aquel juego.

—Descuida, querido, te ayudaré a encontrarla.

Selló así una promesa que sin haberlo planeado podría hacer que por primera vez en España reinara una mujer…

20

Desterradas en las sombras

Julia descansaba en sus aposentos cuando alguien llamó a la puerta. Una sirvienta le hizo entrega de un libro de parte de Olimpia. Ya sabía lo que eso significaba. Dentro había un mensaje oculto. Los nervios se adueñaron de ella cuando leyó su contenido. En esa misiva la invitaban a festejar el cumpleaños de Safo de Lesbos en casa de Carranza de Sotillos, esa misma noche. Se trataba de un mensaje en clave, pues Safo de Lesbos fue la poetisa griega adelantada en su época en cuanto a los ideales de amor y sexo que había dado nombre a los Sábados de Safo, el día en el que las tutoras elegían a las diez nuevas jóvenes que formarían parte de las nereidas, cincuenta, contando el resto de los países en los que las nereidas también operaban. Aquel día fue el que hizo que la vida de Julia cambiara para siempre, cuando en secreto juró libertad y lealtad a aquellas mujeres. Sabía lo que la invitación significaba: las nereidas iban a volver a reunirse. Unos golpes la trajeron de vuelta de aquel letargo, rápidamente se atusó el vestido y se dirigió a la puerta de su habitación.

—¿Qué haces aquí? —preguntó extrañada Julia. Pensaba que la carta oculta anunciaba la visita de doña Bárbara.

—¿Puedo pasar rápido antes de que alguien me vea? —preguntó el príncipe Gonzalo algo ansioso, aunque con cierto alivio y una sensación de libertad al conseguir estar por fin cerca de la cortesana.

Aquel comentario fue una lanza en el corazón de Julia. Había vislumbrado algo de luz cuando Gonzalo le había confesado a Gadea que amaba a otra mujer, pero esa prisa por no ser visto volvía a reabrirle la herida a la joven cortesana. Se sentía de nuevo pequeña, volvía a sentirse invisible. Había razones suficientes para mantener su amor en silencio, pero una parte de ella necesitaba notar que él no lo ocultaba. No quería que la amasen a escondidas. Quería vivir aquello que se siente cuando la otra persona necesita presumir de la persona amada. Necesitaba gritar a los cuatro vientos lo que sentía y que sus besos pasasen a ser dominio público porque no podían aguantarse. Ella deseaba salir de aquella sombra, aunque supusiera la desdicha. Y aquellas palabras habían devuelto al destierro, de nuevo a la sombra.

—Pasa —contestó con cierta desgana.

—¿Estás bien? Te noto cansada —preguntó el príncipe mientras sostenía sus manos.

—Sí, es solo que pensaba que eras otra persona —reconoció Julia.

—Te echaba de menos, tenía muchas ganas de verte —confesó Gonzalo.

Tras esta confesión el príncipe buscó los labios de Julia con ánimo de besarla. Al notar su cuerpo cerca, la joven se encendió, pero giró rápidamente su rostro para evitar que Gonzalo la besara.

Julia quería huir de esa sensación, maldecía seguir alimentando un sentir que no los llevaría a ninguna parte. Los dos lo sabían, pues habían vuelto a participar en el cansado juego de ocultarse el uno del otro. Ella había hecho una promesa a doña Bárbara de fingir que no pasaba nada entre ellos. Él era el príncipe y no podía mostrar interés por la mujer que realmente amaba.

—Cuentan por palacio que disfrutaste mucho en el baile con Gadea —cortó con rabia aquel momento que prometía ser bonito.

—¿Por eso estás enfadada? Los cortesanos en este palacio tienen la lengua demasiado afilada y gustan de inventar chascarrillos para su divertimento. Le pedí a Nicolás que me salvara, pues en mi mente solo estabas tú, Julia —reveló Gonzalo queriendo quitar importancia a aquel suceso—. Quizá yo debería afirmar lo mismo sobre ti y Mateo. ¿No hay nada que debas contarme sobre vosotros? —viró la conversación el joven con cierta inquina.

—¿En serio vas a andarte con esas, Gonzalo? —espetó indignada Julia al ver los derroteros que tomaba la conversación.

—¿No entiendes que me mata por dentro saber que él ya está en palacio y que quizá tu futuro sea junto a él? —confesó Gonzalo, angustiado ante la posibilidad de perderla.

—¿Acaso crees que a mí no me duele todo esto? ¿Saber que Mateo está aquí? ¿Saber que Gadea está aquí? ¿Y saber que tú y yo debemos seguir haciendo como si nada? ¿Hasta cuándo vamos a aguantar esto? —le recriminó la joven cortesana afligida.

—Entre Gadea y yo no existe nada. ¿Puedes decir tú lo mismo de Mateo? —volvió a reprocharle el príncipe cegado por los celos.

—Ya está bien, Gonzalo. Será mejor que te vayas. Tengo asuntos importantes que debo atender —mintió la joven cortesana, invitándole a abandonar la habitación y cerrando la puerta al instante sin darle tiempo para la réplica.

Exhaló el aire de sus pulmones como si ese gesto le purgara por dentro. La cabeza de Julia era un lugar hostil. El amor que sentían ambos jóvenes estaba desterrado en un lugar oscuro, lejos de miradas indiscretas y del aplauso ajeno. Por eso, su dignidad le imponía alejarse de aquella sombra impuesta a la que él la sometía. Pero su corazón latía con una fuerza desmesurada cuando el príncipe estaba delante. Su olor se había colado por todo su ser y su cuerpo estaba respondiendo, estremeciéndose ante esa cercanía. La joven cortesana necesitaba calmar su piel. Aquel ajetreo que le rondaba la mente la tenía exhausta. Así que abrió su armario y cogió la caja de caoba con terciopelo azul que tiempo atrás le había regalado doña Bárbara y que dentro escondía un dildo de mármol. Ese objeto que había traído a España el rey Carlos desde la corte de Versalles. El mismo que había barrido la inocencia de Julia bajo la cama. La primera vez que lo probó nunca había sido penetrada por un hombre. Fue Jorge Novoa quien se lo introdujo con cautela para luego acelerar sus embestidas. Fue él quien le hizo entender el verdadero significado de la palabra placer. Ahora, sin embargo, Julia ya sabía lo que se sentía cuando te penetraban, pues Gonzalo había entrado en ella y se había derramado dentro de su cuerpo.

Se recostó en la cama sobre un cojín verde esmeralda con ribetes dorados y se levantó el vestido. Cogió el pequeño frasco de vidrio que había también dentro de la caja y lo colocó sobre su zona íntima. Inclinó el bote hasta que unas gotitas de aceite cayeron sobre ella. Lo dejó sobre la mesilla y cogió el dildo. Lo acercó a esa zona, lo bañó con el aceite y lo colocó en la apertura de su sexo. Separó las piernas para facilitar así su entrada y lo introdujo lentamente en su interior. El frío del mármol hizo que curvara la espalda. Así mostraba el gusto súbito que estaba sintiendo. Sus pezones se erizaron también. Comenzó a meterlo y sacarlo con más ansia que cuidado, como si aquella fricción la alejara del ruido que invadía sus sienes. En cada fogonazo una imagen se sucedía en su cabeza: Gonzalo, Jorge y, ahora, Mateo. ¿Por qué pensaba en él? Lo odiaba con todas sus fuerzas, pero en aquellas dosis de goce su imagen se le aparecía. Tres hombres en la vida de una joven que prácticamente acababa de exiliarse de la pureza y había comenzado a habitar en el deleite. La rapidez de sus movimientos acompasados por sus caderas hacía que notara aquel artilugio de mármol en cada uno de los recovecos de su sexo. Exprimiendo su ira con la fuerza de sus manos, las embestidas cobraron un ímpetu desmedido hasta que un jadeo seco y un sonoro gemido la devolvió a la vida. Y cambió el dildo por la pluma.

> Quisiera tener el corazón en calma y la seguridad de sus latidos. Pero mi cuerpo bombea incesante ante otras pieles que no son solo las de Gonzalo. Pues me atormenta no poder tener acercamiento alguno a él. Quizá esa sea la razón por la que mi mente vuela a otros lares indebidos. Quisiera saber si es por ello que Mateo vaga por mi mente cuando la realidad es que lo odio por querer apresar mi futuro entre sus manos. Sí, además, he sentido que al volver a ver a Jorge mis piernas tiemblan recordando el elixir de su lengua. Busco claridad en mi mente y mis sentires. Pero el amor que siento por Gonzalo es tan fuerte que no olvido que sigo siendo un fantasma que vaga por la vida sin identidad propia. No alcanzo tan siquiera a aspirar a ser designada como amante oficial, pues ni poseo el título de aristócrata. Callada y oculta, no sé si por miedo a represalias o por miedo a desvelar que soy yo quien según él posee su corazón. Confesó a Gadea que otra mujer le ha conquistado, pero ella desconoce que soy yo la se halla bajo la identidad de esa dama y el pueblo dice que a ambos los vieron en una reseñable actitud cariñosa en el baile de máscaras. Y solo pasear este pensamiento por mi mente me atormenta. Yo no quiero joyas ni esclavos, tan solo necesito sentirme segura de lo que en mi corazón anida.

Alguien llamó a la puerta. Julia escribió el punto final de aquella carta sin destinatario conocido y la guardó en el cajón del escritorio. Se dirigió a la puerta y la abrió tranquila.

—Quiero ir contigo —escupió sin miramientos la infanta Loreto mientras entraba dentro de la estancia sin pedir permiso.

—¿Dónde? —preguntó extrañada Julia.

—No te hagas la ingenua. Sé que vais a reuniros ahora. Liliana ha dado por hecho que yo acudiría y me ha comentado lo feliz que se encontraba porque las nereidas volvierais a reuniros. Desconozco el lugar, pero quiero ir, Julia. Por favor —contestó segura de sus palabras la infanta.

Julia la miró fijamente, no quería volver a meter a su amiga en todo aquello. Por su culpa le había hecho enfrentarse a su familia y le había hecho tener que posicionarse cuando el rey estuvo a punto de enviar a las nereidas a la horca. Entendía las ganas de la infanta por cambiar su destino, pero la joven cortesana temía ponerla en peligro de nuevo.

—Loreto, te quiero, pero puede ser peligroso —se sinceró Julia mientras sujetaba a la infanta de las manos—. Estuvimos a punto de perder la vida. No quiero ser yo quien te meta en esto otra vez. ¿Qué sucedería si tu padre se enterase? ¿Acaso no lo sentiría como una traición?

Julia había sido testigo de la insistencia de Loreto por hacer que las nereidas se reunieran y que pudieran ayudarla, y ella misma había estado intentando que así fuera, pero el riesgo la angustiaba y le hacía dudar.

—Julia, la vida la estoy perdiendo cada día. Cada maldito día. ¿Sabes lo que es no sentirte suficiente? ¿No sentirte vista? —La cortesana asintió, aquellas palabras le sonaban familiares—. Me cobijo en el otro lado de la historia, en el de los perdedores. No puedo llevar la corona, porque ser mujer es un castigo en esta corte y no una bendición.

Julia dibujó en su rostro una sonrisa de esas que te visitan cuando sientes que no queda otra salida. Sabía que por más que lo intentase, la terquedad de su amiga sería imparable. Y la realidad era que tarde o temprano ese encuentro iba a producirse.

—Cojamos los caballos, las nereidas nos esperan —le apremió Julia.

Vestidas con túnicas de seda de un intenso color morado Julia y Loreto abandonaron el palacio con cautela para no ser vistas, pero con urgencia. Al llegar a casa de Carranza de Sotillos, lugar designado para la reunión clandestina, pues en casa de Olimpia era muy arriesgado, Julia amarró a su caballo Oasis a una posta. La infanta Loreto hizo lo mismo con el suyo. No había luces encendidas, pero la puerta se abrió.

—Os esperan abajo. Ya están todas —las recibió Carranza de Sotillos, abogado y amigo de confianza de las nereidas.

Las dos jóvenes entraron, pero justo antes de que el anfitrión cerrara la puerta, un pie frenó el gesto. Extrañado, el hombre tiró del pomo para comprobar qué sucedía. Y ahí estaba.

—Todas no. Falto yo —dijo una mujer al otro lado.

Los ojos de Julia brillaron al ver en el quicio a doña Bárbara. La joven sabía las reticencias que tenía la dama de compañía a que las nereidas se reunieran de nuevo, pues quería ser cauta ante los peligros que suponía dicha vuelta. Otra traición al rey era demasiado arriesgado. Pero allí estaba. Doña Bárbara era una de las piezas fundamentales del tablero, uno de los eslabones necesarios para que las nereidas pudieran resurgir otra vez. La joven cortesana se lanzó a sus brazos y doña Bárbara sonrió plena. Luego miró a Loreto.

—Doña Bárbara, sé que usted va a ayudarme —confesó la infanta con una confianza absoluta en aquella mujer.

—Veo que no piensas sacarte esa idea de la cabeza, ¿no? —respondió la dama con tono divertido, como si se diera por vencida.

—Ahora menos que nunca —reconoció la joven, pues el acercamiento con Jorge le había hecho recobrar más fuerzas para seguir con su lucha.

Bajaron en silencio hasta una sala oculta que el abogado utilizaba para las timbas ilegales de cartas. Al abrir la puerta, aprendices, culebrinas y tutoras charlaban animosamente.

—Eres demasiado obstinada, amiga —recibió Olimpia a doña Bárbara acercándose, pues la conocía tan a fondo que una parte de ella tenía el convencimiento de que no se perdería aquella reunión.

—Alguien tendrá que salvaros el pescuezo cuando esos desgraciados se enteren —bromeó la dama de compañía de la reina—. Y creí que era importante que supieras aquello de lo que te hablé en el baile de máscaras, pues quizá sea nuestro salvoconducto.

—Me tienes impaciente —reconoció la mujer, ansiosa por saber el contenido de aquella información.

—Escuché sin pretenderlo una conversación entre el conde-duque y don Juan, el valido francés —comenzó doña Bárbara bajando el tono de voz para no ser escuchada—. El conde-duque le aseguró que había sido el rey el que había solicitado la vuelta de Gadea a la corte. Y ese ruin malnacido le confesó que poseía en su poder un secreto que podría hundir la corte de los Monteros y de ahí la insistencia del rey en que Gonzalo debía reinar y, por ende, Gadea tenía que ser reina de España.

—¿Y dijo algo más sobre el secreto, de qué se trataba? —preguntó Olimpia curiosa.

—No, solo que no había dinero suficiente que pudiera comprarlo.

—¿Y qué te hace pensar que eso será nuestro salvoconducto? No disponemos de nada —advirtió Olimpia algo desinflada ante aquella confesión.

—No he terminado. Lo que nos salvará será la amenaza que don Juan lanzó al conde-duque. Si no consigue que Gadea sea reina de España, le cortarán la cabeza —explicó doña Bárbara.

—Pues conseguiremos que Gadea no reine —sentenció Olimpia con convencimiento, sabiendo lo que eso conllevaría.

Al mismo tiempo que las dos mujeres se adentraban en la estancia, Julia se dirigió rápidamente hacia Eva, que se hallaba sentada en una silla al fondo de la sala. El brillo seguía sin bañarle la piel y su rostro parecía cansado. Odiaba verla así, esa no era su Eva.

Le sujetó la cara con ambas manos y le regaló un tímido beso en la frente. Esos besos que juran que siempre van a cuidar. Que dicen: «aquí estoy». El beso de la ternura, del buen augurio, de la calma y los cuidados. El beso tímido pero sincero. El beso del «siempre voy a estar». El beso del «quiero quedarme». Ninguna de las dos mujeres pronunció palabra alguna, tan solo se regalaron aquel instante de cercanía justo antes de que Olimpia empezara a hablar.

—Queridas nereidas, es para mí un orgullo teneros aquí reunidas. Hoy es solo el inicio. Sé lo que esto significa, el peligro que conlleva, pero también sé que sois conscientes de nuestro deber. Juramos disolvernos y no volver a reunirnos, juramos no volver a unir nuestras fuerzas, pero ¿no es acaso eso mismo lo que ahora más necesitamos? El poder del conde-duque está en auge. Tiene planes para trasladar la corte a Valladolid, con lo que perjudicaría a los habitantes y comerciantes de Madrid. Y ha seguido abusando de mujeres, haciendo alarde de su autoridad. Buscaremos un plan para acabar con él. Estamos esperando noticias del exterior. Volveremos a reunirnos. Tenemos que estar unidas y no soltarnos la mano. Debemos seguir dando voz a tantas mujeres que nos necesitan. A aquellas que viven calladas, a aquellas que la sociedad las trata de forma injusta, a aquellas a las que les han arrebatado sus derechos, a aquellas a las que le han quitado la vida…, sometidas a un poder que las hace invisibles. La lucha de las mujeres es nuestra lucha. Las nereidas no vinimos a vivir con miedo, sino a dar nuestra vida a pesar del miedo. Así que os quiero agradecer que hoy hayáis sido valientes para reuniros aquí. Las mujeres nos necesitan —culminó segura Olimpia.

—Os necesitamos. —La infanta Loreto se puso en pie—. Yo os necesito —reconoció mientras una lágrima le recorría la mejilla—. Juro que, si me convierto en reina, velaré por vuestros derechos y haré que dejéis de ser invisibles. Yo os daré voz y voto. Pero necesito vuestra ayuda.

Julia miró a Eva. Ella también necesitaba a las nereidas. Con un gesto la invitó a dar el paso, era el momento de hacerlo. La culebrina sacó fuerzas de donde no creía tenerlas y se levantó.

—Yo también os necesito.

Un silencio sepulcral recorrió la sala.

Las nereidas eran las únicas capaces de acabar con el sufrimiento de aquella joven. Aunque jamás imaginarían que, por culpa de ellas, el sufrimiento de la culebrina solo acababa de empezar.

21

«Vive y déjate llevar»

Con el regreso de las nereidas doña Bárbara pasó la noche en vela, y eso que había pocas cosas que a esa mujer le consiguieran arrebatar el sueño. Sabía que la decisión de volver era peligrosa y que el conde-duque no dejaría que saliesen ilesas si se enfrentaban de nuevo a él. Aunque también tenía el total convencimiento de que eran las únicas con la influencia suficiente como para, estando unidas, acabar con aquel hombre. La dama de compañía de la reina entendía que para terminar con él tenían que frenar cada uno de sus planes, pues el dinero era símbolo de poder, y si aquel hombre conseguía convencer al rey de trasladar la corte a Valladolid, se convertiría en el más rico del reino y por ende en el más poderoso. Dejarían entonces que campase a su libre albedrío y harían que el sometimiento a comerciantes y mujeres fuera aún mayor. Los vapores melancólicos del rey estaban haciendo mella en él a un ritmo incesante, luego cada vez era más influenciable, y solo había una forma de parar eso: que la infanta Loreto reinara.

Doña Bárbara lucía un traje de día francés en azul cobalto. Era un vestido de paseo que mostraba un dominio perfecto de la caída de la cola, con una hilera de botones en color carmesí, mismo color que el cuello de tipo esclavina de tres capas, los puños y el bajo. Algo bastante inusual en ella, pues gustaba de llevar sinuosos escotes que dejaran al descubierto sus firmes pechos. Aguardaba en la entrada de una habitación, admirando uno de los cuadros que colgaban de las paredes del pasillo y que había pintado Rafael Ponce de León. Cuando la puerta se abrió, la mujer se giró disimuladamente y comenzó a andar moviendo su abanico.

—Loreto, no esperaba que estuvieses aquí —mintió ante aquel deliberado encuentro.

—Bueno, es fácil si se halla tan cerca de mi alcoba —rio la infanta al darse cuenta de lo absurdo de aquel comentario y con la total certidumbre de que la dama de compañía tramaba algo.

—¿Te apetece acompañarme hasta la fuente del laberinto del seto? Así podemos conversar por el camino.

—Por supuesto, doña Bárbara —aceptó solícita la infanta.

Las dos mujeres caminaban con el paso acompasado. Recorrían en silencio el pasillo, hecho que estaba incomodando a la infanta al no saber el motivo de aquella visita.

—¿Quería usted decirme algo? —preguntó curiosa, acabando con aquel halo de misterio.

—¿Cuándo piensas contárselo? —preguntó directa doña Bárbara.

—¿Contar el qué? ¿A quién? —Loreto se mostró extrañada.

—A Jorge. ¿Cuándo piensas contarle que eres la misteriosa joven con la que se chocó en el baile de máscaras? —indagó de nuevo doña Bárbara.

—No, no sé de qué me habla —contestó con cierta tartamudez en la voz la infanta.

—Vi el lazo azul que Jorge llevaba en la muñeca, y me contó que una joven misteriosa se lo había regalado. Sabía que había visto antes aquel lazo y pronto recordé que eras tú quien lo llevaba —reveló con confianza.

—Debe usted haberse confundido. —Loreto bajó la mirada justo en el momento en el que se adentraban en el interior del laberinto del seto.

—La reina Victoria anda algo agitada, pues dice que has hecho infinidad de preguntas acerca de qué sucedería si cupiera la posibilidad de que pronto encontraras el amor y pudieras ser así futura reina. Anda segura de que su intuición de madre no le falla y que en tu mente o en tu corazón hay algo que te inquieta. He prometido guardar silencio, pues no le he contado que lo que te inquieta tiene nombre y apellido: Jorge Novoa —sentenció la dama de compañía de la reina.

El rostro de Loreto palideció y frenó en seco ante la fuente. Se giró y clavó los ojos bien abiertos en doña Bárbara. La inquietud de la joven ante lo inminente de su enamoramiento le había llevado a dejarse llevar y colmar de preguntas a su madre, la reina, en uno de los almuerzos que habían compartido solo madre e hija. Loreto había insistido en saber qué sucedería con la corona si ella encontrara prontamente un candidato idóneo.

—Nadie puede enterarse —suplicó la infanta ansiosa.

—¿Enterarse de qué?

El que habló era Jorge, que se encontraba junto a la fuente y de cuya presencia las mujeres no se habían percatado.

—Pero... —alcanzó a decir Loreto totalmente descompuesta al ver al joven.

—Loreto, vive y déjate llevar. Aparca por una vez tus miedos y enfréntate a tu corazón. Para ser reina debes dejar de ser una niña, mujer has de ser. Díselo —la sermoneó doña Bárbara mientras salía hacia el pasillo del laberinto dejando que la joven se encarara con su destino.

Jorge se colocó frente a la infanta Loreto. Seguía llevando en la muñeca el lazo azul. Ella lo miró con detenimiento. Aquel apuesto hombre tenía el cabello negro, como ese momento de la noche donde el cielo está más oscuro, justo antes de amanecer. Sus ojos profundos seguían la misma estela. Su nariz era afilada, y sus labios, finos pero terriblemente sensuales. Y su barbilla la coronaba un hoyuelo que le confería juventud a su rostro.

—¿Enterarme de qué? Solo me gustan los secretos cuando formo parte de ellos —rio queriendo saber a qué se había referido la dama de compañía antes de irse.

—Tan solo se trataba de una burla de doña Bárbara —respondió la infanta dando un paso atrás e intentando esquivar aquella incómoda conversación.

Jorge la miró con atención y notó de nuevo en ella una energía distinta, algo que la alejaba de la Loreto que había conocido en el pasado.

—No me daré por vencido tan fácilmente —bromeó mientras se adelantaba un paso y eliminaba así la distancia que la princesa había creado.

En aquella cercanía, ambos cuerpos sintieron una señal. Jorge inspiró el olor de Loreto, que le resultó familiar, cerró levemente sus ojos transportándose de nuevo al baile de máscaras como si de una revelación se tratase. Ella al notarlo tan cerca sintió una pequeña ráfaga en le erizó la piel. Y una leve sonrisa se dibujó en su rostro.

—Eres tú —reconoció Jorge certero al sentir la vivacidad de la energía que les envolvía en aquel instante, mientras sujetaba las dos manos de la infanta.

Loreto agachó la cabeza, de nuevo avergonzada. Nunca se había sentido atraída por alguien, y aquel sentimiento era un mundo nuevo para ella. No comprendía lo que le sucedía a su cuerpo ante la presencia de aquel hombre, pero a una parte de ella le gustaba aquella sensación, notar cómo su piel reaccionaba ante él y cómo era capaz de generarle eso con tan solo tenerle cerca.

—Mírame.

Jorge le levantó la barbilla. Ella alzó los ojos con timidez hasta que sus miradas se cruzaron. Su cuerpo temblaba, pues era la primera vez que se encontraba tan cerca de un hombre. Recordó las palabras de doña Bárbara, aquel «vive y déjate llevar», y así hizo. Cerró los ojos cuando la boca de Jorge estaba tan próxima que podía sentir el candor de su dulce aliento. Y entornó sus labios esperando la llegada de un beso. Jorge se fue acercando, el corazón latía acelerado, algo que jamás había experimentado antes. Le regaló un tierno beso mientras sus lenguas comenzaban un sincronizado baile al unísono. Y aquel joven que se había rendido a los cuerpos, los placeres y los secretos de la corte de los Monteros sintió por primera vez lo que era el amor.

Mientras, en otro lugar de palacio, Mateo, el joven italiano, se aproximaba a la sala de costura. Le habían avisado de que allí podría encontrar a Julia. Al llegar abrió la puerta sin previo aviso y todas las costureras se giraron. Su belleza era tan magnética que arrancaba cohibidas sonrisas que sonrojaban levemente las mejillas de las damas. Todas menos Julia, que seguía con su mirada fijada en el bajo del pantalón que cosía para ayudar a su madre.

—¡Julia, te buscan! —anunció la costurera de ascendencia inglesa.

—Estoy ocupada —respondió la cortesana al comprobar por el rabillo del ojo de quién se trataba.

—Tan solo deseaba entregarte estas flores —reconoció el atractivo joven mientras le mostraba un ramo de aster en color blanco.

El artista italiano no solo era guapo, sino que también era astuto, y Julia sabía que sus pasos estaban perfectamente calculados, pues no era coincidencia que hubiera elegido aquellas flores. El nombre aster provenía del griego y significaba estrella, ya que la disposición de sus pétalos recordaba a las constelaciones en el cielo nocturno. Representaba el amor delicado y la paciencia en el proceso de alcanzar metas. Y Mateo tenía una meta clara: conquistar a Julia. Ese era el único propósito, más allá de traer la estatua del rey, por el que había venido a España.

—Julia, por favor, no nos dejes en evidencia —susurró Mercedes con cierto disimulo para que nadie más la escuchara—. Levántate y saluda a Mateo.

La joven cortesana lanzó con desgana la prenda sobre la mesa y resopló con desgana. Mientras todas suspiraban por aquel hombre, ella odiaba ser la elegida. Julia se levantó y se dirigió hasta la puerta. Hizo una señal a Mateo para que la acompañara y cerró tras ella para evitar la mirada curiosa de las costureras.

—Agradezco el detalle, Mateo, pero ahora mismo ando ocupada con los quehaceres de costura que mi madre me ha encomendado —le recibió cortante la joven.

—Solo quería entregarte estas flores y proponerte que paseemos juntos para que me enseñes los rincones que todavía desconozco de la ciudad —sugirió Mateo con firmeza.

—Agradezco las flores, pero no quiero que todas murmuren cuando entre —dijo la joven tajante, que no hizo ademán de coger el ramo.

—Paseemos entonces, prometo no robarte mucho tiempo —propuso el italiano.

—Lo siento, Mateo, ahora mismo estoy ocupada.

Su comportamiento distaba mucho del desayuno que habían compartido días atrás en el jardín y que Mercedes le había preparado a sus espaldas, cuando Julia se había mostrado un poco más receptiva. Pero el encuentro con Gonzalo y los dimes y diretes que corrían por palacio acerca del acercamiento de este a Gadea habían despertado en la joven cortesana una irascibilidad incontrolable, que claramente pagaba con el italiano.

—No importa. Podemos ir mañana. —Mateo no se daba por vencido, pues no acostumbraba a recibir negativas por parte de las damas.

—He dicho que no puedo —cortó contundente Julia.

Regresó a la sala de costura y cerró la puerta dándole casi de bruces al italiano.

El semblante de Mateo quedó yerto y pálido tras aquel gesto de Julia. Se fijó en que todavía sujetaba el ramo. Una inmensa furia lo invadió sin miramiento, pues toda su existencia había acostumbrado a que las féminas bebieran los vientos por él. Aquel rechazo dañaba su dignidad y su hombría de manera desmesurada. Mientras se alejaba, canalizaba la rabia a través de las manos apretando los tallos de las flores, hasta que preso de la ira las lanzó contra el suelo, que quedaron desparramadas.

—¡Joder! —gritó con ferocidad en la voz.

—¿Qué sucede? —preguntó intrigado el conde-duque, que en ese mismo instante salía de una sala contigua.

—¡Esa Julia engreída ha osado rechazarme! —confesó el italiano lleno de cólera, sin saber que la información también es poder y que se lo estaba brindando al peor enemigo.

22

El destino de la infanta

Los gemidos envolvían las paredes del cuarto rojo del Palacio Real y las vestían de melodía a falta de instrumentos. El terciopelo rojo hacía alarde de galantería embelleciendo con elegancia cada rincón. La cama redonda, que coronaba la estancia, estaba cubierta por una sábana de seda natural en color marfil que emanaba suavidad con solo mirarla. La reina Victoria apoyó las manos con delicadeza en la cama y posó sus rodillas casi al filo de esta, con lo que su trasero quedaba regalado a la vista. El rey Carlos suspiró extasiado ante aquella estampa. Levantó el vestido de la reina, y el trasero y el sexo regios quedaran expuestos. Se pasó la lengua por el labio inferior relamiéndose ante aquellas vistas. Se colocó tras ella, se arrodilló en el suelo, pegado a la cama. Con la mano derecha palmeó la nalga derecha de su esposa provocando un sonoro golpe. El azote tiño de rojo la piel de la monarca. Luego le separó las nalgas dejando espacio suficiente para introducir con soltura la lengua, que dirigió hasta el sexo de la reina. Lamió despacio, como si siguiera una línea hasta llegar al hueso del coxis. La vulva real quedó empapada y preparaba con deleite para ser conquistada. El rey encaminó su pene erecto y lo introdujo dentro de la reina

Victoria, la embistió mientras posaba las manos a ambos lados de sus caderas para impulsarse y aumentar la fuerza con la que entraba en ella. El sonido del golpeteo que se producía al alcanzar con la pelvis el trasero de la mujer hacía que el rey se encendiera.

—Vamos a tener que hacer algo. Creo que Loreto ha conocido a algún joven —soltó la reina con la voz jadeante mezclada con gemidos.

—Por Dios, Victoria, no es el momento —le recriminó el rey con los ojos volteados de gusto.

—Con Loreto nunca es el momento, y nos acabará acarreando un problema, Carlos —insistió la reina sin llegar a desconectar, pues su cuerpo estaba en el cuarto rojo, pero su mente bien lejos de allí.

—Déjame por lo menos derramar, Victoria —suplicó el rey con cierta indignación a la vez que aumentaba el ritmo de sus embistes.

La mujer, conocedora de su poder, apretó la vagina succionando con firmeza el pene del rey, sabiendo que pronto notaría un placer inigualable que lo llevaría al orgasmo.

—¡Voy a derramar!

Apenas explotó dentro de la reina, esta se puso en pie, se limpió los restos que se esparcían por sus muslos y expiró con impetuosidad a pesar de no haber derramado ella también. Las preocupaciones la estaban martirizando por dentro. Luego besó con ternura los labios del rey.

—Está muy insistente, Carlos. Y si le decimos la verdad la hundiríamos —reconoció intranquila la reina.

—¡Nunca podrá saberlo, Victoria! Loreto no lo soportaría, eso acabaría con ella —admitió el rey Carlos.

—Debemos hacer algo —pidió la mujer desesperada—. Nuestra hija nunca podrá reinar.

—Vayamos a mi despacho, el conde-duque podrá ayudarnos —sugirió el rey.

A esa hora, en el despacho del rey, las voces se sucedían, y la agitación del conde-duque era visiblemente latente. El sudor se le acumulaba en la frente y en l manos, pues aquel hombre que se enfrentaba a él ya le había tratado con violencia en su último encuentro.

—Si por la fuerza no lo entendió, dígame usted qué me queda. Quizá la muerte sea el único lenguaje que puede alcanzar a entender con esa poca sesera de la que dispone —le recriminó don Juan, el valido del rey francés.

—Le juro que estoy en ello. Amar a alguien lleva su tiempo, pero haré que Gonzalo se enamore de ella y Gadea será reina de España —prometió don Francisco con cierta desesperación.

—Palabras vacías, conde-duque. La misma cantinela de la última vez. Gadea me ha contado que en el baile de máscaras el príncipe volvió a hacerle un desplante —explicó don Juan.

—Tengo un plan, ruego confíe en mi palabra —aseguró Pastrana, molesto porque Gadea había faltado a la lealtad del trato de acudir a él en cualquier asunto referente al príncipe Gonzalo, sin contar con que la semilla de la desconfianza en don Juan tardaría un poco más en germinar.

—Más le vale porque, si no, mi plan será matarle con mis propias manos —amenazó don Juan.

La puerta del despacho se abrió y los reyes entraron con sus ropas perfectamente colocadas, como si nada hubiera pasado, aunque la tersidad de sus rostros y sus mofletes colorados daban buena muestra de dónde venían.

—Yo ya me marchaba —se despidió rápidamente don Juan haciéndoles una reverencia y abandonando el despacho.

—¿Por qué don Juan marcha con tanta prisa? —preguntó la reina extrañada ante su comportamiento.

—Ya saben que es bastante terco y parco en palabras —mintió el conde-duque, que siempre había intentado evitar cualquier acercamiento entre los reyes y el francés para que no se destapara ninguna de sus artimañas.

—Don Francisco, veníamos a buscarle. Ya no solo ando yo preocupado por la insistencia de mi hija Loreto, sino que mi mujer se halla angustiada, pues cree que ha conocido a un varón que la tiene ensimismada. Tiene miedo de que este hecho le haga aumentar su obstinación con ser reina —explicó el rey Carlos con abatimiento.

—Y como le confesamos, Loreto no puede reinar —le recordó de nuevo la reina.

—Pero ¿cuál es el motivo que le impide reinar? Debo saberlo —insistió el conde-duque, que veía cómo la tensión estaba haciendo mella en el rey.

—¡Loreto no puede tener hijos! —gritó con tristeza y furia el rey Carlos, como si aquello le liberara de una losa que los aplastaba.

Aquella corte estaba llena de secretos y la presión se adueñaba a marchas forzadas de cada uno de sus miembros. La dinastía de los Monteros se tambaleaba a pasos agigantados y los reyes temían que cualquiera de sus enemigos pudiera descubrir lo que ocultaban, ya que eso podría suponer la caída de su reinado.

—Pero ¿están ustedes seguros de ello?

El conde-duque lucía incrédulo, quería obtener más información acerca de la razón por la que la infanta no podía tener hijos. No obstante, intentó ocultar la satisfacción que le proporcionaba saber qué había detrás de uno de los secretos más ocultos de la corte de los Monteros.

—Por favor, ruego guarde discreción y que este secreto vaya con usted a la tumba. La infanta Loreto no puede engendrar hijos, puesto que no menstrúa y no posee casi agujero en sus genitales. Debe deberse a alguna maldición divina, cómo va a ser mujer completa si nunca ha sangrado ni ningún varón podrá penetrarla —confesó el rey Carlos confiando en la lealtad de su valido.

—A mi hermana le pasaba lo mismo que a mi hija, para su desgracia, y murió sin descendencia. Mi niña nunca ha menstruado y, ante la incertidumbre de ver que pasaban los años y no sangraba, le hicimos creer que debía someterse a una revisión rutinaria con el médico de palacio, pero este a petición nuestra metió sus dedos en ella para comprobar que la vagina apenas tiene orificio. Así pues, sabemos que Loreto posee la misma desdicha que su tía, aunque la infanta desconoce esto que le estamos contando y mucho menos sabe que la incapacita para ser madre. Y para ser reina —reveló afligida la reina, aquel secreto suponía una desgracia para la dinastía de los Monteros.

—¿Y cómo puedo ayudarles, sus majestades? —preguntó el conde-duque intentando saber qué rondaba sus cabezas.

—Haga que se enamore de alguien que le dé una buena vida, pero páguele a dicho caballero una fortuna si hiciera falta para que se la lleve lejos de palacio —sentenció el rey.

—Pero… —contestó compungida la reina Victoria al oír aquello.

—Es la única manera —reconoció el rey mientras le tomaba las manos y le regalaba un beso en la frente para tratar de tranquilizarla.

El conde-duque salió del despacho con una amplia sonrisa de victoria. Aquella petición del rey le haría embolsarse otra suculenta suma de dinero y aumentar con cada paso su poder. Tan solo le había hecho falta un instante para urdir en su mente un plan y conseguir su objetivo. Se dirigió a las habitaciones de invitados y golpeó la puerta de una de ellas.

—Adelante —se escuchó al otro lado.

—Quería darte la bienvenida, Mateo, y saber cómo te trata esta corte —preguntó el conde-duque sin rodeos.

—Por ahora sigo prefiriendo Italia y las italianas, por su puesto —rio el joven ante su propio comentario.

—De eso mismo quería yo hablarte. El otro día te mostraste muy enfadado con tu futura prometida —comenzó su estrategia don Francisco, que era capaz de embaucar a cualquiera con sus palabras.

—Julia tiene un aura que me embelesa, pero es increíblemente testaruda. A veces olvida que he venido desde Italia para prometerme con ella y que cualquier mujer pagaría por ser la elegida —contestó con cierta impertinencia el italiano.

—¿Y si fuera un hombre quien te pagara? —preguntó directo el valido del rey.

—¿Casarme yo con un hombre? Ni por todo el oro del mundo, si mi cuerpo se enciende en cuanto una dama me ronda —contestó indignado el joven.

—No, me refiero a que un hombre te pagara para engatusar a una dama —tanteó el conde-duque.

—Cuénteme más —se interesó el italiano.

El valido del rey sabía que Mateo y su padre habían negociado al alza la producción de la estatua, pues eran buenos amantes del dinero y la buena vida. Don Francisco, haciendo alarde de su vena más ruin, había recordado cómo Mateo había lanzado al suelo las flores que Julia le había rechazado, y en tan solo unos instantes había sido capaz de tramar en su cabeza un nuevo plan que le beneficiase.

—Consigue que la infanta Loreto se enamore de ti y vuelve con ella a tu amada Italia. Te irás con el corazón lleno, con el título de infante y con los bolsillos repletos de dinero —propuso el conde-duque.

Y no hizo falta respuesta, pues la sonrisa del italiano daba buena muestra de que había aceptado aquel rastrero trato. El destino de la infanta Loreto quedó relegado a los sucios negocios de aquel hombre que la había visto nacer.

23

Un desastre irreversible

El mundo de Julia parecía que había saltado por los aires. Su vida se alejaba del ideal soñado y de todo aquello por lo que sus padres habían trabajado para darle un futuro digno, entre otras cosas, un esposo de buena familia que pudiera mantener por siempre la dignidad de los Ponce de León Campoamor. Ahora tres hombres copaban sus pensamientos, y una amalgama de indecisiones la atormentaban cada día. Pero había otro pensamiento que no le atormentaba, sino que la avergonzaba. El Ateneo le había hecho descubrirse como una mujer que sentía, deseaba y vivía. Tras la sentencia del rey que obligaba a que las nereidas dejaran de reunirse, habían desaparecido poco a poco aquellos encuentros. Así que volvía a ser la Julia que había estado sumida durante años en un letargo. Echaba de menos sentirse deseada y desear. Echaba de menos aquellas reuniones en las que el sexo era el único protagonista. Aquellos momentos en los que su piel ardía y se estremecía entre unas manos o una lengua. Y que eso fuese la única preocupación que le invadiese. Necesitaba recuperar esa sensación que le había hecho, por primera vez, sentirse viva.

La puerta de la sala de música estaba entreabierta, pero ninguna melodía se escapaba de su interior, señal de que doña

Bárbara seguía haciendo los recados que le había encomendado la reina, tal y como le había contado a Julia instantes antes. La joven cortesana aprovechó el momento para buscar algo de intimidad, sabiendo quién se hallaba en aquella estancia.

—Doña Bárbara no está —anunció Jorge Novoa cuando vio entrar a Julia.

El joven se encontraba revisando unos recibís escritos a mano con diferentes firmas e intentaba buscar un resquicio que incriminara a don Francisco. Esos eran los papeles que entregaban los secuaces del conde-duque a los comerciantes cuando pagaban los impuestos que este había establecido a cambio de no ser agredidos. Eso mismo le había sucedido al padre del propio Jorge, que fue asesinado tras una brutal paliza que le propinaron los hombres de Pastrana al negarse a pagar el chantaje. Hecho que hizo que doña Bárbara le jurara a su amiga, la madre de Jorge, que ella misma vengaría la muerte de su marido y que acogería al muchacho en sus brazos como protegido.

—No la buscaba a ella, te buscaba a ti —reconoció ella con un sensual tono de voz.

Jorge se volvió a mirarla de nuevo. Julia se había puesto un vestido ligero de algodón en color beige, que no requería corsetería, por lo que sus curvas y sus pechos quedaban perfectamente delineados con las líneas de la prenda. El tejido era tan fino que cuando la cortesana se hallaba ya a escasa distancia del que fue su amante pudo notar cómo sus pezones se marcaban y parecía que atravesaban la tela.

—Qué grata sorpresa, ¿y a qué se debe tu visita? —preguntó Novoa con cierta extrañeza.

—Todo este tiempo te he echado de menos y me apetecía disfrutar de un instante a solas contigo —reconoció Julia terminando con la poca distancia que había entre ellos.

—Imagino que estás feliz con que Gonzalo finalmente no se casara —le cortó rápidamente.

—No he venido a hablar de Gonzalo, he venido a hablar de nosotros. —La joven cortesana se colocó detrás de Jorge y pasó la yema de los dedos por su espalda.

—¿De nosotros? —Se mostró extrañado.

—¿Acaso has olvidado aquello que me dijiste del «aquí y ahora»? Te juré que no te olvidaría y que mis manos y mi mente te recordarían siempre, y así ha sido.

Mientras hablaba, Julia había adelantado el torso hacia él con los labios dispuestos a regalarle un beso. Pero Jorge se levantó prontamente para extrañeza de Julia y caminó por la sala con las manos detrás de la espalda. En aquella estancia no quedaba ni rastro de aquel hombre que había sido su llave a la libertad. Aquel por el que sentía una conexión irrefrenable que le recorría el cuerpo cada vez que se encontraban cerca.

—¿Te has fijado en lo cambiada que está Loreto? —desvió por completo la conversación—. Es como si un halo de magnetismo la hubiese envuelto. No se parece nada a esa cría llena de pecas que correteaba por palacio —rio el joven recordándola con cariño.

—Jorge, ¿me has escuchado? —preguntó con cierta indignación Julia, pues no entendía el devenir de la conversación.

—Por supuesto, es solo que quería compartir contigo esta apreciación que poseo sobre la infanta.

—La última vez que nos vimos querías urdir un plan para que me escapara contigo de palacio sin ser descubierta, y ahora apenas me miras. Será mejor que me marche.

La joven cortesana salió llena de furia de la sala de música, intentando controlar lo mucho que le había dolido sentirse rechazada por la persona que siempre la había deseado. De repente era como si hubiera dejado de ser aquella mujer pretendida capaz de encender el cuerpo de Jorge o de cualquiera, y odiaba haber perdido esa sensación. Ese anhelo recorría sus adentros.

—¡Julia, espera! —gritó Jorge saliendo de la sala en su búsqueda.

Pero esta hizo caso omiso a su súplica y emprendió una carrera mientras sujetaba con las manos el bajo de la falda para facilitar sus pasos. Carrera que fue interrumpida cuando alguien le cortó el paso.

—¿Tantas ganas tenías de verme? No hacía falta que corrieras —bromeó Mateo, reteniéndola.

Julia miró a Mateo. Lo odiaba. Odiaba que sus padres hubieran elegido por ella a quien amar, pero tampoco soportaba que aquel hombre fuera tan atractivo y en el fondo una parte de ella se sintiera atraída por él. La cortesana encontró en el italiano su venganza y giró la cabeza para comprobar que Jorge venía en su búsqueda. Al certificar que esto era así, se agarró al brazo de Mateo y le regaló un cálido beso en la mejilla, buscando con ello provocar los celos de Jorge Novoa.

—¿Esa es tu habitación? —preguntó Julia señalando la puerta de la que acababa de salir el atractivo artista.

—Esa es, ¿te gustaría visitarla? Desearía entregarte un regalo que tallé para ti con mis propias manos —le dijo Mateo con un tono de voz meloso.

El italiano había aceptado el trato del conde-duque de engatusar a la infanta Loreto, pero su hombría no le permitía asumir un rechazo por parte de Julia. Así que quería aprovechar ese instante de acercamiento de la joven cortesana para demostrar que nadie se le resistía.

Julia asintió con la cabeza y agarrada a su brazo se dirigió a la habitación del italiano ante la atenta mirada de Jorge. Pero este no era el único que vio cómo se adentraba en la estancia ni el único que presenció ese momento de fingida complicidad.

El príncipe Gonzalo charlaba con Gadea de manera distante cuando se percató de lo que estaba sucediendo. Su tez palideció y sus ojos siguieron el camino de Julia y Mateo hasta que entraron juntos en la estancia. La rabia le invadió. Sintió una punzada en el corazón, como si alguien quisiera arrebatárselo. Allí estaba la mujer a la que amaba del brazo de otro hombre.

—Gonzalo, estoy aquí. —le devolvió Gadea al presente con un chasquido de los dedos.

—Disculpa, Gadea, he de marcharme —se despidió de manera precipitada el príncipe, intentando ocultar su pesar.

Gonzalo acababa de sentenciar en vida a Julia sin tan siquiera saberlo, pues no hicieron falta palabras para que Gadea entendiera que aquella joven cortesana era la mujer por la que el príncipe le había dejado plantada en el altar. Pues había podido comprobar con sus propios ojos cómo el rostro de Gonzalo era en aquel instante el fiel reflejo de su alma herida. Y no podía haber mayor aversión que aquella que se siente por quien se queda con el corazón de la persona a la que amas. Julia Ponce de León no era consciente de que, más allá de provocarle celos a Jorge, había desencadenado un desastre totalmente irreversible.

24

Los enredos de Gadea

Los demonios se habían apoderado de ella. Recorría la habitación de un lado a otro con una ira descarada que le hacía parecer un animal salvaje encerrado en una jaula. Sujetaba con sus manos el bajo del vestido para dar pasos rápidos. Exhaló con vehemencia, como si el aire que salía de sus pulmones pudiera calmar la intranquilidad que la azotaba. En el centro de la estancia había una pequeña mesa redonda de caoba. El tablero estaba decorado con una galería alrededor del borde formada por varios husillos torneados. Este se apoyaba en una columna torneada también que terminaba con tres esbeltas patas. Sobre la mesa se había colocado una copa grande de vidrio con balaustre y a su lado una botella de vino. Se sirvió la bebida con rapidez, presa del enfado, haciendo que algunas gotas salpicaran fuera de la copa.

—¡Pardiez! —clamó con enojo la joven al ver que había derramado el vino.

—¿Se puede? —preguntó don Juan, el valido francés, abriendo la puerta sin esperar respuesta.

—Ya está dentro, así que ya no podría decirle lo contrario —contestó con hastío la dama enojada.

—¿Se encuentra usted bien? —preguntó don Juan, algo contrariado al ver el tono que había empleado la joven.

—Todos los hombres merecen la horca, y qué pena que a alguna que otra mujer no la sometieran el castigo al que se la sentenció —musitó ella entre dientes.

La animadversión que Gadea sentía en aquel momento por Julia y Gonzalo era latente. Su perspicacia y esa intuición propia del género femenino había hecho que supiera al instante que Julia era la culpable de que a ella le hubieran plantado en el altar. Además de algo peor, por su culpa no iba a poder ser reina. Solo aquella mirada de decepción y dolor que había visto reflejada en el rostro de Gonzalo, cuando la cortesana se marchaba con Mateo, había sido necesaria para crearse con total seguridad una nueva enemiga: Julia Ponce de León.

—¿A qué viene eso, Gadea? —indagó el valido francés después de escuchar esa contestación tan demoledora por parte de la joven.

—Todo ese cuento que me contó de que el príncipe Gonzalo no se casó conmigo por temor al compromiso y que me ayudaría a conquistarle de nuevo es una sarta de embustes. No se casó conmigo porque ama a esa pelandusca. Ha preferido a una pobre cortesana antes que a una princesa. Ha desestimado ser rey, ser el hombre más poderoso del país, por ir en busca de una cualquiera —declaró Gadea visiblemente enojada al saber quién era la responsable de su desdicha.

También estaba enfadada con don Juan, influenciada por las palabras del conde-duque, que finalmente había instaurado en la mente de la princesa, algo habitual en él, una palpable duda.

—Gadea, confíe en mí. Sabe que su padre me envió para cuidarla. Siga dejando todo en mis manos, porque yo me encargaré de que Gonzalo vuelva a pisar el altar de su mano —prometió don Juan, confiado como estaba en que el conde-duque cumpliría su promesa de hacer que el joven se casara con la princesa de Francia.

—No, don Juan, esta vez me encargaré yo. Y sé cómo hacerlo —respondió segura la joven a la vez que levantaba la copa de vino y la acababa en varios tragos.

Esta vez quería creer que, si su valido no había sido capaz de conseguir su objetivo, quizá su relación directa con el conde-duque le haría conseguirlo. Gadea odiaba a Julia y ese sentimiento se había instaurado en ella. Pero en el fondo sabía que el verdadero y único culpable de su situación era el príncipe Gonzalo. Él era quien le debía respeto y lealtad. Él era quien le había humillado y quien le había cambiado por otra mujer. Por más que quisiera culpar a la joven cortesana, su raciocinio le hacía entender que Julia era tan solo una víctima más de aquel mujeriego. Pero era imposible disociarse de esa parte irracional que le llevaba a querer vengarse de la joven cortesana. Le era imposible abandonar esa repulsión hacia ella que había irrumpido con fuerza en su camino. Así que, en un fugaz instante, tomó la decisión de vengarse de ambos, y para ello tenía claro cuál sería su plan.

Al salir de sus aposentos se encaminó segura hacia su destino. El bullicio y las risas le hicieron asomarse a uno de los balcones que daban a los jardines. En una mesa charlaban animosamente el grupo de italianos que jugaban a las cartas y bebían. Mateo se encontraba de pie con una copa de vino en la mano y se reía con las ocurrencias de sus camaradas.

Gadea se dirigió hacia allí, pero antes de acercarse a las escaleras, colocó con esmero sus pechos en el corsé para que fuesen más turgentes y accesibles, y se pellizcó las mejillas para darle color a su rostro. Según bajaba las escaleras, los hombres enmudecieron y se giraron a admirar su belleza. La joven fijó sus ojos en Mateo y se acercó hasta él. Pasó su mano por debajo de su brazo y no le dejó escapar.

—¿Paseamos? —preguntó con una seguridad pasmosa la joven francesa.

—Por supuesto —respondió galante Mateo mientras le daba un sorbo a la copa de vino y la dejaba sobre la mesa, donde el resto de los italianos jugaban a las cartas—. Lo siento, caballeros, el deber me llama —se despidió Mateo con cierta curiosidad por saber por qué querría pasear con él.

—Admiro mucho la estatua que habéis hecho al rey Carlos —comenzó la princesa piropeando el arte del italiano.

—¿Y tú quién eres? —preguntó Mateo disimulando.

En realidad, conocía a la perfección la identidad de aquella bella mujer de pelo cobrizo y tez cubierta de pecas.

—Soy Gadea Mendoza de Covarrubias —se presentó ella a la vez que se soltaba del brazo del joven y le entregaba su mano para que la besara.

Mateo seguía dubitativo ante aquel acercamiento, sabía de su talento para cortejar a cualquier dama, pero estaba enterado de lo revuelta que estaba la corte con el regreso de la francesa, debía por tanto ser prudente. Estaba seguro de que ese encuentro escondía algún interés oculto y quería adivinar de qué se trataba.

—Un placer —contestó y le besó el dorso de la mano derecha.

—Ayer te vi entrar con una mujer en tu habitación —soltó sin miramiento Gadea provocando cierto estupor en el rostro de Mateo.

—¿Y estás celosa? —rio haciendo alarde de su vanidad. Sin embargo, no concebía que alguien hubiera podido dejar plantada en el altar a una dama con semejante belleza.

—Creo que mereces saber la verdad, pareces un buen hombre y no quisiera que te rompieran el corazón como hicieron conmigo —se sinceró Gadea, si bien sus palabras escondían un propósito más que planeado.

—¿Y cuál es esa verdad, pecosa? —preguntó con galantería el italiano, que se seguía vanagloriando del don que poseía para con las mujeres.

—La mujer por la que has viajado tantos meses para encontrarte con ella, esa con la que ayer entraste a tu habitación, ama a otro —confesó con franqueza la joven.

—No por mucho tiempo. Ninguna mujer se me resiste. —Mateo mostró una convicción pasmosa.

—Julia sí. Tan solo te está utilizando. Ella ama a Gonzalo y él la ama a ella. Él fue el que me dejó plantada en el altar y me rompió el corazón en incontables pedazos. Ella te ha hecho venir hasta España creyendo que vais a casaros, pero tan solo se está riendo de ti. Al igual que el resto de la corte, todo el mundo habla. Dicen que eres un bobo y que ya te han rechazado antes de intentarlo —mintió la joven buscando enojarlo.

La realidad es que Gadea solo poseía suposiciones. Creencias no confirmadas que se basaban en cómo la cara de Gonzalo había cambiado al ver que Julia y Mateo accedían juntos a los aposentos de él. Pero para ella era suficiente para comenzar aquella guerra.

—Dudo que esas informaciones sean ciertas. Ayer Julia me suplicó amor eterno. Me juró ser el amor de su vida y acabamos intimando. Puedes contarle a toda la corte que como gime conmigo no lo ha hecho con el príncipe —mintió también Mateo, mientras caminaba como si no le diera importancia a lo que acababa de escuchar.

No soportaba la idea de ser rechazado y mucho menos de estar en boca de todos por este motivo. Acostumbraba a ser él quien repudiaba la mayoría de las proposiciones de jóvenes italianas que ansiaban poseerle. Mateo era guapo, divertido, seguro, inteligente y pertenecía a los Ítaca, una familia de renombre. Así que decidió mentir a Gadea para que hiciera creer a cuantos quisieran escuchar que entre él y Julia había sucedido algo. Aunque esa no fuese la realidad, pues en aquella habitación tan solo charlaron de cosas absurdas y sin importancia, y Julia se marchó en el momento en el que Mateo intentó provocar un acercamiento fortuito.

—Mateo, tenemos un objetivo común. Tan solo quería que lo supieras.

Gadea sabía que aquel narcisista no permitiría que Gonzalo y Julia se salieran con la suya y convertirse así en el hazmerreír de todo el palacio.

Gadea abandonó el jardín con una sonrisa que adivinaba cierta malicia, que se alejaba mucho de su angelical apariencia, disfrazada con pecas y dulzura. Aquella era su verdadera cara. Era una mujer que no se daba por vencida hasta conseguir aquello que se proponía, aunque eso supusiera pisar y dañar a otros.

No estaba dispuesta a renunciar a la corona de España tan fácilmente.

Recorrió el palacio en busca de su siguiente objetivo. Se asomó a las cocinas, a la sala de música, a la biblioteca, a la sala de los leones, a la sala de costura, a los salones, pero ni rastro. Hasta que abrió la puerta de la Salita de Porcelana, una preciosa estancia cuyas paredes y bóvedas estaban totalmente cubiertas por grandes placas de porcelana que disimulaban sus uniones con guirnaldas y lazos de diseño neoclásico. Una sala en la que se gastaron 256.598 reales y que se realizó en la Fábrica de Porcelana del Buen Retiro. Allí Gonzalo escribía en unas hojas de papel sobre un espléndido *bureau*.

—Ayer te fuiste muy rápido y casi no pude despedirme —saludó de forma dulce al príncipe, que dejó la pluma sobre el escritorio y le dirigió la mirada.

—Discúlpame, Gadea. Tuve que atender unos asuntos que había olvidado —inventó Gonzalo para no enfrentarse a la realidad.

No quería hacer más daño a la princesa, confiaba en que era una buena mujer y que ya había tenido suficiente con confesarle que no se había casado con ella porque amaba a otra. De hecho, al príncipe le sorprendía que a pesar de saber eso la joven no le guardara rencor y siguiera siendo cariñosa con él.

Poco podía imaginar él que tras aquellas afables pecas se escondía una vileza insolente.

—No te preocupes, imaginé que te aguardaban asuntos importantes. Y la realidad es que no esperaba encontrarte aquí —volvió a mentir Gadea mientras tomaba asiento en el sofá—. Tan solo buscaba un lugar donde descansar, pues ando un poco mareada. He paseado con Mateo por el jardín y el sol ha debido alcanzarme con demasiada fuerza.

—¿Estás bien? ¿Deseas beber agua? —le ofreció el príncipe levantándose y acercándose a ella con cierta preocupación.

—Sí, sí, estoy bien. Aunque, bueno, no tan bien como Mateo, que me ha contado que ayer disfrutó mucho con tu amiga, esa que me presentaste, ¿cómo se llamaba? —preguntó, haciendo como que desconocía el nombre de la joven cortesana.

—¿Te refieres a Julia? ¿Qué te ha contado? —preguntó Gonzalo cambiando rápidamente de semblante.

—Ah, nada importante. Me ha confesado que intimó con ella y que Julia jamás había gemido igual con otro hombre. ¿Te puedes creer?

Gadea soltó una carcajada que encendió la cólera de Gonzalo, aunque el príncipe en todo momento trató de guardar la compostura.

—¿Eso te ha contado?

—Bueno, me lo ha contado a mí y a toda la corte. Dice que ella le suplicó amor eterno y que le declaró que él era el amor de su vida. ¿No te parece precioso que sus padres le hayan encontrado a un hombre que la ame de verdad? —preguntó con cierto sarcasmo la joven.

Esta vez Gadea no había necesitado la ayuda de su padre o de su valido para conseguir lo que quería. Aquella joven había incendiado la corte de los Monteros y estaba dispuesta a quedarse para ver cómo ardía.

25

Los lobos

El día prometía ser pletórico. El sol bañaba con firmeza cada recoveco de la sala de costura haciendo brillar las telas. Las costureras canturreaban alegres las coplillas que corrían por palacio a la par que enhebraban con esmero los hilos en las agujas. Preparaban las vestimentas de una recepción privada que habían preparado los reyes para los italianos. Un encuentro para mostrarles el poder de la corte de los Monteros y agasajarles con aquello de lo que siempre habían presumido: manjares, vino y mujeres. El rey Carlos había pedido a doña Bárbara que reavivara el Ateneo y que organizara una reunión clandestina en algún lugar especial de palacio. Con un mandato: que los italianos comprobaran con sus propios ojos de lo que eran capaces los españoles.

Mercedes vigilaba a Julia en cada puntada. La joven estaba zurciendo con poco celo los botones de una camisa. La mirada la tenía perdida, como si hubiera dejado de estar presente. Un sinfín de pensamientos la martilleaban por dentro.

—¿Julia, te encuentras bien? —preguntó su madre preocupada al ver el estado en el que se encontraba su hija.

—Sí, madre. Es solo que sigo un poco mareada —le explicó la joven cortesana.

—¿Y han cesado los vómitos? —quiso saber Mercedes inquieta por el estado de salud de su hija.

—Ahora solo tengo náuseas. Algo debió de sentarme mal —le indicó Julia con un tono de voz apenado, como si le faltaran las fuerzas.

—¿Quizá fueron las decenas de flores confitadas que te vi comiendo ayer? —le reprochó con salero Lola Valderrama mientras no levantaba la vista del vestido que cosía.

—¿Acaso alguien puede resistirse a ese manjar que prepara Francisca? —contestó con un tono más alegre Julia.

—Esa mujer tiene el arte en las manos —expresó la costurera inglesa.

La puerta de la sala de costura se abrió para dar paso a doña Bárbara acompañada de Mateo y otros jóvenes italianos. Todas las costureras se giraron a mirarlos y admirarlos. Las más jóvenes se ruborizaron con la belleza de los italianos. En especial con la de Mateo, que solía acaparar todas las miradas.

—Queridos, elijan una de estas mujeres y dejen que les tomen medidas para prepararles la vestimenta de esta velada. Tan solo necesitan las medidas de su cintura y sus caderas. No se preocupen, son raudas, y todos tendrán antes de esta noche sus correspondientes prendas en sus habitaciones —les aseguró doña Bárbara.

Julia alzó la vista buscando la mirada de Mateo. No podía evitarlo, sentía una profunda animadversión hacia él, pero a la vez, como a todas, su innegable belleza la atraía. Poseía un atractivo sobrenatural que le proporcionaba una fachada varonil y que se alejaba de la apariencia más aniñada que caracterizaba a Gonzalo. Las manos del italiano eran grandes y su cuerpo se dejaba ver musculado entre los ropajes. Su voz grave, la simetría de su rostro y una incipiente barba... Todos estos elementos hacían imposible odiarlo. Pero en ese instante lo hizo. Mateo cruzó la mirada con Julia y para sorpresa de todas eligió a Lola Valderrama, con la que había intimado en el baile de las máscaras, para que le tomara las medidas. Aquello molestó a Julia, que intentó disimularlo bajando la mirada y concentrándose en la costura.

—Será mejor que respires —le aconsejó doña Bárbara, que había calado a la perfección el enfado de la joven cortesana.

A su lado Mercedes observó lo mismo, con ese instinto de madre, pero disimuló como si no estuviera escuchando lo que la dama de compañía de la reina decía a su hija.

—No es lo que usted cree —cortó rápidamente Julia para camuflar su malestar.

—Es exactamente lo que yo creo —se jactó doña Bárbara—. Pero al margen de eso, ¿te encuentras bien? No tienes buen aspecto.

—Son estas horribles náuseas que tengo desde hace unos días. Así que esta noche no iré al encuentro del Ateneo que me comentó Eva.

Eva seguía preocupada por la cortesana desde que esta había abandonado su casa y anteponía sus cuidados a los suyos propios, a pesar de todo el sufrimiento que ella misma padecía. Por ello cuando se acercaba a palacio, si tenía ocasión, buscaba un hueco para poder verla. La verdad es que Julia también la cuidaba y animaba en esos encuentros. Desde la última reunión de las nereidas, habían tenido más charlas. Les gustaba sentirse cerca la una de la otra.

—De hecho, no estabas invitada. Hay algunas cosas para las que aún te falta preparación.

—Pero... —quiso replicar Julia cuando la puerta se abrió y le cortó el discurso.

El príncipe Gonzalo entró en la sala de costura. Todas las costureras se giraron a mirarlo. Incluida Julia. El joven llevaba en las manos una prenda que pareciera necesitar arreglo. La cortesana le regaló una sonrisa esperando que el príncipe se acercara a ella. Pero Gonzalo apartó la mirada y se dirigió hasta la costurera de ascendencia inglesa. Aquel gesto terminó por destrozar a Julia. Había sido rechazada en poco tiempo por Jorge, por Mateo y ahora por Gonzalo. Quería gritar fuerte y salir corriendo de allí, pero aguantó la compostura fingiendo que nada de aquello le había dolido. Pero su dolor solo acababa de comenzar.

Todo fue como había dicho doña Barbara, raudo. Tomaron con eficacia las medidas de los italianos y Gonzalo no tenía mucho más que hacer allí. Visto y no visto, todo estaba en marcha.

—¡Escuchadme! —llamó Lola Valderrama la atención de todas las costureras cuando abandonaron—. Me ha contado Mateo que el príncipe Gonzalo ha decidido darle una nueva oportunidad a Gadea. ¡Así que eso significa que puede que pronto volvamos a tener una boda real!

Todas respondieron animosas y con aplausos. Los rumores corrían por palacio y en la corte eran conocedores de los vapores melancólicos que sufría el rey. Por eso era tan bien recibido el mensaje de que Gonzalo pudiera suceder al rey Carlos. Salvo para Julia, para la que aquella noticia era un puñal por la espalda.

Caída la tarde, la sala de música se había engalanado para el encuentro del improvisado Ateneo que tendría como invitados de honor a los italianos y a los miembros más fieles del mismo. En el centro, la tarima donde se situaba el piano estaba decorada con decenas de candelabros con velas encendidas que dejaban caer un bonito reguero de cera que dibujaba originales figuras.

—Querido, ¿has traído lo que te pedí? —preguntó doña Bárbara al entrar en la sala de música a Jorge, que estaba terminando de encender las velas—. Los invitados están a punto de llegar.

—He dejado las correas en los cestos de mimbre, los he colocado en los rincones de la sala —explicó el joven.

—¿Piel de cabra? —quiso saber la dama de compañía de la reina.

—Sí, como me pidió. También me he asegurado de que las costureras han dejado la vestimenta de los nuevos en sus habitaciones. Capas, faldones de seda y bellas máscaras que simulan lobos —afirmó Jorge, encargado de todos los detalles.

—Imagino que después de un tiempo viajando fuera de palacio ansías revivir esta noche en el Ateneo —comentó segura la mujer.

—Pues de eso mismo quería hablar con usted. Sé que la reina quiere que esté esta noche, pero preferiría no quedarme —reconoció Jorge.

—¿Estás enfermo? —indagó la dama de compañía totalmente atónita, pues era la primera vez que Jorge rechazaba acudir al Ateneo.

Jorge alzó los ojos y miró a doña Bárbara. Reconocer lo que le removía por dentro le costaba. Sentía que verbalizar sus sentimientos le haría parecer débil. Él, el joven atractivo que había experimentado el placer como forma de vida, mantenía los labios sellados para no aceptar que su corazón latía con más fuerza que nunca.

—Es por ella. Te has enamorado —afirmó doña Bárbara con total seguridad, pues conocía a aquel joven a la perfección.

—Yo... yo... No sé cómo ha pasado. Lejos quedó aquella joven, de repente la siento mujer. Hay algo más profundo que aquella conexión casi irreal que sentimos en el baile de máscaras y aquel tierno beso. Me tiene con todos mis sentidos puestos en su persona. Mi cabeza no deja de pensar en Loreto. Anoche conversamos durante horas y hoy hemos paseado por el jardín. No siento esa necesidad de poseerla solo carnalmente, sino que, además de eso, mi cuerpo quiere cuidarla, respetarla y amarla. Quiero compartir tiempo y vida con ella. Quiero saber cómo piensa, cómo siente, conocer cuáles son sus anhelos. Saber cuáles son sus flores preferidas y hacer que su cuerpo se estremezca entre mis manos. Doña Bárbara, dígame, ¿qué me está pasando? —preguntó contrariado Jorge Novoa.

—Que, por primera vez, sabes lo que es el amor —explicó con cierto orgullo mientras le regalaba un tierno beso en la frente sujetándole la cara con ambas manos—. Loreto nos ha pedido que le ayudemos a reinar y no se me ocurre mejor hombre que tú para llevar la corona junto a ella. Y ahora vete antes de que lleguen todos, pues ya sabes la obsesión que tiene tu futura suegra con tus manos y tu lengua —sentenció doña Bárbara arrancando la risa de los dos.

Al poco rato la sala de música estaba abarrotada de italianos que vestían capas y bajo estas faldones de seda, ataviados también con máscaras de lobos. Incluido Mateo, que se había recogido el cabello para no ser reconocido. Algunos aristócratas invitados habían acudido con la misma vestimenta que ellos. Las mujeres, en cambio, portaban también capas, aunque los allí presentes desconocían que bajo estas se hallaban desnudas. Algunas nereidas rellenaban el espacio, aunque el rey no estuviera del todo conforme con este hecho, pero era la única manera de poder mantener viva la llama del Ateneo. Los cabellos rubios de Liliana danzaban por la estancia, pero no había ni rastro de Eva. El rey Carlos, la reina Victoria, doña Bárbara y el pianista, que había comenzado a tocar para amenizar el encuentro con bonitas melodías, eran los únicos que vestían de manera normal y no llevaban capas, faldones, ni máscaras. La estancia estaba abarrotada de mesas con suculentos manjares y decenas de decantadores de vino se habían repartido por las mesas.

—Queridos amigos de la bella Italia, mi esposa y yo queríamos haceros agradecer vuestra visita y al regalo de esa estatua de mi persona que me fascina. Queríamos agasajaros con la celebración de una fiesta que hace mucho que no celebramos y que es la fiesta de la fertilidad. No debéis preocuparos, pues todas las personas que se encuentran en esta estancia son de mi plena confianza y todo lo que sucede en el Ateneo se queda para siempre dentro del Ateneo. Aquellos dos jóvenes de la esquina —dijo el rey Carlos señalando a dos muchachos fuertes— serán vuestros guías. Haced lo que ellos hagan en todo momento y disfrutad. Esta noche descubriréis que esta corte no tiene rival alguno.

Al rey Carlos le gustaba aparentar. Le gustaba que todos admiraran la corte que había creado. Sentía cierta efervescencia ante el halago ajeno. Y sabía que las mujeres de su corte eran una de sus monedas de cambio. Uno de los hechos por los que aceptó no mandar a la horca a las nereidas es que doña Bárbara le convenció de que las mujeres jamás querrían formar parte de una corte en la que se sintieran inseguras, en la que sus cabezas pudieran correr peligro. Así que allí estaban todas aquellas damas quitándose sus capas y dejando al descubierto sus cuerpos desnudos. Los dos jóvenes guías las imitaron. Se despojaron de las capas y mostraron los faldones de seda. Cogieron las correas de piel de cabra y las repartieron entre los asistentes. Estos miraron con incredulidad el objeto que entregaron. El pianista comenzó a tocar una melodía con un ritmo violento.

—¿Por qué no ha venido Eva? —preguntó Liliana extrañada a doña Bárbara, que encogió los hombros, desconocía el paradero de la joven.

—¡Adelante! —gritó la reina Victoria a la vez que lanzaba dos sonoras palmadas al aire.

Los dos jóvenes corrieron tras las damas, que huían de ellos entre risas. Cuando eran alcanzadas, estos azotaban sus cuerpos con las correas de piel de cabra, pues según aquella celebración ese gesto les procuraba fertilidad. Los traseros de las jóvenes se ponían colorados y ellas bebían más vino para disfrazar aquellos dolorosos azotes de placer. Liliana se puso frente a uno de los italianos y sostuvo una copa de vino entre las manos dejando que el vino se derramara sobre su ombligo hasta el sexo.

—Bebe de él —pidió la atrevida nereida al joven desconocido.

El joven acató la orden y bajó hasta su sexo rodeándolo con la lengua como si marcara el cerco antes de devorar a su presa. Aquello la encendió de tal manera que arqueó su espalda juntando aún más la vulva con la boca de él. El italiano se lanzó a lamer su zona íntima de una manera desenfrenada, como si bebiera el vino que recorría la piel blanquecina. Otra de las jóvenes colocó las manos en la mesa de la comida mientras que otro hombre la penetraba por detrás a la par que le azotaba en las nalgas con la correa que llevaba. Dos mujeres se besaban de manera lasciva mientras se manoseaban los pechos la una a la otra. A su lado, dos de los invitados ataviados con máscaras jaleaban sus penes al unísono, porque disfrutaban del morbo y del espectáculo ante sus ojos, esas mujeres regalándose placer sin recato alguno. Un aristócrata arrodilló frente a uno de los italianos y se dispuso a chupar con delicadeza el pene erecto bajando hasta los testículos y terminando en el ano. Después comenzaba el camino de vuelta hasta llegar de nuevo al glande, donde se detenía y realizaba círculos con suavidad.

El vino corría por las gargantas y por las venas, y los acercamientos se sucedían cada vez más ardientes. El rey y la reina se mantenían pasivos sentados en los sillones y observaban aquella estampa mientras se sostenían de la mano. Doña Bárbara se encontraba en una mesa escribiendo en unas hojas sin inmutarse siquiera.

La corte de los Monteros estaba llena de secretos y todos aquellos invitados eran cómplices de su silencio. El placer y el sexo solo estaban mal vistos de puertas para fuera, porque de puertas para adentro en aquel palacio vivía una legión de hedonistas que utilizaban el placer como vía de escape. Todos tenían mucho que callar. Era más fácil la acción del deseo y vivir su sexualidad libremente que enfrentarse a los problemas de la corte. Se engañaban viviendo en un Camelot erótico, pero que se resquebraja en cuanto acababan las fantasías sexuales. La corte de los Monteros corría peligro, pero preferían no verlo.

26

Secreto, libertad y lealtad

Los relinches de los caballos y unos ligeros murmullos sirvieron de aviso para advertir de la llegada de las visitantes a las que estaban esperando. El sol se estaba desperezando y los primeros rayos aparecían tímidos entre los árboles para dar la bienvenida a un nuevo día. Los mirlos vestidos con tupidos plumajes negros se agazapaban entre los arbustos dando inicio a sus tempranas melodías. Pero en la casa de Carranza de Sotillos, el abogado, la jornada había empezado muchas horas antes de que llegaran todas las nereidas a una reunión de urgencia que había convocado Olimpia.

—¿Tú estás seguro de ello, Nicolás? —preguntó Carranza de Sotillos a su hijo con cierta incredulidad.

—Seguro, pondría el cuello en la horca. Sé lo que escuché. El rey Carlos y el conde-duque nunca han reparado en mi presencia. Tan solo soy el amigo díscolo del príncipe que lo lleva por el camino de la desdicha —reconoció Nicolás.

—Razón no les falta —rio doña Bárbara.

—¿Qué escuchaste exactamente? —preguntó Olimpia devolviendo de nuevo la conversación a lo realmente importante.

—Yo esperaba a Gonzalo y cerca de mí el rey Carlos y el conde-duque conversaban. Lo hacían en un incómodo susurro, pero como el rey padece del oído, don Francisco levantaba la voz para que le escuchase. El conde-duque le transmitió al rey que ya había puesto en marcha su plan para impedir que Loreto reinase —explicó Nicolás.

—¿No dijo nada más acerca de cuál era ese plan? —quiso saber doña Bárbara.

—No, desconozco de qué trata —se excusó el joven apenado por no poder ayudar más.

—¿Y cuál fue la respuesta del rey? —se interesó Olimpia.

—Eso es lo que me preocupa y la razón por la que acudí a mi padre. El rey endureció su tono y le dijo que cada segundo de su existencia recordara el motivo por el cual la infanta Loreto no podía reinar. Y amenazó al conde-duque con llevarlo fuera de la corte si su plan no funcionaba —reconoció con desazón el joven.

—Las nereidas sois las únicas que podéis parar esto —concluyó Carranza de Sotillos al escuchar las palabras de su hijo.

Los murmullos se escuchaban cada vez más cercanos y unos golpes huecos de nudillos en la puerta de entrada hicieron que Nicolás y su padre se pusieran en pie. Mientras Olimpia y doña Bárbara esperaban ocultas la llegada del resto, los anfitriones de la casa fueron a comprobar si las que llamaban eran las nereidas. Una a una fueron saludando y entrando en la casa de forma ordenada y acelerada. En última instancia, Julia sujetaba a Loreto de la mano mientras se la acariciaba con ternura para tranquilizarla.

—Tranquila, Loreto. Todo va a salir bien. Olimpia y doña Bárbara te ayudarán —le calmó la joven cortesana con entereza.

Tutoras, culebrinas y aprendices tomaron asiento alrededor de la sala. Frente a una pared había una especie de tarima con dos sillones donde se encontraban sentadas Olimpia y doña Bárbara.

—La situación es insostenible —dio comienzo la reunión una de las tutoras sin esperar bienvenida alguna—. Cada día nos llegan más mujeres destrozadas a manos del conde-duque y sus secuaces. Las acosan, abusan de ellas, las engañan ofreciéndoles falsos trabajos a cambio de favores sexuales. Campan a sus anchas por la ciudad como si no existiera ley alguna. Como si las mujeres no merecieran respeto alguno.

—Antes de empezar me gustaría decir que siento orgullo al ver a doña Bárbara entre nosotras. —Aquel comentario arrancó el aplauso de todas las presentes y la sonrisa sincera de doña Bárbara—. Yo quisiera añadir que los comerciantes también tienen la soga al cuello. Ahora que no cuentan con la protección de las nereidas, el conde-duque ha subido el impuesto y apenas pueden pagarlo.

—Por eso estáis aquí —comenzó Olimpia—. Llegan a nuestros oídos cosas horribles sobre Pastrana y sus hombres. Sabemos el peligro que supone volver a reunirnos, pero como os dije en nuestro anterior encuentro la lucha de las mujeres es nuestra lucha. Hay hermanas hoy aquí que nos necesitan. —Dirigió la mirada a Eva y Loreto—. Las nereidas no vinimos a vivir con miedo, sino a dar nuestra vida a pesar del miedo. Y tras hablarlo toda la noche, queríamos haceros la pregunta que nos atemoriza, pero que más vivas nos hace sentirnos...

—Díselo —cortó Julia el discurso de Olimpia y animó a Loreto a que hablara, sabiendo que su testimonio podía ayudar en la decisión que las presentes tomaran.

Loreto suspiró con fuerza, aunque sentía que la perdía por momentos. Sin embargo, la unión de esas mujeres la sostenía.

—Como sabéis, mi padre ha nombrado generalísimo al conde-duque, y este ya lo ha convencido para que mude la capital del reino a Valladolid. Pero lo que más me atormenta es que creo que va a convencerlo también de ser él quien reine si mi hermano se niega a hacerlo. Pastrana quiere convertirse en rey si el plan de Gonzalo no les resulta —intervino la infanta Loreto con la voz rota.

El título de generalísimo jamás había sido otorgado antes en España. Era un rango militar superior al mariscal de campo y al gran almirante. Se le concedía al oficial militar que dirigía un ejército al completo. Ese hecho dejaba en evidencia la gran influencia que poseía el conde-duque sobre el rey. Sumado al título recibido como grande de España, el rey lo había inmunizado ante las críticas que recibía por sus orígenes humildes. Estaba haciendo fuerte a don Francisco para que tuviera autoridad ante los más poderosos.

Doña Bárbara clavó la mirada en Olimpia, y no hicieron falta las palabras. El conde-duque había sacado a relucir todas sus armas y ya nada podía pararlo. El testimonio de Loreto y la confesión de Nicolás, que dejaba entrever que aquel tenía carta blanca para hacer lo que fuere por evitar que la infanta reinase, fue lo que las persuadió de que las nereidas debían volver.

—Hemos de retomar el plan. Repartiremos pasquines que revelen la intención del conde-duque de llevar la corte a Valladolid, el pueblo enfurecerá, porque perderán trabajo y dinero. Nos ganaremos el favor de la opinión pública. Agitaremos a la alta nobleza que mantiene frente a él una gran oposición, pues lo consideran un intruso sin méritos, así que les haremos ver cómo han sido utilizados y que por su culpa han dejado de ostentar los puestos importantes en la corte, siendo ahora una mera suerte de adorno. Lograremos que la infanta Loreto por fin reine —Olimpia detalló con seguridad los pasos que debían seguir para derrotarle.

—¿Y cómo haremos para que la infanta reine? —preguntó con cierto desdén una de las veteranas, sabiendo la dificultad de conseguir aquello.

—Eso quisiera yo saber —añadió Loreto, intrigada.

—No nos queda otro remedio. Deberemos aliarnos con los ingleses.

Las palabras de Olimpia fueron seguidas de un murmullo y caras de asombro entre todas las presentes, pues no entendían muy bien en qué consistía esa propuesta y en qué las beneficiaría.

Gracias a los constantes contactos con las nereidas de otros países, Olimpia disponía ahora de una información privilegiada que había estado esperando desde que se reunieron por primera vez y que le había llevado a creer que aquella unión sería su mejor baza.

—¿Y eso qué significa? —insistió la infanta. Ardía en deseos de conocer en qué consistiría ese plan que la involucraba a ella.

—Todo a su debido tiempo —cortó rígida Olimpia, pues aquel no era el momento para extenderse en explicaciones. Quería primero seguir tirando de los hilos necesarios y asegurarse el beneplácito de la infanta.

—Queridas, ha llegado el momento. ¿Estáis dispuestas a volver a formar parte de las nereidas? Nuestra reunión anterior solo fue la semilla, hoy debemos decidir si queremos unirnos para hacer que germine —preguntó doña Bárbara desviando la conversación mientras se ponía en pie.

Aquel plan era un suicidio, y aquella decisión, peligrosa. Decir que sí podía suponerles la muerte. Si aceptaban ser valientes, podría volver a salirles caro, pero no podían permitir mirar hacia otro lado. No, no debían negar la evidencia, ni seguir cediendo a la tiranía, ni conformarse con el lugar al que les habían relegado por ser mujeres, ni asumir un destino que solo en su mano estaba poder cambiarlo.

—Lo estoy —comenzó una de las culebrinas.

—Lo estoy —le siguió otra.

—Lo estoy —dijeron al unísono dos más.

—Y yo —respondió Julia poniéndose en pie.

—Yo también —contestó la infanta Loreto claramente conmovida.

—Y yo —dijo Eva desde un rincón de la sala con lágrimas en los ojos.

Y así una a una, todas aquellas mujeres sellaron el acuerdo de volver a unirse para ser más fuertes, porque sabían que el enemigo de una mujer no es otra mujer, por más que hubieran sido educadas para competir entre mujeres. Les habían hecho creer que las que tenían al lado eran sus oponentes y que debían ser más guapas, más listas y más divertidas para ser las elegidas. Siempre habían querido dividirlas por aquello de divide y vencerás, pues separadas perdían fortaleza. Pero la realidad es que gracias a las nereidas habían descubierto que juntas eran más fuertes.

—Poned la mano derecha sobre el corazón y repetid conmigo: Juro secreto, libertad y lealtad —pidió Olimpia visiblemente emocionada.

Todas se pusieron en pie y llevaron su mano al corazón para repetir al unísono. Todas salvo Julia. Se sentía mal y decidió abandonar la sala. Trató de mantenerse recta, pero su cuerpo languidecía por momentos. Subió hasta la primera planta, mientras con las manos se sujetaba a las paredes para no derrumbarse. Al llegar arriba, entró en una pequeña estancia donde había un gran ventanal con numerosas macetas llenas de flores.

—¿Te encuentras bien? —preguntó Eva, que había salido en busca de la joven cortesana al verla abandonar la sala donde estaban reunidas.

Cuando llegó hasta ella, le acarició tiernamente el rostro.

—Son estas malditas náuseas, que no me dejan vivir —contestó agobiada Julia mientras dejaba caer la cabeza sobre el cuerpo de Eva, que se había colocado frente a ella.

La presencia de Eva siempre la tranquilizaba. Con ella se sentía protegida. La culebrina era su pequeña red de seguridad.

—Eva, por favor, ¿puedes dejarnos a solas? —le pidió doña Bárbara cuando entró también en la habitación.

—Por supuesto —acató solícita la atractiva culebrina.

—No, por favor, deje que se quede —suplicó Julia, pues tener la cabeza apoyada en Eva le hacía que el vaivén de su mente y las incesantes náuseas se calmaran por momentos.

—Está bien. Julia, ¿desde cuándo tienes esas náuseas? —quiso saber doña Bárbara.

—Semanas. Primero fueron los vómitos, luego los mareos y ahora estas horribles náuseas —contestó sin fuerza alguna la joven cortesana.

—Julia, ¿hace cuánto que no menstrúas?

La pregunta provocó una mueca asombro en el rostro de Eva.

—No, no lo sé —tartamudeó Julia—. Con todo lo que ha ocurrido del juicio, la boda y todos estos martirios que anidan en mi cabeza no lo recuerdo.

Doña Bárbara suspiró. Cogió una maceta de la ventana y arrancó las flores, apenas unos brotes, sin miramientos y las dejó sobre otro de los tiestos.

—Eva, lleva a Julia a palacio y acompáñala a su habitación —pidió doña Bárbara—. Luego ve a la cocina en busca de Francisca y pídele semillas de trigo y cebada. Entiérralas en esta maceta y haz que Julia orine sobre ellas. Y, por favor, ninguna palabra a nadie.

Julia miró a Eva con inquietud sin entender nada de lo que estaba sucediendo. Ella confiaba en doña Bárbara, pero la conocía lo suficiente como para saber que algo no iba bien. Y estaban a punto de descubrirlo.

27

Verdades peligrosas

Ya había pasado un largo rato desde que Eva y Julia abandonaron la casa de Carranza de Sotillos, ahora se dirigían hacia al Palacio Real. Mientras, el resto de las nereidas charlaban y argumentaban acerca de la necesidad de su vuelta. El ambiente era distendido y parecía relajado, aunque los nervios acampaban a sus anchas en el interior de cada una. Algunas risas temblorosas daban buena cuenta del desasosiego que les producía saber que habían decidido volver a actuar.

En el despacho de la primera planta de la casa, Carranza de Sotillos deambulaba en círculos con las manos entrelazadas en la espalda mientras Olimpia y doña Bárbara discutían de manera amistosa pero acalorada por un desencuentro de opiniones.

—Doña Bárbara, confía en mí. No nos queda otra salida —le pidió Olimpia.

—Pero si la unión con los ingleses sale mal se nos acusará de nuevo de traición, y esta vez el rey Carlos no tendrá motivos para salvarnos —explicó su preocupación la dama de compañía de la reina.

Alguien tocó a la puerta de madera. Entró Nicolás acompañado de la infanta Loreto.

—¿Me habéis hecho llamar? —preguntó la infanta, pues Nicolás no le había explicado hacia dónde se dirigían.

—Adelante —solicitó Carranza de Sotillos mientras alzaba la vista haciéndole la señal a su hijo de que se marchara.

—Sí, Nicolás. Será mejor que bajes a controlar a las invitadas, pero, por favor, no me revoluciones el gallinero —le pidió doña Bárbara, porque sabía la facilidad de labia que tenía el joven y su gran amor por las mujeres.

Al salir de la habitación, Carranza de Sotillos le ofreció a la invitada real un sillón. Y esta rápidamente tomó asiento con cierta incomodidad al no saber cuál era el motivo de esa otra reunión.

—¿Querían decirme algo? —preguntó curiosa.

Ahora estaba segura de que le iban a revelar las preguntas que ya había hecho en la reunión, ese plan que Olimpia no había desarrollado ni explicado del todo.

—Loreto, imagino que estás al tanto de todo lo acontecido en Europa. Tras la revolución del pueblo inglés ante la situación insostenible que estaban viviendo, los reyes de Inglaterra fueron encarcelados y se instauró en aquellas tierras la República. Los reyes fueron juzgados y guillotinados —le explicó Carranza de Sotillos con tacto nulo que hacía que la joven no entendiera el propósito de aquellas palabras.

—¿Van a mandar a mis padres a la horca? —respondió sobresaltada la infanta poniéndose bruscamente de pie.

—Tranquila, Loreto, no es eso —pidió doña Bárbara sosiego a la joven.

—Por supuesto que no —añadió Olimpia—. Pero tendremos que rebelarnos ante sus normas si queremos que seas reina. A Carranza de Sotillos le llegan noticias diarias del embajador de Inglaterra. Tenemos conocimiento de que el emperador Jacob Morejón de Oñate se ha hecho con el poder y está sumando conquistas por Europa y se ha granjeado la enemistad de los franceses.

—¿Y qué tiene que ver todo esto conmigo? —insistió la infanta, dudando de todo lo que le decían.

—Para que funcione el plan de obtener el favor del pueblo por medio de los pasquines que cuenten las verdades sobre el conde-duque necesitamos del favor de las nereidas. Distribuiremos por toda España estampas, décimas y textos manuscritos sorteando la vigilancia de los agentes del conde-duque. Difundiremos rumores y propagaremos chismes. Pero para ganar el verdadero poder te necesitamos a ti —reconoció Olimpia—. Deberás escribir una misiva al emperador Jacob, que entregaremos vía el embajador de Inglaterra. Le contarás el pésimo estado en el que se encuentra la monarquía española. Le hablarás de los vapores melancólicos que sufre tu padre y le contarás que tu hermano no quiere reinar, pero que quieren obligarle a que se case con una princesa francesa. En esa misma carta le solicitarás tu casamiento con algún miembro de su familia, los Morejón de Oñate, y ofrecerás a España como fiel aliada en el bloqueo comercial de Francia que están perpetuando.

—Y te encargarás también de convencer a tu padre de la necesidad de destituir al conde-duque y abrirle una causa judicial mediante la presentación de una denuncia por todos los crímenes y traiciones cometidas —añadió doña Bárbara.

—¿Estáis locos? ¿Qué ganaremos con todo esto? —respondió contrariada la infanta Loreto.

—El poder del emperador Jacob es imparable, se prevé invencible en muchos flancos europeos y está entregando algunos tronos del continente a sus familiares. Quiere derrotar a Francia a toda costa, por lo que esta información que le brindarás provocará que haga todo lo posible por impedir una unión entre España y Francia, y sumaremos fuerzas en nuestra lucha, pues el emperador querrá evitar a toda costa que Gadea, la princesa francesa, se case con el príncipe Gonzalo y se convierta en reina de España. Él es el único capaz de garantizar la continuidad de la monarquía española —certificó Olimpia con total convicción.

—Pero ¡yo no quiero casarme por imposición! Es ahora cuando mi corazón late con intensidad por un hombre. Amo a Jorge. —Y mientras decía esto, miró a doña Bárbara—. Y no quisiera renunciar a eso, no quiero dejar de sentir lo que estoy sintiendo. Y mucho menos puedo actuar ante un soberano extranjero sin el consentimiento de mi rey —replicó Loreto entre la ira y la tristeza.

—Lo sabemos, y para nosotras es muy duro tener que pedirte esto. Va en contra de todo por lo que luchamos —reconoció afligida doña Bárbara.

—Yo convencí a Olimpia y doña Bárbara de que debías hacerlo. Es la única solución si queremos ponerle fin a esto. Y acabar con ese ruin. Para el emperador Jacob no será la concertación de un simple matrimonio, pues ha dejado bien sentado en todos y cada uno de los textos legales que configuran el sistema constitucional imperial que su propósito de vida es perpetuar su propia dinastía —explicó Carranza de Sotillos, la persona de máxima confianza de Olimpia—. Será tu seguro de supervivencia, el de muchas mujeres y el de la propia monarquía española. Pero este plan no será inmediato, pues requiere de mucha preparación. Pudieran pasar meses, incluso años. Pero debemos saber si estás dispuesta a ello, puesto que serás la encargada de ejecutar el acto principal.

Carranza de Sotillos no era solo un reputado abogado, sino que era un fiel defensor de las nereidas. Su mujer había formado parte de ellas antes de morir y sentía cierto el deber de ayudarlas, pues sabía de la fe inquebrantable que su esposa siempre les había confiado. Por eso apoyaba todas las causas de aquellas mujeres y a veces obtenía informaciones que solo le brindaban a él por el hecho de ser hombre. Además, poseía una gran cantidad de contactos de alto nivel que servían para abrirle las puertas de lugares a los que las nereidas a veces no podían llegar por sí mismas. Era asimismo un fiel amante del Ateneo al que acudía a divertirse con su esposa antes de que esta falleciera. Les divertían la sinvergonzonería y el libertinaje que allí se respiraba. Rasgos de ambos progenitores que claramente había heredado su hijo Nicolás.

—¿Y si no lo estoy? ¿Y si he estado luchando por algo que no es lo que realmente quiero? —dudó la infanta.

Aquel plan para acabar con el conde-duque era rocambolesco, enrevesado y retorcido, y la infanta Loreto se veía incapaz de llevarlo a cabo. Amaba a Jorge Novoa, por primera vez sabía lo que era el amor. Sabía lo que se sentía. Y era correspondida. Su corazón latía tan fuerte que temía que fuera a explotarle por los aires. Le faltaba la respiración, sentía que se ahogaba. Demasiadas dudas la asolaban. Por primera vez desconocía si realmente quería renunciar a la corona, algo que siempre había ambicionado, o luchar por ella. Pues era consciente del estado en el que se encontraba la corte española y del peligroso poder que estaba cosechando el conde-duque. El dilema entre deber y amor retumbaba con una incesante fuerza en su cabeza.

Las lágrimas le invadieron el rostro. Era incapaz de elegir un camino: renunciar a su lucha por amor o renunciar al amor por su lucha.

Ya en palacio, Julia se hallaba desnuda sobre su cama mientras Eva le acariciaba la espalda. Estaban nerviosas. La joven cortesana no dejaba de sudar y unos fuertes calores la invadían. No quería enfrentarse a la realidad que la azotaba. Las suaves manos de Eva recorrían con ternura su cuerpo, pero este no reaccionaba como todas aquellas veces en las que habían mantenido encuentros íntimos. Su piel parecía inerte, no se erizaba; su mente, obnubilada. Y su corazón, despedazado.

—Julia, venga, tienes que hacerlo —le ordenó con delicadeza Eva.

—No quiero orinar ahí, Eva —le reprendió Julia mientras señalaba el macetero que había en un rincón de la habitación.

Eva había seguido las directrices de doña Bárbara. Había acompañado a Julia a palacio y la había dejado en el dormitorio. Luego se había dirigido a la cocina y le había solicitado a Francisca semillas de trigo y cebada. La culebrina le había rogado que mantuviera silencio acerca de esa petición, pues la mujer sabía a la perfección para qué se utilizaban dichas semillas. Al llegar a la habitación había removido un poco la tierra del tiesto y había enterrado las dos semillas. Al ser un macetero grande pudo dejar algo de distancia entre ellas.

—Por favor, Julia, debes hacerlo —insistió Eva sin dejar de acariciarle el rostro para serenarla.

La joven cortesana se levantó desganada por la suma del cansancio, las náuseas y porque se oponía a aquella petición, pero sabía que tenía que llevarla a cabo.

—Gírate, te lo ruego. No quiero que me veas de esta guisa —le pidió Julia avergonzada.

—Iré a dar un paseo mientras orinas, si me prometes que cumplirás tu palabra y lo harás —propuso Eva.

—Lo prometo —garantizó Julia mientras que la culebrina salía de la habitación.

Mientras, en el pequeño almacén de la cocina, los gritos se disolvían entre las gruesas paredes. El grosor del cemento hacía que los quejidos solo se escucharan dentro del habitáculo.

—Dime qué te ha pedido Eva —ordenó con ira el condeduque mientras sujetaba a la mujer del cuello.

—Nada, tan solo un brebaje, pues posee fuertes dolores de cabeza —mintió la cocinera con la voz ahogada, pues la mano de ese hombre poderoso en su garganta le impedía respirar y hablar con normalidad.

—Venga ya, Francisca. ¿Estás segura de querer mentirme? ¿A mí? He escuchado la última frase de Eva, esa en la que le ha dicho que jure silencio. No se jura silencio por un dolor de cabeza... —respondió con recochineo el conde-duque soltando la mano del cuello de la cocinera.

—Es la verdad —siguió mintiendo Francisca, que quería mantener a salvo a las nereidas, pues le habían ayudado muchas veces y tenía miedo de las represalias que pudiera tomar don Francisco contra ellas.

Pero Pastrana nunca aceptaba una negativa por respuesta. Y castigaría duramente a Francisca si decidía no contar la verdad. O algo mucho peor, atacaría a su hija, como demostró enseguida.

—Quizá hayas olvidado quién ayudó a tu hija a encontrar trabajo por petición del rey Carlos, al que tenías embelesado con tu arte en la cocina. Lo que tal vez no sabías es que mis hombres dieron una paliza al sastre con el que trabaja para obligarle a que fuera contratada. Así que ahora esos mismos hombres podrían ir a hacerle una visita a tu hija —le amenazó don Francisco sin pestañear.

—No le haga nada a mi hija, por favor. Se lo suplico —rogó la cocinera y se tiró al suelo de rodillas juntando las manos entrelazadas frente al pecho, implorando perdón.

—Dime qué quería Eva —insistió violento el conde-duque.

Francisca resolló con impetuosidad. Quería ser leal, pero una madre haría cualquier cosa por una hija y jamás la pondría en peligro. Los ojos de la mujer se llenaron de lágrimas, no pudo contenerlas.

—Me pidió semillas de trigo y cebada —confesó Francisca.

—¿Te estás riendo de mí? —gritó el hombre enfurecido.

—Juro que digo la verdad —sollozó llevándose las manos a la cara para enjugarse las lágrimas.

—¿Y para qué quiere Eva semillas de trigo y cebada? —preguntó vacilante don Francisco.

—Se... se... se usan —tartamudeó la cocinera— para saber si una mujer está encinta.

—¿Eva está encinta? —El conde-duque zarandeó a la mujer, enfurecido.

La rabia había florecido en el rostro de don Francisco tan solo con imaginar que eso pudiera ser cierto. Le horrorizaba pensar que pudiera estar engendrando un hijo suyo en su vientre, pues la libertad con la que Eva vivía tanto su cuerpo como su placer para él era un insulto. Ella era una mujer indecente que no merecía dar a luz a quien heredaría el condado de Pastrana. Pues a pesar de sus alabanzas a los reyes con el fin de aspirar a poseer el máximo poder y una notable relevancia en la corte, la realidad es que aquel hombre detestaba todo lo que en ella sucedía. Aquel desenfreno que se solía respirar antaño en el Ateneo le parecía inmoral y obsceno. Esa facilidad de entregarse a los cuerpos y regalarse al goce era visto como un acto de perversión, de depravación y una clara inmoralidad. Vivir el cuerpo y desear era un vicio mal visto. Y todos los que se sentían libres para experimentar el placer merecían, a ojos del conde-duque, algún castigo divino. Creía que la debilidad en la que se encontraba la mente tras el gozo podría suponer un peligro para el poder. Y él no podía permitirlo. Solo se permitía el someter a través del sexo, pero no el placer. Conocía sus mecanismos, que le habían servido para conquistar más y más poder. Además sabía que los vapores melancólicos del rey eran tan fuertes y tal era su desesperación por no permitir que la monarquía española se derrumbara que alguna vez de soslayo le había dejado caer que en última instancia él podría heredar la corona. Aun así, aunque ese hecho era demasiado jugoso para él, pero bastante lejano e improbable, la amenaza de los franceses le hacía seguir luchando porque la boda del príncipe Gonzalo y Gadea se produjera.

—No, no eran para ella —reconoció Francisca bajando la mirada e intentando equilibrar su respiración.

—¡Que me digas la verdad! —le obligó el conde-duque cada vez más nervioso.

—Se lo juro.

La cocinera intentaba proteger la identidad de quien iba a utilizar dichas semillas, pero el miedo que provocaba aquel hombre era más peligroso que cualquier arma. Y volvió a sacar a la luz el mayor de los temores de la cocinera.

—Entonces ¿para quién eran esas semillas? —insistió don Francisco.

Francisca sabía que estaba faltando a la lealtad de las nereidas, pero temía por su vida y por la de su hija. Llevaba mucho tiempo en palacio como para conocer la otra cara del conde-duque. Y no podía continuar mintiéndole.

—Para Julia.

La cocinera lo dijo en un tono de voz casi imperceptible, pero el conde-duque lo había escuchado de una forma nítida y su cólera detonó de forma abrupta. Lo ojos se le salieron de las órbitas y apretó los puños con tanta fuerza que con las uñas se provocó sangre en las palmas de las manos. Dejó tirada a Francisca, temblorosa, y abandonó la cocina a un ritmo desafiante.

El conde-duque sabía la verdad. Una verdad que podía complicarle mucho la vida. Y aquel hombre no estaba dispuesto a ello...

28

«¿Estás lista?»

El chorro de agua caía sobre la pila de piedra que coronaba el centro del laberinto. El ritmo de las gotas creaba una melodía que regalaba una sensación de paz inmensa. La cadencia del sonido relajaba los sentidos, como una especie de sedante natural que se entrelazaba con el cantar de los pájaros. Calmaba. Mateo ralentizó el paso para sumergirse en el laberinto del seto, pero se detuvo en seco. Se llevó las manos hasta el inicio de la raíz del pelo y se atusó la melena negra, que había de lucir perfecta. Se desabrochó un par de botones de la camisa dejando entrever un musculoso pecho que asomaba entre el algodón de la prenda. Dio un vistazo rápido a su alrededor y posó los ojos en una florida zona plagada de dalias, que mezclaban la explosión de los colores con sus fascinantes formas. El italiano acercó su prominente nariz para aspirar el aroma de las flores y se decantó por una flor blanca, el color que representaba la pureza y la inocencia, de pétalos intactos y una fragancia embriagadora.

Mateo la arrancó con cuidado y se adentró en las entrañas del laberinto acelerando, ahora sí, su paso. La infanta Loreto le aguardaba sentada en el filo de la pila de piedra de la fuente. El agua le salpicaba rebelde el vestido.

—¡Qué inesperada sorpresa! —manifestó Mateo mientras escondía detrás de la espalda la dalia.

—Buscaba algo de paz en mitad de este desasosiego que inunda últimamente el palacio —reconoció la infanta.

—Esta flor es para ti, pero no es capaz de hacer frente a tu belleza —la piropeó el italiano.

—No puedo aceptarla, si me has encontrado por sorpresa, dicha flor tendría otra dueña —le reprochó Loreto sin querer caer en los engatusamientos del atractivo joven.

—No deberías hacer nunca que un hombre se ruborice, Loreto. Así que no me hagas reconocer que te buscaba. —Mateo dibujó en el rostro una inocente pero irresistible sonrisa.

—¿Y para qué me buscabas? —insistió Loreto, que no quería perderse en las redes del joven.

—Solo deseaba ser honrado con tu presencia e intercambiar estas palabras para no olvidar el sonido de tu voz. No era mi intención robarte más tiempo. —El joven inclinó la cabeza en señal de modesta reverencia y se dispuso a alejarse de la fuente.

La infanta Loreto rápidamente se puso en pie y alargó la mano hasta tocar la del joven. Notó la suavidad de la piel del italiano. No pudo evitar sonrojarse, cohibida.

—Espera, Mateo. No quiero quedarme sin la dalia —rio mientras cogía la bonita flor.

La infanta Loreto se la llevó instintivamente hasta la nariz e inspiró el olor. Esbozó una tímida sonrisa. Aquello le bastó a Mateo para sentir, antes de abandonar el laberinto, que estaba en el camino correcto para embaucar a la infanta tal y como había pactado con el conde-duque. Mientras, la joven desconocía sus intenciones, que lejos de acercarse al romanticismo estaban cargadas de interés.

Cuando Loreto volvió a girarse, Mateo ya no se encontraba allí. Volteó de nuevo la cabeza e inspiró otra vez el olor de la dalia. De pronto, una sensación nueva le recorrió el cuerpo, una energía desconocida, que nacía de los más íntimo al sentirse, de repente, deseada por dos hombres, sensación que la inocente infanta jamás había experimentado. Siempre había sido la dulce y retraída niña que vagaba por palacio con sus libros y se preocupaba por todos y cada uno de los cortesanos de aquel palacio. Pero nunca ningún hombre se había percatado de su presencia de esa forma. Un olor familiar la sorprendió y sus sentidos se extasiaron al instante. Supo a quién pertenecía ese aroma y eso le hizo emocionarse antes de tan siquiera voltearse.

—Te he echado de menos —reconoció Jorge Novoa.

Él acercó la boca a la espalda de la infanta y la besó con cariño en el cuello. Ese leve contacto con la piel de Loreto hizo que su cuerpo se estremeciese.

—Yo también llevo todo el día pensando en ti —admitió tímida.

La joven infanta se giró y cerró de manera espontánea los ojos cuando Jorge posó las manos en sus mejillas y se dio cuenta de que iba a besarla. Novoa acercó la boca con mimo y fundió sus carnosos labios con los de Loreto. Las lenguas juguetearon despacio, de forma sutil. Jorge no estaba acostumbrado a estos besos. Aquella ternura inusual que le provocaba la infanta jamás la había sentido. Entrelazaron las manos y se sostuvieron con fuerza como si aquel detalle pudiera sellar su unión. Se habían visto, se conocían, pero jamás habían reparado así en la presencia del otro. No de esa manera, con ese amor que emanaba de sus corazones.

—Escapémonos, Loreto —le propuso él emocionado.

—Sabes que eso es imposible —rio la joven ante aquel ocurrente ofrecimiento.

—¡Recorramos el mundo! —sugirió embelesado Jorge imaginando aquella idílica estampa.

—Me debo a mi reino —contestó divertida Loreto.

Aunque el divertimento se intuía en su voz, aquel «debo» la torturaba por dentro. Estaba descubriendo partes de ella misma que desconocía, que se habían accionado con la experimentación de aquel primer amor. Una Loreto nueva se abría paso al mundo y le gustaba lo que en ella misma veía. Por eso ese deber al que siempre se había mantenido fiel de repente se tambaleaba. Su más fiel convencimiento se estaba derrumbando al saberse amada. Porque a veces el amor nos aleja de nuestras creencias más férreas para acercarnos a lo que creíamos imposible.

—Venga, no seas aburrida. Haremos el amor en cada rincón del universo.

Aquel comentario tan directo avergonzó a Loreto, que bajó la mirada hacia el suelo. Dejó los ojos clavados en la hierba. Comenzó a hacer círculos con el pie derecho en un intento de disimular los nervios. Pero Jorge adivinó rápidamente el motivo de su inquietud.

—¿Nunca has hecho el amor? —preguntó convencido de que esa era la razón por la que se había intimidado ante su comentario.

—Nunca —contestó en un casi imperceptible tono de voz.

Jorge sonrió de manera cándida. Esa inocencia de Loreto, sepultada por un halo de sensualidad, volvía a florecer en aquel jardín. Una falsa apariencia de mujer segura que se desvanecía ante el desconocimiento del sexo.

—¿Y te gustaría? —quiso saber el atractivo joven con un tono de voz que prometía confianza.

—Contigo me gustaría todo —confesó Loreto segura de sus palabras, pues su corazón jamás había latido por alguien como lo hacía por Jorge Novoa.

El joven le retiró el chal de cachemira que Loreto se había puesto sobre los hombros. Una tela resistente a la par que suave y ligera decorada con bordados que simulaban motivos florales persas. La depositó con delicadeza sobre la hierba y la extendió con las manos. Luego se incorporó y se acercó a Loreto. La besó de una forma apasionada, más intensa y ardiente que antes. El ritmo de sus lenguas aumentó e hizo que el cuerpo de la joven se estremeciera. Jorge la invitó a tumbarse sobre el chal y se acomodó a su lado. Le pasó el pulgar por los labios y luego los besó con cuidado. Dibujó una estela con el dedo índice, descendió desde la boca de la infanta hasta parar en sus pechos. Los masajeó con atención, cariño y cuidado. Los sacó del escote del vestido suelto de lino y los dejó al descubierto, al aire, haciendo que los pezones se irguieran. Aprovechó esta reacción natural para lamerlos y pintar círculos sobre ellos. El placer embriagaba a Loreto, que jamás había gozado de una manera tan colosal. Jorge siguió el trazo de los dedos y los coló debajo del vestido de la joven. Se dirigió sin premura hasta su sexo y lo acarició con cariño. Las caricias hicieron que la infanta se empapara.

—¿Estás lista?

—Quiero sentirte dentro de mí —pidió Loreto convencida de aquella decisión.

Lo había deseado desde que habían tenido aquel acercamiento bajo las máscaras que ocultaban su verdadera identidad. Allí la conexión había sido instantánea. Y desde aquel momento había querido sentirle en esa cercanía tan íntima. Jorge se bajó los pantalones dejando a la vista el pene totalmente erecto y se acomodó sobre Loreto sosteniendo sobre el brazo izquierdo su peso para no dejarse caer sobre ella. Con la mano derecha sujetó la base del miembro y lo dirigió hasta la vulva de la joven infanta para penetrarla. Lo introdujo con cuidado, pero para su sorpresa solo entraba la punta de la verga. Intentó de nuevo penetrarla, pero el interior de ella era mínimo e impedía que su miembro pudiera deslizarse dentro de ella. Jorge se quedó congelado ante tan inusual hecho, pero la amaba y quería evitar preocuparla. Deseaba cuidarla con toda su alma, así que llevó la mano hasta el sexo de su amada y lo acarició con mimo, provocando así escalofríos de placer en Loreto.

—Te amo —le susurró Jorge mientras la infanta se acurrucaba en su pecho para descansar.

Loreto sonreía e inspiraba vehemente ajena a lo que Jorge acababa de descubrir. El secreto mejor guardado de toda la corte de los Monteros, pues hasta la propia la infanta lo desconocía. Un secreto que aquel joven sería incapaz de guardar por mucho tiempo y que ponía en peligro la corona de España.

29

Problemas y más problemas

El silencio reinaba en la habitación de Julia y la oscuridad de la noche hacía acto de presencia. Ya no se escuchaban los murmullos de los pájaros ni el ajetreo de los cortesanos que correteaban de un lugar a otro por el palacio. Una falsa calma había cubierto, como si de un manto se tratase, aquella estancia. Las palabras parecían haber sido fulminadas con cañones, pues descansaban inertes tras los labios de todas las presentes. Julia vestía un camisón de lino de un blanco inmaculado que le hacía parecer aún más joven. Lloraba desconsolada abrazada a sus rodillas y estaba dejando sobre ellas pruebas evidentes de sus lágrimas. En un rincón, Eva había colocado el tiesto con las semillas donde Julia había orinado. De él asomaban unos pequeños hierbajos.

—No puede ser, es imposible —gimoteó la cortesana empapada en lágrimas—. Estoy segura de que hay un error.

—Así es como tu madre supo que estaba encinta y así lo supo también tu abuela. Y la mayoría de las cortesanas de esta corte. Cuando las semillas crecen en el tiesto, un bebé crece en el interior —le rebatió doña Bárbara. El método de la orina había sido la fórmula durante décadas para saber si una mujer se encontraba en estado de buena esperanza.

—Un hijo es una bendición, Julia —le intentó consolar Eva mientras le acariciaba el pelo.

—Este no, si el rey se entera de que este hijo es de Gonzalo le obligarán a reinar. Yo lo amo, ¿acaso no lo entendéis? No puedo hacerle esto, él no me lo perdonaría jamás. Ni yo misma me lo perdonaría —reconoció la joven cortesana abatida.

Se le escaparon otra vez las lágrimas y colocó de nuevo la cabeza entre las rodillas para soportar mejor su pena. Eva acercó aún más su cuerpo buscando la cercanía de la cortesana, pues estaba segura de que aquello la calmaría. Doña Bárbara se acercó a la ventana. Volteó la mirada buscando a Olimpia, que también había acudido a aquella improvisada reunión de emergencia.

—Tiene razón, Olimpia —reconoció doña Bárbara con un enorme pesar.

—Lo sé, pero ¿acaso podemos hacer algo? —respondió esta, segura de que no había solución alguna a lo que estaba sucediendo.

—Si alguien se entera de que Julia espera un hijo de Gonzalo será su castigo. Su maldita ruina —explicó la dama de la reina, muy segura de las consecuencias que tendría aquello para su pupila.

—Y también la nuestra. Si alguien se entera, nuestro plan de que Loreto reine se irá al traste. Nunca la aceptarán como reina si Gonzalo tiene un futuro heredero. Y la necesitamos a ella. Loreto es la única capaz de parar esto. Tenerla a ella en el poder supondría la victoria de las nereidas, todo aquello por lo que hemos luchado tendría un sentido —expuso Olimpia con cierta preocupación.

Un par de golpes secos en la puerta pusieron en alerta a las cuatro mujeres. Julia se irguió rápidamente y se enjugó las pruebas evidentes de su llanto. Doña Bárbara caminó con sigilo hasta la puerta. Se llevado el dedo índice a los labios implorando silencio. No convenía que nadie supiera que se hallaban allí congregadas ni el motivo que las había juntado.

—¿Esperas a alguien? —susurró Eva a Julia.

La joven cortesana negó con la cabeza y señaló inquieta el tiesto con los hierbajos. Olimpia entendió rápidamente la petición de la inteligente muchacha y con disimulo movió la maceta tras las cortinas para evitar que se viera, por lo que pudiera pasar en cuanto atendieran a quien estuviese al otro lado de la puerta. Otros dos golpes siguieron a los anteriores, esta vez con más fuerza.

—Doña Bárbara, ¿está ahí? —preguntó una voz masculina.

La dama de la reina respiró tranquila. Reconocer la voz hizo que los latidos de su corazón se sosegaran.

—Tranquilas, es Jorge —apaciguó al resto de las nereidas al descubrir que era su hombre de confianza el que insistía en entrar.

La atractiva mujer hizo un aspaviento con la mano para que Olimpia se escondiese. Doña Bárbara entreabrió con cuidado la puerta para evitar que el joven viera a las mujeres. Aunque fuese su hombre de confianza, tenían que extremar las precauciones. Todavía nadie podía saber lo que estaba pasando allí. Tenían que pensar muy bien cómo actuar antes de dar cualquier paso. Solo ella debía atender al joven, luego contaría a las demás lo que hablasen.

—¿Cómo sabías que estaba aquí? —preguntó extrañada la mujer al ver que la había encontrado en un sitio poco usual.

—Ando buscándola por todo el palacio como un demente. Lola Valderrama me ha dicho que la había visto entrar aquí —explicó el joven, que intentaba mitigar la agitación que le sobrecogía.

—¿Estás bien? —le preguntó doña Bárbara, preocupada.

—Sí —contestó, exhausto—. Quería avisarle de que ya está todo en marcha para que Isabel de Vicente, viuda del periodista Borja Juli Cano, comience a imprimir los panfletos con las revelaciones contra el conde-duque. A pesar de la peligrosidad de esta tarea, ella ha accedido, pues dice que debe la vida a las nereidas, que le ayudaron a formar parte del gremio aun siendo mujer y tras haberse quedado viuda.

Doña Bárbara sonrió. Se sentía orgullosa de formar parte de las nereidas. Orgullosa de haber sido capaz de tejer un entramado de mujeres que se sostenían y se respaldaban unas a otras, que siempre se daban la mano. Mujeres que se apoyaban en las buenas y en las malas. Mujeres que siempre devolvían el favor, conscientes de que la lealtad era su mayor virtud. Siempre estaban cuando se necesitaban y hacían lo que fuera para que otras brillaran. Se admiraban unas a otras y se ayudaban. Siempre se ayudaban.

—Recuerdo su caso, evitamos que tuviera que tener un maestro varón tras el fallecimiento de su esposo y que pudiera seguir regentando la imprenta. Gracias por las gestiones, Jorge. Pide, por favor, que trabajen todo esto con discreción. Debemos evitar que cualquier información llegue al conde-duque. —Doña Bárbara recordaba bien cómo en otras ocasiones los planes de las nereidas habían sido descubiertos.

De pronto, miró con extrañeza a Jorge. Su pose no era erguida como de costumbre y parecía apocada. Su rostro vislumbraba una excesiva inquietud.

—Jorge, ¿seguro que estás bien? —insistió de nuevo.

Le conocía demasiado bien y sabía que aquel no era el motivo de su visita.

—Doña Bárbara, tengo que contarle algo fuera de lo normal. No sé por dónde empezar —reconoció alterado.

—Calma, Jorge, sabes que puedes confiar en mí —le animó.

—Amo a Loreto con todas mis fuerzas, se lo juro. Pero intentamos intimar y fue imposible. Su sexo apenas dispone de espacio. No pude penetrarla, doña Bárbara, aunque me di cuenta de que ella desconoce totalmente que le pasa algo anormal —reveló con angustia el joven.

La respiración de doña Bárbara se cortó. Sabía lo que aquello significaba. La reina Victoria le había hablado en numerosas ocasiones del problema de su hermana y de cómo esta había muerto sin descendencia, pues jamás había menstruado y no disponía de espacio en su vagina para ser penetrada.

—Jorge, nadie puede saber esto. ¿Me has entendido? —le rogó doña Bárbara agitada.

Él parecía disperso, como si sus pensamientos se hubieran retraído y se hallara inmerso en un bucle de preocupación.

—Mírame. —Le sujetó el rostro con las manos—. Nadie puede enterarse de esto. Ve a descansar y mantén silencio. Y actúa con Loreto como ella se merece, con cuidado y respeto. ¿Me has entendido?

Su pupilo asintió y la abrazó en busca de consuelo antes de alejarse.

La dama de compañía regresó a la habitación de Julia intentando mantener la compostura. La joven cortesana había vuelto a llorar, Eva la consolaba. Nada más entrar, Olimpia se acercó a ella.

—¿Ha ido todo bien? —preguntó al ver la mirada meditabunda de su amiga.

—Tenemos un problema.

—¿Qué sucede? ¿Alguien ha vuelto a irse de la lengua? —quiso saber Olimpia, mostrándose inquieta.

—Es algo peor, mucho peor. Loreto... —le costaba encontrar las palabras adecuadas.

—¿Qué le sucede a Loreto? ¿Se encuentra bien? —La nereida quería ayudarla a que terminase de explicar lo sucedido.

—La infanta no puede engendrar hijos. Ahora lo comprendo todo, Olimpia. Por eso esa obsesión de los reyes con que el príncipe Gonzalo sea quien herede el trono, porque su hermana, al no poder tener descendencia, acabaría con la dinastía de los Monteros. Ese era el verdadero motivo que ocultaban —reaccionó hilando todo lo que había sucedido en el pasado.

—¿Loreto no puede tener hijos? —intervino Julia con incredulidad, pues había podido escuchar parte del relato.

Las mujeres se miraron turbadas. El mundo de doña Bárbara y de las nereidas se congeló en aquel instante, pues Loreto era su esperanza, la esperanza de todas las ellas.

—Por favor, esto jamás puede salir de aquí —pidió la dama.

—Descuide —prometió Eva ante lo significativo de esa información.

—El plan debe seguir, doña Bárbara. Loreto debe casarse con un miembro de la familia del emperador Jacob. Los Morejón de Oñate deben ser nuestros aliados —recomendó Olimpia, convencida.

—Pero no podemos hacer eso, Olimpia. El emperador creerá que le hemos traicionado ofreciéndole una futura reina que no puede tener herederos —quiso poner cordura Eva.

—Para cuando descubran que la infanta no puede engendrar ya será tarde y se habrán contentado por el simple hecho de ganar a los franceses. Loreto debe escribir al emperador una misiva como acordamos y contarle el pésimo estado de nuestra monarquía, además de ofrecerle nuestra mano a los ingleses. Es la única forma que tenemos de conseguir que una de las nuestras suba al trono de España.

—¿Y qué haremos con Julia? Podremos ocultar su embarazo durante un tiempo, pero cuando ya sea evidente y el conde-duque se entere... —se lamentó Eva, que bien sabía de lo que era capaz aquel hombre.

—Julia debe salir de aquí. La preñez se le notará en breve y correrá peligro. Pastrana hará lo imposible para que Gadea reine. Ese ruin es capaz de todo... —Doña Barbara era muy consciente del peligro que corría la cortesana.

—Y no le teme a nada —añadió afligida Eva, pues había experimentado en su propia piel hasta dónde podía llegar la maldad de aquel hombre.

—Pero yo no quiero abandonar el palacio —acertó a decir entre lágrimas Julia, pues su situación cada vez le pesaba más.

—Será poco tiempo, antes de que la criatura nazca. Solo hasta que consigamos que Loreto contraiga matrimonio. Te llevaremos al convento de Santa Clara. Es una preciosa casona en el bosque. —Olimpia trataba de convencerla, segura de que aquella era la mejor solución para mantener a la joven cortesana a salvo.

—Por favor, se lo suplico —imploró Julia levantándose de la cama y postrándose de rodillas ante Olimpia con sus manos entrelazadas—. No quiero ir a ese lugar, no huiré sola como si yo fuera culpable de engendrar una vida.

—Yo te acompañaré, no temas. Las nereidas siempre debemos cuidarnos —se ofreció Eva, seguía sintiendo algo especial por la joven cortesana.

Una vez más Eva demostraba que las nereidas se apoyaban y nunca se soltaban de la mano. Aunque en ese momento no repararon en que iban a morder la mano de quien les daba de comer…

30

Amor secreto

Julia no había vuelto a coger los pinceles ni a mancharse las manos de pintura. Tampoco contemplaba ya los paisajes como solía hacerlo, ni miraba a las personas con ese anhelo de querer retratarlas pese al pánico que la atenazaba. Sus últimas obras habían sido un retrato del príncipe Gonzalo rodeado de acacias amarillas, unas flores que simbolizaban el amor secreto, detalle que había hecho que Rafael y Mercedes, los padres de Julia, descubrieran el amor que la joven sentía por él. Y el de Sofía del Palatinado, la sobrina de los reyes, que le había pedido retratarla en una actitud tan sensual que había conseguido ruborizar a la cortesana. Julia lo echaba de menos, pero su vida había virado en todas las direcciones y su cabeza era un conglomerado de preocupaciones que la habían alejado de las cosas que más viva le hacían sentir: la lectura, la pintura, su familia y el sexo.

Pero sabía que Olimpia y doña Bárbara tenían razón: corría peligro si decidía quedarse en palacio. La criatura que anidaba en su interior le acarrearía problemas. A ella y al amor de su vida. El conde-duque no permitiría que la cortesana reinara bajo ningún pretexto, y, sin embargo, el rey obligaría a Gonzalo a hacerlo si descubriese su estado. De modo que aquella noche las nereidas trazaron un plan para sacar a Julia del palacio y acompañarla al convento de Santa Clara. Eva la acompañaría en su exilio.

Queridos padre y madre:

Quisiera no tener que escribir esta misiva, pero no me hallo con fuerzas para comunicároslo de viva voz. Aunque me costara ser sincera, pues era exponer lo que florecía en mi corazón, no era de vuestro desconocimiento el amor que yo siento por el príncipe Gonzalo. La intuición de unos padres es algo de lo que una no puede escapar. Ha sido este amor el que me ha causado la desdicha en la que ahora me encuentro y de la que quisiera apartarles para que los apellidos Ponce de León Campoamor no queden jamás en entredicho por mi culpa.

Aquel amor que tanto oculté resultó ser correspondido y el motivo de todos mis males, pues el príncipe Gonzalo no aceptó su casamiento con Gadea porque me amaba. Por eso ahora debo marcharme de palacio durante un tiempo, porque temo que alguien conozca que este es el verdadero motivo por el que Gonzalo no quiso heredar la corona de España, y ya conocen al rey Carlos, no volvería a perdonarme otra ofensa a su persona y a la corte de los Monteros. Es razón por la que entre lágrimas me despido de vosotros. Prometo que estaré de vuelta pronto, cuando las aguas en palacio se calmen. No quisiera que mi corazón insensato os acarreara más problemas. Gracias por haberme cuidado cada día de mi vida y haberme dado un cariño imborrable. Gracias por creer en mí y por querer darme el mejor futuro posible. Siento si os he fallado. Juro que algún día os compensaré estos pesares.

Vuestra hija que os quiere,

Julia Ponce de León

La joven cortesana secó las lágrimas que inundaban sus ojos del color de las avellanas. Aunque sus palabras eran verdaderas, odiaba ocultarles la realidad, que debía abandonar el Palacio Real porque gestaba en su interior al hijo del príncipe Gonzalo. Se detestaba por ello. Repudiaba no poder contarles aquel secreto, pero era su forma de protegerlos.

Metió la carta en un precioso sobre de papel rugoso y lo cerró con sello de lacre. Salió de la habitación y se dirigió a la de sus padres, pues sabía que no se hallaban allí y que no volverían hasta bien entrada la noche. Entró con sigilo y colocó el sobre bajo los cojines de la cama. No pudo evitar que unas lágrimas cayeran de sus ojos hasta las sábanas. No podía irse dejándoles tan solo una carta, así que decidió ir a buscarlos para sentirles cerca por última vez antes de escaparse. Abrió la puerta de la sala de costura.

—Ay, Julita, qué abandonadas nos tienes últimamente, aquí ya no hay nadie que nos cuente historias —le reprochó Lola Valderrama al ver a la joven cortesana asomarse.

—¿Te quedas un rato con nosotras? —preguntó la inglesa, que seguía soñando con poder entablar amistad con ella.

—La verdad es que ando con prisa, buscaba a mi madre. ¿Sabéis dónde para?

Le costó disimular su tristeza, porque sabía que ya no vería a esas mujeres durante algún tiempo. Desconocía cuándo volvería a entrar en esa sala.

—Asómate a la ventana —le recomendó Lola—. Ha ido a llevarle un refrigerio a tu padre, que está pintando en el jardín.

Julia se asomó y comprobó que los dos estaban sentados, charlando animosamente, en el banco que ella siempre solía compartir con Gonzalo. En el caballete de su padre descansaba un lienzo con algunos esbozos recién comenzados.

—Gracias, cuidadla mucho porque no existe persona en el mundo mejor que Mercedes Campoamor —pidió la joven cortesana.

Estas últimas palabras causaron cierta extrañeza entre las costureras, pero aceptaron divertidas el consejo, pues sabían que era verdad, y continuaron con las coplillas que siempre solían cantar.

Julia se encaminó hacia el banco del jardín. Se paró unos pasos antes para observar a sus padres. Admiraba la suerte de que se hubieran encontrado, aun habiéndose tratado de un matrimonio concertado.

Volvió a pensar en lo que le hubiera gustado que entre ellos se encendiera alguna llama, que el deseo hubiese atravesado sus poros. Pero se conformaba con verlos allí sentados, riendo.

—Qué bonita energía emana de vuestros rostros —les piropeó Julia.

—Ay, granuja, ¿qué vienes a pedirnos? —se burló Rafael de su hija mientras se levantaba y la besaba en la frente.

—Nada, padre. He estado tan atareada estos días que echaba de menos vuestra presencia —respondió Julia devolviéndole el beso.

Luego se sentó junto a su madre y le sujetó la mano.

—Poco me has echado de menos, ay, hija, que la montaña de encargos que hay que coser te llegan hasta el cielo —rio Mercedes, pues sabía el poco cariño que su hija sentía por la costura y cómo se escabullía cada vez que podía.

—Juro que lo he hecho, pero no os he dicho nunca lo que os quiero. Sabéis que os quiero, ¿verdad? —Su voz denotaba cierta melancolía.

—¿Acaso tienes fiebre? —Su padre le puso la palma de la mano derecha en la frente.

Los tres rieron ante aquel comentario, pero Julia no podía aliviar la pena que la estaba consumiendo.

—¿Qué pintabas, padre? —preguntó la joven cortesana posando la vista en el lienzo que tan solo tenía unos cuantos esbozos del jardín.

—Iba a hacer unas pruebas de color —explicó Rafael señalando su maletín lleno de pinturas.

—¿Me dejaríais que os pintara un retrato rápido? —pidió Julia. No deseaba por nada del mundo olvidar la idílica estampa que había contemplado al llegar.

—Por supuesto —respondió Rafael mientras miraba a su mujer y sonreían ante aquella propuesta.

Sabían lo mucho que a Julia le costaba animarse a pintar retratos, así que aquel gesto lo veían como un pequeño reto conseguido. Una pequeña prueba de superación. La joven cortesana retrató durante un largo rato a sus padres abrazados en el banco rodeados de camelias rosas, una flor que provenía de países lejanos y que simbolizaba la admiración por la persona perfecta. Ella adoraba a sus padres, a pesar de que hubieran querido obligarla a casarse con Mateo, porque sabía que todas las decisiones que habían tomado en su vida eran por su bien. Habían salido de Andalucía para darle un futuro y habían luchado hasta convertirse en dos reputadas figuras en la corte de los Montero. Su estado de buena esperanza no podía empañar aquella imagen.

—Ya casi he terminado, he utilizado trazos rápidos y ligeros. Confieso que envidio esta estampa —admitió Julia dejando atrás el lienzo y acercándose a abrazar a sus padres—. Pero me faltan un par de toques para acabarlo y quiero que sea sorpresa. Lo colocaré en la sala de los leones y mañana podéis ir a verlo.

Julia cogió el lienzo y al girarse contuvo sus ganas de llorar. No sabía cuánto tiempo pasaría hasta que volviera a verlos. Quizá fueran días, semanas o meses. No sabía cuánto duraría la condena. Lo cargó con cuidado hasta la sala de los leones y lo colocó en la pared frontal. Cogió un pincel y escribió un «os quiero» junto a su firma. Ahora sí, el retrato estaba terminado.

La puerta de la sala había quedado abierta, porque al llevar el cuadro entre sus brazos no había podido cerrarla. Escuchó unos pasos y se giró. Gonzalo estaba cruzando la galería.

—¡Gonzalo! —gritó Julia saliendo a su encuentro.

El joven príncipe se viró y no pudo evitar sonreír al ver que era Julia quien le llamaba. Había estado molesto y celoso por los acercamientos que la joven cortesana había tenido con Mateo. Y por la presión que sentía por parte de todos para que volviera a rondar a Gadea. Así que tener delante a la persona que realmente amaba le proporcionó una dosis de sosiego y un placentero cosquilleo. Aun así, quiso parecer rígido endureciendo su semblante.

Para Julia tampoco estaba siendo fácil. Todo estaba siendo muy duro. Aceptar un distanciamiento impuesto y claudicar ante una coherencia que le obligaba a estar lejos del hombre al que amaba era doloroso. Pero también lo era convivir con los cuchicheos que corrían por la corte en los que aseguraban que había vuelto a acercarse a Gadea. O tratar de entenderse con los miedos que le asaltaban cuando creía que su relación con el príncipe podía ser revelada o que su estado podía ser descubierto. Aun así, a veces en la vida, el corazón se impone a nuestros miedos, nuestras inseguridades y a nuestro propio raciocinio. Por eso, la joven cortesana quería guardar para siempre un último recuerdo junto del hombre al que amaba. Pues recordar venía del latín, *recordis:* volver a pasar por el corazón. Y Julia quería volver a pasar por su corazón una y mil veces aquellos momentos con Gonzalo.

—No sabía que te encontraría aquí —reconoció el joven príncipe al verla asomada en el quicio de la puerta de la sala de los leones.

—¿Quieres ver el retrato que les he pintado a mis padres? —La joven cortesana realizó un ademán con la mano izquierda para invitarle a entrar.

Gonzalo accedió y Julia cerró la puerta tras él. Le señaló el cuadro que acababa de colgar al lado de aquel en el que le había retratado a él. El príncipe sonrió orgulloso y se contagió de la belleza de ese colorido retrato lleno de camelias.

—¿Qué significan? —El joven señaló las flores del retrato de Rafael y Mercedes.

—Mi admiración por ellos —declaró la cortesana.

El príncipe esbozó una leve mueca de felicidad. Y luego posó su vista en su retrato.

—¿Y esas? —quiso saber apuntando hacia las acacias amarillas que lo decoraban.

Julia agachó un poco la barbilla, pues, a pesar de todo lo vivido, vestía una coraza que le impedía expresar sus sentimientos con libertad. Había sido educada en esa creencia de que el amor debía ser impuesto y que, por tanto, amar a alguien libremente era una ofensa hacia su familia y a sí misma. Tiempo atrás ya había confesado a Gonzalo que lo amaba; ahora, además, llevaba en su interior a su hijo. Era totalmente consciente del daño que le causaría cuando descubriese que había abandonado el palacio y desconociese su paradero. Por eso decidió que aquel encuentro, que él ignoraba que se trataba de una despedida, debía ser especial.

—Amor secreto —se ruborizó al confesar el significado de aquellas flores.

—Julia, yo quisiera que no fuera secreto, pero... —intentó argumentar Gonzalo.

Ella se acercó a él y posó el dedo índice en sus labios para que guardase silencio. Sabía que él la amaba, pero que las razones de mantenerla oculta iban más allá de un mero capricho. Solo así podrían estar a salvo ella misma, Loreto y su amado.

El príncipe besó con delicadeza el dedo de la cortesana. Cruzaron una mirada furtiva..., pero la sostuvieron durante unos instantes. Julia sonrió y retiró el dedo para posar la lengua en los labios del joven. La pasó en reiteradas ocasiones lamiendo cada vez una zona más amplia. La Julia que se rendía al Ateneo nada tenía que ver con la que se mostraba frente al príncipe. Ahí, solo podía respirarse el amor que los había acompañado en secreto desde críos y el ansia mutó en ternura. El placer daba cobijo al amor. Entre ellos reinaba la calma, la dicha de ir despacio y huir de la prisa. Pero un halo de deseo les hizo exteriorizar sentimientos inevitables del uno por el otro. La cortesana llevó una mano sobre el pantalón del joven para palpar y comprobar la excitación del miembro, que se adivinaba erecto. Aquello les encendió, pues sus cuerpos hacía tiempo que no se encontraban en la distancia corta. Gonzalo bajó con delicadeza los tirantes del vestido de Julia y desanudó con poca maña el corsé. No pudieron evitar una carcajada al comprobar las dificultades del príncipe para desnudar a ella. Con las prendas en el suelo, Gonzalo la acarició y pasó los dedos desde el lóbulo de su oreja hasta bajar por el cuello, recorrió el hombro y el brazo. Con la palma de la mano rozó levemente el pecho de Julia. Al ver que los pezones se endurecían, Gonzalo los besó y mordisqueó de forma juguetona. Para entonces el cuerpo de Julia solo ansiaba una cosa.

—Quiero sentirte —suplicó la cortesana con cierta congoja en la voz, pues desconocía cuándo volvería a hacerlo.

El joven príncipe acató la orden, solícito. Volteó a Julia y la sujetó de las caderas hasta llevarla a la pared donde lucían preciosos sus cuadros. Ella apoyó las manos bajo uno de ellos y giró su rostro buscando la boca de Gonzalo, que acudió rápidamente para besarla en los labios. El joven estiró el brazo izquierdo y le sujetó el cuello. Con la mano derecha le acarició lenta y suavemente la curvatura de la espalda desnuda. Luego llevó esa misma mano hasta su pene y con mimo lo introdujo desde atrás en el sexo de la joven. Julia se curvó aún más al sentir que Gonzalo entraba en ella. No pudo evitar contraer los músculos como si quisiera presionarlo... Un acto casi involuntario que generó una corriente de placer inmensa en el príncipe, que comenzó a entrar y salir de ella a un ritmo hipnótico. La fricción que provocaba en la vulva de Julia le hacía soltar pequeños alaridos que dejaban al descubierto su excitación. Guio su propia mano hasta la parte externa del sexo para acariciarlo de forma uniforme y continuada. Incrementó así la velocidad a la que se movía y provocó que sus alaridos subieran de tono. Julia se generó una oleada de placer inenarrable que le hizo derramar mientras Gonzalo seguía dentro de ella. Después él siguió sus pasos y se derramó en su interior. Entonces se dejó caer sobre la cortesana y la envolvió en un cálido abrazo.

Lo peor de las despedidas es cuando alguien no sabe que se está despidiendo. Cuando uno desconoce que esa es la última vez que hablarán, que se abrazarán, se besarán o se contemplarán. No sabrá que aquello será lo último que le diga al otro. Que serán las últimas palabras, que el camino no solo se detiene, sino que se separa o se abandona para siempre. Lo peor de las despedidas es el instante en el que uno se da cuenta de que aquel momento fue el último que vivió junto a la persona amada.

Gonzalo lo desconocía: esa noche las nereidas sacarían a Julia del Palacio Real para llevarla al convento de Santa Clara y ese abrazo con sus pieles desnudas era su última vez.

31

Mujeres enamoradas

El convento de Santa Clara era una pequeña fortaleza de piedra construida en el bosque de encinas que se ubicaba a las afueras de la capital, a una distancia considerable del Palacio Real. En el lado oriental del edificio se encontraba la fachada principal de gran sobriedad y rematada por una cornisa con molduras. La portada había sido edificada sobre unas gradas para evitar el desnivel que había del terreno y consistía en un arco de medio punto entre dos medias columnas que sostenían una hornacina con la figura esculpida de santa Clara.

En aquel lugar no solo habitaban monjas, sino que el convento también daba refugio a las damas de la nobleza al fallecer sus maridos. De esa forma evitaban las habladurías al convertirse en mujeres solas o esquivaban tener que volver a casarse en contra de su voluntad. El espacio reservado para estas mujeres eran unas dependencias anexas, donde seguían las prácticas piadosas, aunque no hubiesen hecho los tres votos de pobreza, castidad y obediencia, que eran la expresión de la consagración total a Dios que hacían las monjas.

—¿De verdad es necesario que me oculte aquí? —preguntó Julia entre lágrimas, aunque ella misma sabía la respuesta.

—Eva cuidará de ti hasta que las aguas comiencen a estar más mansas —le explicó doña Bárbara ocultando la tristeza que sentía al tener que hacer algo tan duro con la joven cortesana.

Las nereidas sabían que las dos estarían a salvo allí, pues las harían pasar por damas que se habían alejado de sus maridos y que habían buscado cobijo. Tan solo dos monjas, las que siempre solicitaban ayuda y asesoramiento a las nereidas para socorrer a las mujeres que llegaban a Santa Clara, sabrían la verdadera identidad de Julia y Eva.

—¿Y eso cuánto tiempo será? —sollozó la joven con tristeza.

Julia había acatado sin mostrar oposición el mandato de las nereidas de abandonar palacio, pero ahora que aquello era realidad le pesaba su decisión. Pensar que estaba embarazada y que tenía que alejarse un tiempo de su familia y del hombre al que amaba sin saber si serían días o serían meses la atormentaba.

—Haremos lo que esté en nuestra mano para que sea lo antes posible. He hablado con el embajador de Inglaterra y en cuanto convenzamos a Loreto de escribir la misiva contando la situación de la monarquía española y solicitando la mano de algún miembro de la familia del emperador Jacob, podrás volver. Tan solo necesitamos que Loreto suba al trono, y estarás a salvo, Julia —le aseguró Olimpia convencida de ello.

Eva, por su parte, sentía en aquellos momentos una cierta felicidad, pues allí estaría alejada del hombre que estaba apagándola poco a poco. El rostro de Julia, sin embargo, reflejaba tristeza, sabía que todo aquello era por su bien, pero estaba convencida de que conseguir que la infanta Loreto reinase no iba a ser tan fácil como enviar una carta y repartir panfletos en contra del conde-duque y sus artimañas.

—Julia, nos esperan —avisó Eva mientras le ofrecía su mano.

La joven cortesana se hallaba a tan solo unos escasos metros de poner el pie por primera vez en aquel convento sin saber si ese lugar sería su salvación o la peor de sus condenas.

Mientras tanto, en el Palacio Real, Gadea estaba a punto de jugar a ser verdugo condenando por sus celos a quien menos lo merecía. Sus ansias de reinar danzaban desmedidas, pues eran el antídoto para paliar la humillación que anidaba en sus adentros. Para ella vivir el rechazo de alguien a quien amaba suponía una puñalada dada por la espalda, doble dolor porque al pinchazo se sumaba lo inesperado de quien portaba en la mano el arma. Pero vivirlo a ojos de terceros era un escarnio sin miramiento. Más cuando la familia esperaba que honrase su linaje, y ella como parte del linaje acababa siendo una deshonra.

La joven princesa francesa había elegido el vestido más imponente de su armario. Se había puesto una prenda de seda en el color anaranjado de los atardeceres. Lucía un escote encorsetado anudado a la espalda con una lazada que colocaba sus pechos en una posición privilegiada. El vestido se completaba con un fajín entallado a la cintura con el color de las amapolas y una falda abullonada que realzaba sus caderas.

A esas horas, Gadea sabía que encontraría al príncipe en sus aposentos. Así que se dirigió a ellos en su búsqueda. Confiaba en que el príncipe sucumbiera a sus encantos, sobre todo ante ese espectacular vestido que realzaba su belleza. Además, le llevaba uno de sus postres preferidos para agasajarle.

Al llegar a la puerta de la habitación respiró con fuerza para acompasar el ritmo de sus latidos, porque a pesar de envolverse con esos aires de mujer segura por dentro estaba quebrada. Aquella pose tan solo era una cualidad impostada, ya que haber sido plantada en el altar el día de su boda le había roto por dentro. Tocó y abrió sin esperar respuesta.

—No, no y no. Ya se lo he repetido en demasiadas ocasiones, don Francisco.

El príncipe hablaba con el conde-duque cuando Gadea entró en la habitación. Gonzalo parecía agitado moviéndose en círculos.

—¡Gadea! Qué grata sorpresa —la recibió fingiendo cierto asombro el valido, que permanecía de pie cerca de la puerta.

La realidad es que había sido él quien le había avisado del paradero del príncipe.

—¿Qué haces aquí? —preguntó lleno de extrañeza el joven príncipe.

—Solo venía a traerte un poco de este delicioso dulce. Creo saber que es uno de tus preferidos —le ofreció servicial Gadea mientras extendía las manos para acercárselo.

—Lo siento, Gadea. Ahora no es el momento. Será mejor que te marches —respondió cortante Gonzalo.

Aquella contestación enervó a Gadea y la rabia se apoderó de su cuerpo. No dijo ni una palabra. La joven lanzó contra el suelo el dulce de miel que portaba y salió de la habitación propinando un sonoro portazo.

—Gonzalo, debes parar este comportamiento —le recriminó el conde-duque con cierto enfado—. Gadea no merece estos desplantes por tu parte y, como te decía antes, deberías sopesar de nuevo darle una oportunidad.

—No, no y no. ¿Me va a hacer volver a repetirlo? —reiteró Gonzalo.

Don Francisco se dio por vencido ante la tozudez del joven y su negativa a volver a dar una oportunidad a la princesa francesa. Pero aquella actitud le perjudicaba, pues la amenaza del valido del rey de Francia seguía recayendo sobre su cabeza. Así que abandonó la estancia sin despedirse y bastante indignado. En aquel momento solo quería ir detrás de la joven.

—¡Gadea, espera! —le gritó antes de alcanzarla en el pasillo.

—Pagará por esto —amenazó la joven parándose en seco y girándose para encararlo.

—Gadea, por favor, tranquilízate. Hablemos —le propuso Pastrana abriendo la puerta de una sala que había a su lado para que la joven entrara.

La princesa francesa aceptó la invitación con airados desaires. No le dio, sin embargo, opción a una réplica calmada, pues ella sabía que se encontraba en una posición de poder.

—Si mi padre se entera de que no está cumpliendo con su trato, le cortará él mismo la cabeza —le quiso atemorizar la joven, pues conocía la amenaza que sobrevolaba sobre él.

Aquellas palabras paralizaron al valido del rey Carlos. La actitud de Gonzalo y la soberbia intimidante de Gadea hizo que buscara raudo una fórmula para salir ileso de aquella batalla.

—Tengo una información que puede incendiar la corte de los Monteros y que es de tu incumbencia —avanzó don Francisco jugando sus cartas.

—No va a volver usted a embaucarme con sus mentiras y sus falsas promesas. Juró que yo sería reina de España, y míreme, el príncipe Gonzalo me ignora cada vez más —le reprochó completamente decepcionada con la ayuda que supuestamente le iba a brindar el conde-duque.

—Esta vez es diferente, pero antes debes jurar que no revelarás jamás esta información a nadie y que pase lo que pase mi persona se mantendrá a salvo —pidió don Francisco, intentando asegurarse de que todo lo que sabía iba a salvarle la vida.

—¿Y qué le hace creer que voy a fiarme de usted esta vez? —quiso saber ella dudosa.

—Porque si yo muero llevándome conmigo esta información, también morirán tus posibilidades de ser reina de España —respondió certero.

A Gadea aquel comentario le produjo una inmensa curiosidad, de repente se avivaron aún más sus miedos de no poder reinar. No se fiaba plenamente del conde-duque, pero en aquella corte era la única persona con la que contaba de su parte.

—Cuéntemelo y juro que defenderé su honor frente a mi padre —le prometió Gadea sin saber que aquella información le rompería el corazón.

—El príncipe Gonzalo espera un hijo —soltó sin miramiento, pues pensaba que la única preocupación de la joven era subirse al trono y sin reparar en que para ella era algo más.

La joven se quedó petrificada, no podía mediar palabra. Estaba a punto de llorar, pero intentaba disimular su pesar. Gadea amaba a Gonzalo, su compromiso fue impuesto, pero los sentimientos habían acabado aflorando. Y conocer esa información la había destrozado. Lo amaba, aunque eso no había entrado en sus planes. Cuando una se sometía a un matrimonio arreglado, se hundía en la aceptación, asumiendo tener que soportar la esencia de alguien a quien quizá detestase. Pero no, esa no era su historia. La candidez del príncipe, su belleza, sus ganas de vivir… la habían cautivado. Se había imaginado una vida a su lado con el peligro que conllevaban las expectativas. Con el dolor que producía tener que resignarse a aceptar que aquello con lo que había soñado, la corona, el esposo perfecto, una familia, un poder… se esfumaba entre sus dedos.

—Julia, ¿verdad?

El conde-duque afirmó con la cabeza y así corroboró el presentimiento de Gadea. Se confirmaba así su sospecha de que Julia era la mujer por la que el príncipe la había abandonado ante el altar. Lo sabía, en el fondo lo sabía, porque una mujer siempre lo sabe. Detalles, miradas y gestos le habían hecho sospechar que ella era aquella mujer que Gonzalo amaba. Así que un creciente odio hacia la cortesana le invadió sin previo aviso. Gonzalo tomó la decisión de no casarse, pero la culpaba a ella. Julia era la culpable de aquel desastre, de que ella no pudiera reinar, era la culpable de haber perdido a su príncipe. Por supuesto, Gadea Mendoza de Covarrubias estaba dispuesta a vengarse.

—Tengo una proposición. El rey Carlos tiene miedo a que la monarquía española se derrumbe. Un hijo que no quiere reinar y una hija, que, aun queriéndolo, no podrá hacerlo. ¿Sabes, Gadea? —comenzó el conde-duque.

—¿Y cuál es el motivo de que la infanta Loreto no pueda reinar? —preguntó la joven con extrañeza, pues todo el mundo sabía en la corte de las ansias de la joven por hacerlo.

—Mis labios están sellados —dijo llevándose el dedo índice y el pulgar hasta los labios y apretándolos—, salvo que tengas en tu poder infinitos reales que hagan que dejen de estarlo. —Don Francisco soltó una carcajada sabiendo que no era el caso—. Lo único que es de tu incumbencia es que si los reyes averiguan que Julia está embarazada obligarán a Gonzalo a casarse con ella, pues le aseguraría la continuidad a su linaje, y tu sueño de convertirte en reina de España se esfumaría —comenzó a relatar el conde-duque con un tono de voz perverso y cierta altanería—. Así que esa niñata engreída de Julia te derrotaría por segunda vez.

—A mí nadie me ha derrotado y nadie osará a hacerlo. ¿Me entiende? —respondió desafiante.

La francesa cambió por completo el semblante y pasó de la tristeza a la ira mientras levantaba el dedo índice como gesto de amenaza.

—Te aseguro que, si esa criatura vive, el rey Carlos hará lo inimaginable para que sea el heredero de la corona de España. Y tú acabarás siendo la pobre ilusa a la que dejaron plantada en el altar —dijo el conde-duque con cierta burla.

Estaba cambiando sus artimañas, pues sabía que ahora era él quien poseía el poder…

—¿Y qué es lo que propone? —preguntó con firmeza Gadea y con una mirada enfurecida.

—Matar a Julia Ponce de León. Si ella y su hijo mueren, no tendrás rival, Gadea. Habla con tu padre. Conseguidme un buen puesto en la corona francesa, su palabra de que mi cabeza estará a salvo y una cantidad de dinero suficiente como para que pueda vivir el resto de mis días. Y yo me encargaré de todo. Tan solo tendrás que pedírmelo.

—Mátala.

Gadea había lanzado su sentencia de muerte contra Julia y el conde-duque estaba dispuesto a cumplirla.

32

Un futuro incierto

Desde que el rey Carlos había ordenado la disolución de las nereidas el uso del cuarto rojo había disminuido considerablemente. Los vapores melancólicos del monarca y la escasa participación de las nereidas habían hecho que el Ateneo dejara de estar en auge. Los reyes apenas solicitaban a doña Bárbara fantasías por cumplir y el resto de los encuentros se celebraban en otros lugares por miedo a que en aquella estancia el rey pudiera tomar represalias, como había intentado hacer con las mujeres tiempo atrás. Pero aquella tarde las ganas llevaron a Nicolás Carranza a robarle las llaves del cuarto rojo a doña Bárbara.

Mientras Nicolás intentaba atinar con las llaves en la cerradura de la majestuosa puerta de madera, también disfrutaba de la compañía de dos muchachas. Entre los tres se manoseaban, besaban y no paraban de reírse. Los jóvenes tenían mucha prisa por entrar.

—Como doña Bárbara se entere, nos va a matar —rio Liliana mientras besaba en el cuello a Nicolás.

—No va a enterarse. Estaba en casa con mi padre, así que colocaré las llaves en su sitio antes de que ella llegue y pueda darse cuenta —aseguró el joven sonriendo al ver que por fin la cerradura comenzaba a girar.

—Tiempo perdido, placer no recibido —les sermoneó entre risas Carlota, una de las chicas que había entrado a las nereidas a la misma vez que lo hizo Julia.

Cuando la llave encajó por completo y la puerta del cuarto rojo se abrió, los tres se miraron y se rieron porque habían conseguido por fin su objetivo.

Liliana y Carlota entraron delante cogidas de la mano mientras Nicolás les seguía el paso. Era atractivo y sus ojos verdes hacían juego con su inmaculada y cautivadora sonrisa. Era dicharachero y hacía gala de muy poca vergüenza, cualidades que le valían para reavivar a veces la seriedad de su amigo Gonzalo.

Liliana se acercó hasta la pared donde descansaban numerosos utensilios y cogió una fusta de piel negra de las que se utilizaban para dar brío a los caballos. Carlota entre risas fue despojándose de los ropajes hasta quedarse completamente desnuda y apoyó las manos en las esquinas superiores de la equis de madera negra que decoraba la pared principal. Arqueó la espalda ofreciéndosela a su amiga, esta la azotó con descaro en las nalgas, que se quedaron coloradas y doloridas. Volvió a azotarla e hizo que Carlota lanzara un alarido más lleno de placer que de dolor. Mientras, Nicolás se bajaba torpemente los pantalones para unirse a las dos mujeres con su verga erguida y dura. Al ver aquello, Liliana jugueteó con Carlota y le regaló apasionados besos para encender aún más a Nicolás. El joven sorprendió a Liliana por detrás, le sujetó la mano y se la llevó hasta la cama. Le ayudó a desvestirse y la tumbó con cuidado sobre el lecho.

—Labios rojos de Cleopatra. —Rio nerviosamente Nicolás dejando volar su imaginación.

Liliana siempre solía ser quien regalaba placer, porque ella misma sentía cierta excitación en ello. Pero Nicolás se acercó a la nereida y sujetó los tobillos de la joven. Una vez inmovilizada, separó las piernas de Liliana. De esta manera, dejó al descubierto su sexo, que se abrió como lo harían los pétalos de una rosa. El joven alzó la mirada e hizo un ademán para que Carlota se uniese a la fiesta. La joven besó en los labios a Nicolás y luego dejó caer su saliva sobre la vulva de Liliana, que inspiró agitada y cubierta de deseo. Mientras el joven la seguía sujetando para que mantuviera las piernas abiertas, Carlota acercó la boca hasta los genitales de Liliana. Con la lengua comenzó a lamerle el sexo tan lentamente que parecía casi un castigo. Se dedicó con un esmero exquisito a hacer círculos en la lengua sobre el sexo de Liliana.

—Venga se acabó la fiesta —les avisó doña Bárbara, que entró en el cuarto rojo sin apenas inmutarse con lo que allí estaba sucediendo.

—Disculpe, doña Bárbara, no volverá a ocurrir —se disculpó Nicolás mientras los tres jóvenes se vestían apresuradamente.

—Eso mismo me dijiste la última vez —le recordó la mujer alzando la vista.

—Perdone, doña Bárbara, ya nos vamos —dijo Liliana mientras salían por la puerta para abandonar la estancia.

—Nicolás, tú quédate. —Hizo una señal para que cerrara la puerta.

—Le prometo que no volverá a suceder. Como usted estaba con mi padre, pensaba que se demoraría más —se justificó el joven.

—No estoy enfadada, porque desde que el Ateneo no celebra nada echo de menos que este lugar tenga vida —reconoció doña Bárbara—. Te he pedido que te quedes porque quiero que me ayudes. Busca a la infanta Loreto y acompáñala hasta aquí. Si todo sale como está planeado, necesitaré que lleves una carta a Olimpia.

Tras la marcha de Jorge, la dama había atraído de manera informal y pausada hacia su cobijo a Nicolás Carranza. Además, ahora que Novoa estaba tan enamorado de Loreto, era consciente de que iba a poder contar menos con él. Sabiendo de las limitaciones que algunas veces se encontraban las nereidas por el hecho de ser mujeres, siempre ambicionaba a su lado un pupilo de confianza que le hiciera las veces de emisario sin levantar demasiados recelos. Nicolás era un joven dicharachero y perspicaz. Un amante del placer y la libertad. Una mente brillante a la que a veces le podía la desgana para aplicarse en los quehaceres, pero que no reprimía las ganas de aferrarse a otros cuerpos.

Nicolás recorrió todo el palacio y encontró a Loreto en la biblioteca concentrada en la lectura de varios libros.

—Doña Bárbara te espera —le anunció solemne.

La infanta siguió en silencio a Nicolás. Una parte de ella sabía perfectamente para qué la buscaba doña Bárbara. En su último encuentro le habían detallado el plan que podía hacerla ascender al trono y salvar a las nereidas. Pero aquello conllevaba, al contrario de como solía ser, renunciar al amor para conseguir el poder.

—¿Me buscaba? —quiso saber Loreto mientras Nicolás se quedaba en la puerta para brindarles intimidad.

—No voy a andarme con rodeos. Quisiera saber si has pensado acerca de lo que hablamos —preguntó directa la dama de la reina.

La infanta Loreto alzó la vista y miró a su alrededor. Aquel lugar siempre había estado ahí y ella desconocía su existencia. Uno de tantos secretos que envolvían a la corte de los Monteros y de los que ella no había formado parte. Siempre había sido la hija buena, la correcta, la formal, la aburrida. Relegada a un segundo plano por el simple hecho de ser mujer, pero estaba harta. Quería tener su lugar, el que le correspondía. El que se merecía.

—Voy a hacerlo —sentenció convencida la infanta.

Doña Bárbara trazó una mueca de felicidad en el rostro. Siempre había confiado en el sentido del deber que poseía

Loreto. Siempre había sido su preferida, aunque tal vez no se lo había notado nunca, porque su rectitud la había hecho parecer distante. Aceptar aquel plan suponía la salvación, el pequeño bastión que elevaría a las mujeres hasta ahora relegadas a la voluntad de los hombres. Porque eso último Loreto jamás lo permitiría. La infanta sabía que era un plan descabellado y peligroso. Además, era del todo consciente de que aquella carta suponía una traición.

La dama de la reina extendió una pluma y una hoja a Loreto. La joven se sentó en una de las sillas de terciopelo rojo que rodeaban la mesa. La madera del respaldo y los brazos estaban teñidos de dorado. En el brazo de la silla, cincelados en la madera, un hombre lamía el sexo a una mujer. Y coronando el respaldo, sobre la palmeta, una mujer abierta de piernas ofrecía su vulva. Sin embargo, aquella estampa no le despertó el deseo, pues el sentimiento que le afloraba era más cercano a la tristeza. No quería hacerlo, pero debía.

> Estimado emperador Jacob:
>
> Por medio de esta misiva quisiera yo, doña Loreto Serna de los Monteros Ladrón de Guevara, presentarme ante usted en busca de su cobijo. Ha llegado a mis oídos el despliegue de fuerzas que anda realizando por Europa y la resistencia que encuentra en los franceses. Es este el motivo por el cual he aceptado el atrevimiento de dirigirme a usted sin conocimiento de mis padres, los reyes de España. Mi padre, el rey Carlos, posee desde hace tiempo vapores melancólicos que le impiden cuidar del reino con la entrega y dedicación que la corona y el trono merecen. A pesar de ser yo la primogénita, recae sobre mi hermano, el príncipe Gonzalo, el deber de heredar el trono, hecho al que se niega habiendo rechazado en el altar el día de su boda a la que debiera ser su futura esposa, Gadea Mendoza de Covarrubias, princesa del reino de

Francia. La maniobra la llevó a cabo con el fin de no convertirse en rey. A diferencia de mi persona, ya que tengo la creencia y confianza de ser quien merece ser reina de España, pues poseo las virtudes y el carisma que una monarca necesita. Por ello quisiera proponerle que usted, con su poder e influencia, me ayude a salvar la corona española, que se encuentra en tierra de nadie, buscándome entre los miembros de su familia, los Morejón de Oñate, un digno esposo que merezca a bien el trono español, pues si mi hermano llegara a hacerlo la reina consorte sería francesa. Si usted viera a bien aceptar mi petición, mi reino le ayudaría con el bloqueo comercial a los franceses, porque tengo conocimiento de que es esto lo que a usted le preocupa, y además sería un inglés y miembro de su familia el que ostentaría tan magnánimo honor. Le ofrezco nuestras tierras para las maniobras que usted precise.

Sin más, me despido a la espera de una respuesta favorable por su parte .

Al escribir la última palabra Loreto se derrumbó y una lágrima descendió hasta la hoja emborronando la tinta de un par de letras.

—Has hecho lo correcto —la quiso animar doña Bárbara.

—Pero no lo que me hará feliz.

—A veces nuestro deber es más importante que nosotros mismos.

La mujer abrió la puerta. Nicolás seguía apoyado en la pared a la espera.

—Nicolás, lleva esta carta a Olimpia. Por favor, nadie debe saber que ha sido entregada, salvo tu padre. Antes de realizar este encargo, toca en la sala de los leones y pide a Jorge que venga —ordenó la dama de compañía de la reina.

Doña Bárbara no regresó al cuarto rojo. Loreto estaba sentada en el quicio de la cama en silencio, rumiando sus pensamientos y pensando en lo que acababa de hacer. Acababa de renunciar al amor y había traicionado a su propia familia. Pero cuando la puerta se abrió, sus ojos hicieron lo mismo. Su mirada se endulzó instantáneamente, y eso solo podía conseguirlo él.

—Doña Bárbara me ha dicho que estarías aquí —dijo Jorge mientras cerraba tras él.

—Ni yo misma sabía que necesitaba tanto verte —reconoció Loreto levantándose y lanzándose a sus brazos para fundirse en un prolongado abrazo.

—¿Has llorado? Tienes los ojos vidriosos —se percató el joven.

—Debo contarte algo, pero no quisiera que esto tuviera tintes de despedida; es más, confío en que tú siempre permanecerás a mi lado —comenzó la infanta con la voz entrecortada.

—Loreto, me estás asustando. ¿Qué sucede? —quiso saber Jorge, preocupado ante la mirada de su amada.

La infanta no encontraba las palabras. Verbalizar en alto lo que acababa de hacer suponía convertirlo en una realidad. Aceptar ante el hombre que amaba que había priorizado la corona a lo que sentía por él.

—Has aceptado el plan, ¿cierto? —comprendió el joven como si hubiera enlazado puntos en su cabeza hasta descifrar la respuesta.

—¿Conocías su existencia? —preguntó Loreto extrañada, pero con cierta liberación al no tener que ser ella quien lo explicase.

Jorge seguía siendo el hombre de máxima confianza de doña Bárbara y el cariño que esta sentía por él la llevó a contarle el plan que iban a llevar a cabo. Quería ser ella quien le advirtiera de todos los pasos que seguirían las nereidas para acabar con el conde-duque, el hombre que había dado muerte a su padre y el objetivo por el que tanto él había luchado. Aunque aquellos pasos supusieran alejarle de la mujer de la que se había enamorado…

—Eso quiere decir que lo has aceptado —insistió Jorge con cierta decepción.

—Pero no dejaré de amarte, Jorge. Ese matrimonio tan solo será una pantomima de cara a la galería, pues mi corazón siempre tendrá tu nombre —reconoció la infanta.

En el fondo, la lealtad que Jorge profesaba hacia las nereidas hacía que admirara la valentía que había demostrado con ese hecho la mujer a la que amaba. Ponía en peligro su propia vida por intentar hacer del reino un lugar mejor para las mujeres. Un lugar donde brindarles sus derechos y permitirles ser libres.

Jorge se acercó a ella, porque resonaba la petición de Loreto de que aquello no supiera a despedida. Pero una parte de él quería no pensar en qué sucedería mañana, pues, cuando aquella carta se entregase, el futuro de ambos se tornaría incierto. Pasó delicadamente el dedo pulgar por las comisuras de los labios de la infanta. Y luego la besó. Después la colocó frente al espejo de uno de los cuatro habitáculos del cuarto rojo, el único con la cortina corrida de terciopelo rojo.

—Eres preciosa —le piropeó Jorge a la vez que él mismo reparaba en aquella inocente belleza regada de pecas que era totalmente hipnótica.

En ese limbo entre el cuello y el hombro, Jorge sembró un beso. Ese acto erizó la piel de Loreto y provocó que un gemido ahogado escapara entre sus labios. Ese fue el pistoletazo de salida que le daba el beneplácito al joven para enrevesar sus manos entre la falda de la infanta en busca del más preciado punto de su anatomía. Al llegar a él un río le cubrió los dedos, que resbalaron por la zona prohibida. Aprovechando la disposición de aquel sexo húmedo y delicado el experimentado amante acarició con brío aquel placentero paraje. Los clamores de Loreto se sucedieron sin descanso acompasados con el aumento de la velocidad de las caricias que Jorge le regalaba en los labios de su sexo. Sensaciones que la infanta nunca había experimentado, hasta que una contracción involuntaria de sus músculos le hizo deshacerse en un sonoro alarido de gozo. Así sintió por primera vez en sus carnes lo que significaba derramar.

—Deberías advertir a tus padres de lo que planeas hacer —le advirtió Jorge volviendo al momento presente.

—Quiero vivir este momento, no estropees esta energía. Además, lo que propones es una locura —le reprochó la infanta ante su propuesta y molesta por aquel giro inesperado.

—Hazme caso, están en el jardín. Solo prevenlos. Ahora que has dado el paso, estás provista de un aura de poder que desconoces. Quizá el nerviosismo les ponga en alerta y cedan a tu petición de ser reina antes de tener que dar el paso de casarte con otro —reflexionó Jorge convencido de sus palabras y confiando en que el plan de las nereidas no tuviese que llevarse a cabo.

—Tienes razón. Eso significaría... —comenzó la infanta cayendo en la cuenta de lo que proponía su amado.

—Eso significaría que tú y yo podríamos estar juntos para siempre —finalizó el joven recobrando cierta esperanza al imaginar aquella posibilidad.

Loreto corrió por el pasillo y subió al piso superior dirigiéndose hasta la puerta que daba acceso al jardín. En un lugar no muy apartado de las escaleras sus padres, el rey Carlos y la reina Victoria, estaban jugando a los bolos sobre la hierba. Los sirvientes habían colocado, antes de marcharse, nueve trozos de madera labrados en forma cónica en el suelo y formaban entre ellos tres hileras equidistantes. El rey se hallaba tras una hilada de piedras pequeñas que hacían las veces de raya de señalamiento y llevaba en su mano una bola. Ambos se giraron a saludar animosos a la infanta, aunque su felicidad se tornó efímera al escuchar sus palabras.

—Padre, madre —saludó con seriedad a los reyes haciendo un ademán con su cabeza—, quisiera informarles de que debido a su negativa de ser yo quien herede el trono por el simple hecho de ser mujer…

—¿Otra vez con esta cantinela, Loreto? —le interrumpió Carlos, rindiéndose ante la insistencia de su testaruda hija.

—Padre, déjeme acabar. Lo siento, ya no soy esa dulce niña sometida a las decisiones ajenas, aquella que cosía sus labios, pues nunca quería importunar. La que enmendaba errores ajenos y escondía con vergüenza los éxitos propios, pues sobresalir estaba solo destinado a mi hermano, a un hombre, por supuesto. Estoy harta de fingir que todo está bien. Harta de tener que aceptar que debo rendirme ante vuestra cabezonería en pro de que Gonzalo sea quien reine. Y muestra de ello es que he dado un paso sin retorno para ser yo quien se convierta en reina de España. Un paso insensato e imprudente pero justo y necesario —reveló Loreto irrebatible y con un aplomo que nunca había manifestado.

—Pero, Loreto, ¿qué has hecho? —inquirió la reina Victoria descompuesta ante la mirada atónita del rey Carlos.

—Darme el lugar que merezco —sentenció la joven con entereza.

Y, por primera vez, la infanta Loreto había sido capaz de poner en su sitio a los demás. Y de ponerse en su sitio a ella misma: sobre el trono del reino de España.

33

«¿Dónde está Julia?»

Los nueve trozos de madera labrados en forma cónica que constituían entre ellos tres hileras equidistantes seguían intactos en la misma posición. La infanta Loreto ya había abandonado el jardín, pero los reyes permanecían inmóviles en idéntico lugar. Con la salvedad de que la preocupación había invadido sus rostros. El rey Carlos daba vueltas en círculos alrededor de ellos con las manos entrelazadas en la espalda mientras la reina Victoria aleteaba con fuerza y brío el abanico de seda y varillas de marfil que llevaba en la mano, en un intento fallido de controlar los sofocos que la estaban atormentando.

—¿Me buscaban? —preguntó el conde-duque al llegar a esa partida de bolos inacabada.

—¡Todo esto es culpa suya! —le reprochó el rey Carlos al ver aparecer a su valido.

—Su majestad, tranquilícese. ¿Qué ha sucedido? —indagó don Francisco completamente aturdido, pues desconocía el motivo de tal enfado.

—Mi hija nos ha amenazado. Dice haber hecho algo que la convertirá en reina. Es lo único de lo que debía encargarse, don Francisco, ¡de parar esto! ¡De pararla! ¿Acaso conspira usted contra mí? ¿Desea que herede mi corona una reina que no puede tener descendencia? Es eso, ¿verdad? Quiere acabar con mi linaje —comenzó a desvariar exasperado el rey.

—Le pido calma, pues imagino que son sus vapores los que están avivando estos demonios. —El valido intentaba buscar algo de cordura a todas esas acusaciones que de momento no entendía.

—No son sus vapores, usted no ha visto la mirada de mi hija. No sé qué trama, pero no parará hasta conseguirlo. Teníamos un trato, Pastrana, y usted sigue sin cumplirlo —le reprochó la reina intercediendo en la conversación.

—Les pido paciencia, juro que todo llegará. Tan solo necesito un poco de tiempo —suplicó don Francisco.

Era tan solo ante los reyes y ante al valido francés cuando aquel miserable se doblegaba. Solo ante ellos bajaba la cabeza y cedía. Admitía la humillación y abrazaba su sentimiento de inferioridad. Pero fuera de ahí se avivaban las fieras que dormían en sus adentros. Fuera de ahí sus demonios salían a pasear.

—No hay más tiempo, encárguese —le ordenó el rey Carlos sin dar pie a réplica.

El caballo de Eva estaba amarrado en el poste de madera a la entrada de su casa. Rebuscaba entre las prendas del armario para preparar un pequeño hatillo al que había añadido en primer lugar un par de libros que sabía le gustarían a Julia. Doña Bárbara y Olimpia les habían prohibido con severidad a ambas que salieran del convento de Santa Clara donde se hallaban ocultas. Las nereidas le habían encomendado a la culebrina el cuidado de la joven cortesana, pues sabían que en sus manos estaría a salvo. Pero Eva había desobedecido las órdenes, ajena al peligro que podía suponer salir del convento y ser vista por algún secuaz del conde-duque. Así que había esperado al alba para acudir a su casa a recoger algunos enseres que pudieran hacer más liviana su estancia en aquel nuevo hogar. Pero la paz duró lo que dura el deshojar una margarita en manos de un empedernido enamorado. Alguien aporreó la puerta de entrada y la nereida se sobresaltó. Se tapó ella misma la boca con la mano temblorosa para controlar el sonido exagerado de su respiración agitada. Nadie sabía que estaba allí, además, se había asegurado de que nadie la siguiera. Unos sonoros golpes volvieron a turbarla. El ritmo de sus latidos se hizo más apresurado y acelerado. Un estruendo ensordecedor se escuchó cuando una piedra de gran tamaño atravesó el cristal de una ventana.

—Eva, ¡sé que estás ahí! Tu caballo está en la puerta —gritó embravecido el conde-duque, que había accedido a la casa por la ventana que él mismo había roto.

Una hilera de sangre descendía por su camisa rajada, pero la ingesta de alcohol que corría por sus venas enmascaraba cualquier tipo de dolor que pudiera sentir.

—¡Estúpida zorra! ¿Dónde te escondes? —preguntó con una risa jocosa el ruin valido del rey.

Buscaba a toda prisa el objetivo de su ira y estaba dispuesto a encontrarlo. Recorrió toda la casa abriendo las puertas de todas las estancias que hallaba a su paso sin éxito alguno. Subió a la planta superior a través del salón de la vivienda. Volvió a abrir a empujones las puertas, pero no había rastro de la culebrina. Hasta que el conde-duque se percató de que la trampilla que daba acceso a la buhardilla estaba abierta, y las escaleras, descolgadas. Los nervios y la prisa por no ser descubierta habían impedido que Eva pudiera cerrarla. Sujetó las manos a ambos lados de la escalera para subir a la buhardilla. Y la vio frente a él. Se encontraban en lados opuestos de la habitación. Don Francisco empezó a acercarse, Eva intentó esquivarlo. Estaba furioso. Eva no sabía lo que sucedía, pero conocía esa mirada, la mirada que precede al dolor. A ese dolor que tantas veces el conde-duque le había hecho sentir. Maldijo para sí misma la mala suerte que le había acompañado al desobedecer a las nereidas y que ese maldito momento fuera el elegido por el conde-duque para buscarla. Pero el don de la oportunidad es algo que mece a la vida sin tregua ni descanso.

—¡Quieta ahí! —gritó Pastrana al ver que Eva intentaba huir de aquel lugar.

Pero la joven no pudo esquivarlo, le fallaron las piernas por el cansancio acumulado y por los nervios que la estaban dominando. Aquel flaqueo fue el culpable de que el conde-duque la alcanzara y la pudiera sujetar de la muñeca derecha. Acto seguido la tiró contra el suelo haciendo que Eva se golpeara levemente en la cabeza.

—¿Dónde se esconde Julia? —preguntó colérico a la vez que golpeaba la cara de la culebrina con fuerza.

—¡No lo sé! ¡Para, por favor! —lloró desconsolada Eva tapándose la cara con las manos para evitar los golpes.

—¡Dímelo, furcia! —Don Francisco desnudó a Eva de forma violenta—. Mis hombres la han buscado por todo el palacio y no hay ni rastro de ella. Y su armario estaba revuelto.

Eva, tumbada en el suelo, temblaba sin poder mediar palabra. Aquella mujer fuerte y segura se había desvanecido frente a aquel indeseable. Le había consumido las fuerzas y había absorbido poco a poco su alegría de vivir. Y allí estaba tirada frente a su verdugo sin tan siquiera poder implorar perdón.

—¿Acaso no me escuchas? —inquirió colérico el hombre.

—¿Para qué quieres saberlo? —se atrevió a preguntar la culebrina.

—Ha llegado a mis oídos que se ha vuelto una amante de las semillas —respondió con ironía don Francisco dejando entrever que conocía que la joven cortesana estaba encinta—. Así que no te lo voy a volver a preguntar, ¿dónde está Julia? —repitió mientras propinaba patadas en el vientre de la joven.

La culebrina se retorcía de dolor. El valido estaba completamente poseído por la maldad. Una maldad fruto de la soberbia y ansias de poder. A Eva le dolía todo el cuerpo y la piel le ardía. Mientras, no podía retirar los ojos de aquel rostro lleno de ira que seguía golpeándola.

—Te golpearé hasta matarte si no me dices dónde está escondida Julia —le amenazó el valido, que estaba totalmente desatado.

—No le temo a la muerte. —Eva consiguió sacar la fuerza suficiente para verbalizar aquellas palabras con tal de proteger a Julia.

Pero el conde-duque era un hombre inteligente con gran experiencia en el arte de los chantajes y las amenazas. Y sabía a la perfección cuáles eran los puntos débiles de sus enemigos. Y el de Eva lo tenía muy claro: su padre.

—Quizá a la tuya no. Pero cuando acabe contigo, le haré lo mismo a tu padre y lo patearé hasta que escuche cómo se le resquebrajan los huesos. Y después me esperaré para disfrutar viendo cómo se consume hasta su último aliento —dijo rabioso don Francisco.

Eva sintió aquellas palabras como si el filo de una daga le atravesara el pecho y notase cómo se iba colando dentro de ella. Su padre era su punto débil, su flaqueza, todo aquello a lo que rendía pleitesía. Su padre era quien la había convertido en la mujer que era hoy, segura y libre. Él había querido para su hija una educación y unos valores que le permitieran dejar de ser una ciudadana de segunda. Todo lo que le había inculcado le había permitido entrar en las nereidas. Así que aquella advertencia le había dolido más que todos los golpes que le había propinado aquel hombre.

—A mi padre, no, por favor. Mátame a mí, pero no le hagas daño a él, te lo suplico —clamó Eva, completamente destrozada solo de pensar que pudiera hacerle daño a su progenitor.

—Lo haré con mis propias manos —se jactó el conde-duque.

Eva no fue capaz de digerir aquella amenaza y se concentró para apartar por un instante el daño sufrido y ser capaz de hablar. Un llanto desconsolado la asolaba y sabía el peligro que suponía lo que iba a hacer, pero su padre era la única persona que le quedaba a su lado y no podía permitirse perderlo, aunque eso supusiera vender el alma de otra nereida.

—Julia está escondida en el convento de Santa Clara —confesó en un leve susurro, un instante antes de desmayarse presa del dolor.

El conde-duque golpeó levemente con la puntera del zapato el cuerpo de Eva para que quedara completamente bocabajo. La sangre brotaba de las diferentes heridas que tenía en todas las partes de su anatomía y sus ojos permanecían cerrados como si aquel desmayo le hubiera servido para evadirse de la cruda realidad.

El valido del rey Carlos rebuscó entre los objetos que se acumulaban en la buhardilla hasta que encontró una cuerda de yute. La estiró entre sus manos para comprobar que era lo suficientemente larga. Luego se agachó y juntó las muñecas de Eva tras su espalda y las anudó con la cuerda haciendo varios nudos. Después el trozo sobrante lo estiró y lo pasó entre sus piernas anudándolas también. Dejó a la joven atada y moribunda, sin un ápice de remordimiento.

Salió de la casa, se subió a su caballo y galopó a toda prisa. La maldad de aquel hombre no conocía límites y estaba dispuesto a todo con tal de salvar la cabeza, aunque eso le supusiera cortar la de cualquiera que se entrometiera en su camino. Iba anteponer su plan de encontrar a Julia antes que cualquiera de las tretas que tenía activas. Trasladar la corte a Valladolid podría suponerle infinidad de reales, pero que Julia llegara a la corona a él podría suponerle la muerte.

Llegó a la entrada de una taberna y amarró el caballo junto a una decena de corceles, atados en los postes que había anclados a la puerta del establecimiento. Al abrir la puerta el jolgorio se sucedía entre una multitud de hombres que bebían vino y se desgañitaban entre un tumulto de voces que impedían escucharse unos a otros. Risas y camaradería sobrevolaban el ambiente de aquel lugar. Un silbido en los labios del conde-duque hizo callar a todos los presentes.

—¡Preparad las armas! Mañana al caer la noche daremos muerte a Julia Ponce de León.

Y sin saberlo una amenaza de muerte pendía sobre la joven cortesana que llevaba en su vientre al heredero de la corona española.

34

Confesiones

La cocina del Palacio Real ocupaba una amplia zona del lateral de la primera planta del edificio y se accedía a ella a través de la Galería del Ramillete. El pequeño zaguán que la coronaba daba acceso a las salas donde se cocinaba, también servía de vía de entrada a la botillería, el almacén de víveres del palacio y dormitorio de infinidad de botellas que descansaban en él, y que hacía las veces de tugurio improvisado, donde el príncipe Gonzalo y su amigo Nicolás Carranza se desgañitaban entre risas con las historietas amorosas de este último.

Un clavero de armarios de vino de la cava indicaba las bebidas que en este se guardaban, pues en la corte de los Monteros se daba especial importancia al maridaje que se exhibía junto con el festival de platos en cada servicio de comidas. Una mesa de madera con un reguero de cartas sobre ella y coronada además por una botella de aguardiente y dos vasos con apenas un dedo de contenido, pues el líquido ardiente ya había descendido por las gargantas de los dos jóvenes, encumbraba la estancia. El propio rey Carlos había prohibido los juegos de azar para evitar el vicio de los cortesanos y las posibles peleas que se derivaban de ello, y lo hizo para promover la lotería que había surgido con afán recaudatorio por parte de la monarquía. Gonzalo y Nicolás bebían y jugaban al *blackjack*, un juego de cartas de origen francés, ocultos de las miradas de represión de sus padres en aquella taberna imprevista.

—La nueva sirvienta me hace ojitos —fanfarroneó Nicolás mientras cogía con su mano derecha el vaso y le daba un trago largo al aguardiente.

—A ver, ¿cuál de todas? —preguntó Gonzalo, como si se diera por vencido y no tuviese ni idea de a quién se refería su amigo.

—La de los pechos inmensos —gesticuló el joven para describir el tamaño de los mismos, lo cual provocó la risa del príncipe—. Me ha mirado con deseo cuando nos ha visto pasar, quizá debería invitarle a un trago.

—Por favor, Nicolás, ¡esa mujer podría ser tu madre! —rio Gonzalo mientras se llevaba la mano a la frente, como si se rindiera ante las artes amatorias de su compañero de aventuras.

—Ya, pero no lo es —bromeó Nicolás admitiendo una vez más su escasa capacidad para ser selectivo en cuanto a conquistas se refería.

—Mientras no te acerques a mi hermana... —le advirtió el príncipe entre la risa y la amenaza.

—Tu hermana es sagrada. Y Julia también —apostilló su amigo.

—Me dejas más tranquilo, aunque la verdad es que algo le sucede a Julia. La noto distante. El otro día intimamos... —comenzó a sincerarse Gonzalo.

—¡Bribón! Te lo tenías bien calladito —le reprochó jocoso su amigo sin darle importancia al sentir que atormentaba al príncipe.

—Nicolás, ¿podrías comportarte con seriedad y escucharme por un instante? —pidió Gonzalo exasperado a la vez que su amigo asentía con la cabeza prometiéndole seriedad—. El otro día intimamos y la noté distante, como si su mente estuviera en otro lugar. El brillo de sus ojos la delataba. No parecía serena, sino triste. Quizá ya no me ama, quizá ese maldito Mateo ha vuelto a encandilarla.

—No me extraña, ese maldito italiano tiene al gallinero revuelto con esa inmaculada sonrisa —contestó Nicolás molesto, pues había perdido varias conquistas por su culpa.

—Seriedad, solo te he demandado un instante de seriedad —le recriminó el príncipe dándose por vencido.

La puerta de la botillería se abrió de imprevisto y de manera abrupta, causando estupor en los dos jóvenes. Liliana entró agitada en la estancia.

—Nicolás, ¿podemos hablar un momento? —pidió la nereida con prisa.

Gonzalo se giró hacia a su amigo con cierta resignación en el rostro.

—¿En serio le has contado que estábamos aquí? ¡No puedes mantener el pene en secano ni por un instante! —le abroncó el príncipe a la vez que se levantaba y lanzaba sobre la mesa las cartas que tenía en la mano, abandonando a continuación el lugar sin darle tregua a su amigo para explicarse.

—Liliana, comprendo que no puedas resistirte a mis encantos —reprendió jactancioso el joven—, pero te dije que no vinieras aquí, que al acabar yo te haría una visita.

—Nicolás, no estoy para bromas. Esta noche había un encuentro del Ateneo en tu casa y no he acudido, pues el dolor de cabeza me retumbaba en las sienes. Así que me resistí a ello quedándome en mi alcoba. A medianoche vino a visitarme uno de los guardias reales. No es que posea belleza ni me gusten los tugurios por los que suele moverse cuando no anda en palacio, pues suele compartir taberna con otros secuaces del conde-duque, pero sus manos crean en mi cuerpo estallidos de placer incontrolables —explicó Liliana exhausta como si le costara hablar.

—Liliana, ¿dónde quieres llegar? —le interrumpió el joven al no entender el devenir de aquella conversación.

—Había bebido y estaba muy violento. Me contó algo sobre que el conde-duque había visitado a Eva y que ahora iban a hacer algo secreto en nombre de él. Por la crueldad que emanaba de su voz, creo que están preparando algo infame —consiguió expresar Liliana.

—Eso no puede ser, las nereidas se llevaron a Eva a un lugar protegido —objetó Nicolás, que sabía por su padre en qué consistía el plan de huida de las nereidas.

—Es lo único que sé, Nicolás —soltó la nereida, que tampoco entendía por qué la culebrina se iba a encontrar fuera de donde se presuponía que tenía que estar.

—Descuida, Liliana —le tranquilizó Nicolás dándole un beso en la sien—, has hecho bien en venir. Voy a avisar a doña Bárbara para que se aseguren de que Eva está bien y a ver si nos enteramos de qué trama el conde-duque.

La casa de Carranza de Sotillos volvía a dar vida a este nuevo Ateneo improvisado que se había abierto paso de forma tímida tras la disolución del principal, el que dependía de los reyes. Los integrantes de este habían disimulado con cierta resignación la aceptación de su disolución, pero el placer era algo a lo que poca gente estaba dispuesta a renunciar, por lo que los más fieles y leales habían seguido sumidos en esa reciente sociedad creada como sustituto del original.

Jugaban al impávido mixto, algo que antes hubiera sido impensable. Tres hombres y tres mujeres desnudos de cintura para abajo estaban sentados en sillas alrededor de una mesa y sujetaban un guante en la mano derecha, cado uno de un color distinto: púrpura, magenta, cian, amarillo, negro y blanco. La mesa estaba cubierta por un mantel largo que impedía ver lo que sucedía debajo de ella. El suelo se hallaba plagado de reales de las apuestas de los allí presentes, entre los que se encontraba Jorge Novoa como mero espectador. Las copas de vino estaban a rebosar y un violinista tocaba alegres melodías que amenizaban la partida. Una mujer de grandes pechos, bonitas caderas y pelo castaño como el cacao estaba debajo de la mesa. Se acercó gateando hasta uno de los penes erectos que veía desde su posición. Lo sostuvo con su mano derecha desde la base y lo lamió hasta la punta de forma suave, hecho suficiente para hacer que el hombre jadeara y toda la mesa lo señalara.

—¡Tenemos al primer eliminado! ¡Fuera el guante púrpura! —gritó el abogado Carranza de Sotillos ganándose el aplauso de las personas de la sala, que no lo habían elegido como ganador, pero con los abucheos de los que sí lo tenían entre sus favoritos en la apuesta.

Mientras, doña Bárbara y Olimpia charlaban animosamente en un rincón, ajenas al ajetreo de la partida, como si ya fueran inmunes a todos los juegos y prácticas sexuales que se realizaban en el Ateneo.

—¡Vamos a por el siguiente! —dio paso de nuevo el abogado a la vez que sorbía un poco de vino de su copa.

La mujer oculta bajo el mantel de la mesa se deslizó silenciosa hasta posicionarse frente a una de las participantes. La dama en cuestión tenía las piernas completamente separadas haciendo que su vulva quedara al descubierto. Aquello encendió a la mujer, que no dudó en elegir a la participante del guante negro como la siguiente víctima. Posó su mano derecha en el interior de la rodilla izquierda de la invitada y su mano izquierda en el interior de su rodilla derecha haciendo fuerza para separar aún más sus piernas y tener mejor acceso a su sexo. Simplemente con esa apertura y al hacer que los labios se abrieran incluso más, la participante se humedeció. La mujer acercó con sigilo su lengua plana y húmeda y lamió desde la parte que rozaba la silla hasta el inicio de su sexo, esparciendo sobre él la mezcla de los fluidos y su saliva. La participante tragaba con dificultad para intentar ocultar el placer que estaba experimentando. La mujer, al ver que la concursante seguía impávida, realizó pequeños círculos con su lengua aumentando la presión y la velocidad. Entonces logró que aquel sexo se fuera hinchando más y más, preso del gozo que estaba recibiendo. Luego se lamió los dedos y los introdujo mojados en la vagina de la dama. De tal manera iba acompasando los lamidos con la entrada de los dos dedos en ella que la joven acabó soltando un gemido seco que le hizo ser descubierta y descalificada al instante.

—¡Siguiente eliminada! —vociferó Carranza de Sotillos dando un nuevo aviso.

A la vez que los invitados comenzaban otra vez a aplaudir o a abuchear, en mitad de ese tumulto la puerta del salón se abrió, aunque aquello pasó desapercibido para los presentes, inmersos como estaban en el jolgorio. Tan solo doña Bárbara y Olimpia se percataron de que Nicolás había entrado en la estancia totalmente desencajado.

—Nicolás, ¿qué sucede? —preguntó doña Bárbara con preocupación yendo a su encuentro.

El joven había galopado a toda prisa hasta allí. No solo el sudor le resbalaba por el rostro, sino que el cansancio había hecho mella en su respiración entrecortada.

—Liliana me ha contado que el conde-duque fue a casa de Eva y que cree que ahora planea algo espinoso. Debió salir del convento de Santa Clara y volver a su casa... —comenzó el joven.

—Eso no puede ser —respondió extrañada Olimpia uniéndose a la conversación de ambos—. Eva juró que cuidaría de Julia y de ella misma. Ambas prometieron no salir de allí bajo ninguna circunstancia para no ser vistas. ¿Cómo tiene Liliana esa información?

—Anoche un guardia real fue a visitarla a sus aposentos, después de tener un encuentro con el conde-duque en una taberna —finalizó Nicolás con las pocas fuerzas que le quedaban.

—Tranquilos, no nos alertemos con tanta prontitud. Iré a casa de Eva para comprobar si está allí y hablar con ella —se ofreció doña Bárbara—. Vosotros, por favor, atended a los invitados. No podemos permitirnos que un miedo infundado acabe con la única cosa que nos da vida en esta ciudad.

—El sexo —rio despreocupado Nicolás, ante la tranquilidad que le habían aportado las palabras de la dama de compañía de la reina.

—Efectivamente. Y ahora no os preocupéis, que iré a comprobar dónde está Eva —se comprometió la atractiva mujer.

Doña Bárbara abandonó la casa de Carranza de Sotillos y posó con delicadeza el vestido sobre su caballo. Colocó con determinación los pechos de forma correcta entre el corsé que vestía para que los movimientos del caballo no los movieran de forma indeseada. Y trotó hasta la casa de Eva. Llegando a su destino, su enfado se acrecentó al ver a lo lejos que, efectivamente, el caballo de la culebrina estaba sujeto al poste de madera. Eso significaba que estaba en casa y que había desobedecido el mandato de no salir bajo ningún concepto del convento y sin su permiso. Pero al llegar a la puerta el enfado se transformó en preocupación al percatarse de que una de las ventanas de la casa estaba rota y una infinidad de cristales regaban el suelo. Descompuesta llamó a la puerta, pero nadie contestaba.

—Eva, ¿estás ahí? —gritó intranquila la mujer, pero nadie contestó al otro lado.

La inquietud al no obtener respuesta la invadió y siguió aporreando con fuerza, pero todos sus esfuerzos fueron en vano. No vio otra opción que colarse por el hueco roto de la ventana a riesgo de cortarse, pero los demonios se apoderaron de la mente de la dama, que siempre se había caracterizado por ser la más cauta y sosegada de la corte. Un mal presentimiento la invadía, así que se deslizó como pudo entre los cristales rotos con la suerte de que sus ropajes evitaron que los bordes rotos y afilados pudieran llegar hasta su piel.

—¡Eva!

Chillaba mientras se asomaba todas las estancias sin éxito alguno. Le temblaban las manos. Recorrió la vivienda sin encontrar respuesta alguna a lo que había podido pasar…, hasta que al llegar al piso de arriba vio la trampilla de la buhardilla abierta y la escalera descolgada. Se arremangó el bajo del vestido y subió con dificultad. Se quedó petrificada al contemplar la estampa que se situaba frente a sus ojos. Eva, con los ojos cerrados, amoratada y cubierta de heridas que sangraban sin parar, estaba tirada en el suelo atada de pies y manos con una cuerda de yute.

—¡Eva, despierta! ¡Despierta, por favor! —suplicó mientras golpeaba a la culebrina en los mofletes para hacerle recobrar el sentido.

Pero las fuerzas de Eva se habían consumido con la paliza que el conde-duque le había propinado.

—Eva, soy yo, doña Bárbara. Ya estás a salvo, ya estoy aquí, mi niña —siguió insistiendo la mujer completamente destrozada.

Eva comenzó a abrir los ojos con dificultad y suspiró con poca fuerza, pero con cierto alivio al comprobar que era doña Bárbara la que estaba a su lado.

—Es mi culpa —consiguió decir la culebrina con dificultad.

—Dime, ¿qué ha pasado? —preguntó doña Bárbara contrariada.

—Ha sido él. Pero es mi culpa, porque ahora sabe dónde está Julia. Lo siento, doña Bárbara, yo no quería… —empezó a llorar Eva tras su confesión—, pero amenazó con matar a mi padre.

—Tranquila, ya estás a salvo —le tranquilizó doña Bárbara acurrucándola en su regazo mientras le acariciaba el costado dolorido.

—Tengo que ir a ayudar a Julia, va a ir a por ella. Sabe que está en el convento.

—Tú no vas a ir a ningún sitio, Eva. Iré a avisar a Olimpia y al resto de las nereidas, y nosotras iremos a buscar a Julia. Si no hubieras salido del convento como te dijimos... —le reprochó intentando disimular su enojo, pues ya la joven sentía remordimiento suficiente—. Tú júrame que te quedarás aquí, pero esta vez júramelo de verdad.

—Se lo juro —verbalizó con poco ímpetu Eva, pues el dolor de las costillas le impedía respirar con normalidad.

Doña Bárbara salió de la buhardilla a toda prisa para ir en busca de las nereidas. Pero a veces jurar es tan solo un mecanismo de defensa, un estímulo irracional e improvisado que nos hace proveernos de una falsa coraza. La fórmula del alivio instantáneo, la manera de librarnos de la conversación incómoda. En infinidad de ocasiones, jurar se hace en vano para no tener que enfrentarnos a la verdad. Y a las consecuencias que esta conlleva. Eva no quiso creer que los actos tienen consecuencias. La culebrina decidió desafiar al destino y al propio conde-duque. Y no sabía que iba a modificar así el curso de la historia.

35

La huida

La decisión de cumplir una promesa tiene las mismas probabilidades que la decisión de no cumplirla. Las promesas se balancean en el abismo de una moneda lanzada al aire que al rozar el suelo hace que el destino quede relegado a que salga una cara o una cruz. La vida pende del contoneo de una moneda. O de la mente que juega a lanzarla para no sufrir la desdicha del peso que supone tomar la decisión correcta.

Doña Bárbara había cumplido su parte de la promesa, había salido a toda prisa de la casa de Eva para buscar refuerzos en las nereidas. Ella era conocedora de lo que suponía formar parte de las nereidas, sabía el verdadero significado de la unión de aquellas mujeres. Solas podían avanzar, juntas podían llegar al final del camino. Solas podían contar con la fuerza de dos manos, juntas contaban con el poder de una cadena de manos que no se soltaban. Solas podían caerse y levantarse, pero juntas podían sostenerse. Solas podían crecer, juntas impulsaban el crecimiento. Solas podían luchar, pero juntas eran capaces de cambiar el mundo.

Pero inmersa en una amalgama de dolor, la mente de Eva no pudo discernir entre los pros y los contras de si lanzaba la moneda al aire y salía cara o cruz. Eva no quería esperar, el remordimiento por haberle confesado al conde-duque dónde se escondía la joven cortesana la estaba consumiendo a cada instante. Una voz retumbaba en su cabeza recordándole que ella sería la culpable de cualquier cosa que sucediera. Fuera lo que fuese. Y habiendo las mismas probabilidades de elegir cumplir la promesa que había hecho a doña Bárbara de no moverse de la buhardilla o elegir desoír su petición y no acatar su palabra, decidió, sin reflexión alguna, confiar en que las consecuencias de sus actos serían favorables y que ella sola podría salvar a Julia.

A pesar de las magulladuras de su dolorido cuerpo, consiguió llegar hasta la entrada de la vivienda y subirse tras un titánico esfuerzo al caballo. Dejó caer un poco su torso hacia delante completamente abatida y besó la crin del animal intentando que este no notara el dolor que ella sentía. Galopó a una velocidad impensable, pues al desmayarse había perdido la noción del tiempo. Temía que cuando llegase quizá ya fuese demasiado tarde y el conde-duque hubiese ido ya a por Julia. Al llegar al convento de Santa Clara todo estaba sumido en un tenebroso silencio y las luces ya no estaban prendidas, por lo que las monjas y las huéspedes tal vez ya dormirían. Se bajó del caballo justo en la entrada de las dependencias anexas, el espacio reservado para las damas de la nobleza que se recogían en el cenobio al fallecer sus maridos, y donde habían ocultado a Julia, evitando así tener que cruzar todo el convento.

—¡Julia! —gritó Eva mientras abría la pequeña habitación con vistas al bosque que le habían proporcionado a la joven cortesana.

—Por Dios, me has asustado. ¿Qué sucede? —preguntó somnolienta y algo confundida.

—Es mi culpa, Julia. Todo esto es mi culpa, perdóname —rompió a llorar Eva arrodillándose a los pies de la cama de la joven.

Julia encendió la vela de un candelabro y palideció al ver el estado de Eva.

—Pero, Eva, ¿qué te ha sucedido? —preguntó levantándose de la cama y abrazándola instantáneamente para cobijarla.

—Es una larga historia, te la contaré cuando estés a salvo —prometió Eva una vez más.

—¿Cómo que a salvo? —respondió extrañada la joven cortesana sin entender nada de lo que estaba sucediendo.

—El conde-duque viene a por ti. Sabe que esperas un hijo del príncipe Gonzalo y siente que eres una amenaza para sus planes. Tienes que escapar de aquí antes de que te encuentre —le advirtió la culebrina desolada.

—Eva, no pienso irme a ningún lugar. Y no voy a dejarte aquí en este estado. Mi amor y agradecimiento hacia a ti son inconmensurable. Has estado a mi lado en las alegrías y en las penas. No solo te has quedado cuando tenía algo que aportar, sino que has hecho que sea capaz de aportar cuando dentro de mí estaba vacía. Me has moldeado con tus palabras y tus acciones para que le saque lustre a mi mejor versión. Pero has estado a mi lado en todas mis versiones. En aquellas en las que el placer me hacía sentirme una deidad a la que rendirle culto al verme a través de tus ojos, pero también en todas esas en las que mis sombras me apagaban y mostraban esa parte de mí devastada. Tenerte cerca es un regalo. Y siento si alguna vez no supe darte tu lugar, sé que me hubieras amado sobre todo y a pesar de todo. Te pido perdón si yo alguna vez no lo hice. Te merecías un lugar único, un primer lugar. Y fui una idiota por no saber dártelo —se disculpó Julia entre lágrimas aprovechando la intimidad de aquel momento, pues a veces el remordimiento instaura un pesar en el alma que acaba siendo el mayor de los castigos.

—Gracias, Julia, sabes que yo te adoro, pero no te pongas ahora sensible y tierna —pidió Eva devolviéndole una risa a duras penas—, que no es el momento para arrepentimientos.

Por favor, hazlo por mí. Atraviesa el bosque y llega hasta el embarcadero de madera. En la casita junto a él vive Cristina, una preciosa mujer de pelo oscuro, cejas anchas y sonrisa perenne, ella es una de las nuestras. Es una de esas mujeres que te dan la mano y te ayudan a brillar. De las que te ayudan a creer que puedes hacerlo. Llega hasta allí, cuéntale qué ha sucedido, y ella sabrá qué hacer. Tú y yo nos encontraremos más tarde.

—Eva, no insistas, no pienso moverme de aquí. Pastrana no me hará nada —se reafirmó la joven cortesana ante la obstinación de su amiga.

Pero aquella idílica estampa se vio ensombrecida cuando el vocerío de una manada de secuaces del conde-duque irrumpió en el convento golpeando y destrozando todo lo que encontraban a su paso. Las dos jóvenes se sobresaltaron atemorizadas al oír los gritos y los golpes.

—Julia, están aquí, debes irte. Yo los entretendré. —Eva se comprometió con una admirable valentía y demostró una vez más de lo que era capaz de hacer por la joven cortesana.

La terquedad de Julia en no abandonar aquella habitación se desmoronó cuando las voces de los hombres se hicieron más nítidas y pudieron escuchar su amenaza.

—¡Julia Ponce de León, sabemos que estás aquí! Sal ahora mismo de tu escondrijo, maldita rata —gritó con virulencia uno de los verdugos.

Pero a veces antes de aceptar el destino, se puede ser lo suficientemente valiente como para intentarlo una vez más. En aquel frenético momento de aturdimiento y confusión, Julia posó las manos temblorosas sobre la tripa y sintió por primera vez una irrefrenable conexión con la criatura que crecía en ella. Se dio cuenta entonces de que tenía la soga acercándose a su cuello y que ella era la única que podía salvar esos latidos que vivían en su interior. Fue un pensamiento fugaz el que le hizo elegir la cara de la moneda que podría permitirle vivir y hacer que su hijo siguiera con vida.

—¡Corre, Julia! ¡Corre! —le ordenó Eva mientras intentaba atrancar una silla la puerta para entorpecer el paso de los hombres que querían darle caza.

Entre lágrimas Julia posó las yemas de los dedos de ambas manos en el ventanal de la habitación y le lanzó un beso al aire a Eva.

—Gracias por cuidarme. Por cuidarnos —rectificó pasando la mano derecha sobre la tripa antes de escapar por el ventanal, que se encontraba a ras de suelo y por lo que pudo salir con facilidad.

La angustia invadía a Julia. Echó a correr sollozando, bosque a través, evitando mirar hacia atrás para no perder tiempo y no ser alcanzada. Pero tras un rato de inhumano trote, apenas podía mover las piernas, como si alguien le hubiese agarrotado los músculos para evitar que huyera. Los jadeos denotaban cansancio, lejos de aquellos que solían ser la melodía del cuarto rojo del Palacio Real. Aquellos jadeos eran el preludio de una más que anunciada rendición. Las lágrimas desfilaban por las mejillas como si de la marcha de la Guardia Real se tratase. Y una congoja le invadía el pecho haciéndole respirar con dificultad, como si la respiración entrecortada demostrase que las batallas no siempre las ganan los buenos.

Eva había podido entretenerlos por escaso tiempo, pero los secuaces del conde-duque y el propio conde-duque habían seguido los pasos de la joven cortesana atravesando la ventana de su habitación del convento de Santa Clara.

Julia cruzaba aquel bosque oscuro con imponentes encinas que se balanceaban trémulas por el susurro de una descarada brisa. En cada una de sus zancadas, al hundir los pies descalzos en aquel terreno húmedo, el aroma que desprendía la tierra mojada después de la primera lluvia penetraba por sus fosas nasales. Mientras corría, intentaba controlar la respiración creyendo erróneamente que lo conseguiría y apretaba con fuerza su tripa, donde ya latía otra vida. Creía que así haría desaparecer esa sensación de estar a punto de vomitar el corazón por la boca. No con la sensación de ese miedo dulce que asalta cuando los labios se acercan tímidos y temblorosos a la boca de la persona amada y las piernas tiemblan al mismo compás, sino con el miedo que invade cuando se acepta que el porvenir vuelve a ser una moneda lanzada al aire y que queda a la voluntad de alguien ajeno. Ese miedo que rasga las entrañas y seca la garganta mientras el cuerpo siente que está al borde de explotar y paralizarse al mismo tiempo.

Julia quería creer que un milagro la salvaría, que cerraría por un instante los ojos y estaría de nuevo a los pies del rey Carlos, implorando aquel perdón que las devolvió a la vida. Pero ese no era el caso, en aquel bosque ya no quedaba nadie que pudiera perdonarles la vida. Nadie que pudiera impedir aquello que estaba a punto de suceder.

En aquellos últimos instantes, la joven cortesana no sentía las fuerzas necesarias para bailar con la culpa, para no creer merecer aquel castigo, para rebelarse ante la injusticia que recaía sobre las nereidas. Lo que Julia sentía estaba mucho más lejos de la negación que debía asaltarla, porque lo que estaba experimentando en aquella huida eran los claros síntomas de una rendición, porque huir hacia delante también es una forma cobarde de rendirse.

—¡Ahí está la bruja!

Por la lontananza del hilo de voz adivinó que aún estaban lo bastante lejos como para verla, pero lo suficientemente cerca como para alcanzar a oírlos.

—¡A por ella! —aulló desgañitándose una aguda voz de hombre seguida de una jauría de gritos masculinos.

Los alaridos pintaban el cielo y un arsenal de pisadas rompían las ramas que yacían sobre la tierra y daban paso a una melodía de crujidos. Los ruidos se entrelazaban con las agresivas voces de aquellos hombres azuzadas por el conde-duque. Pero, de repente, un silencio sepulcral invadió el bosque. Julia dejó de oír los gritos y las pisadas que la seguían al galope, como si el animal hambriento que persigue a su presa, por alguna extraña razón, se diera por satisfecho.

Calma, sigilo, sosiego.

—¡Alto, hija de Satanás! ¿De verdad creías que ibas a escaparte? —gritó don Francisco.

El miedo a ser descubierta hizo que se abalanzara sobre un seto para encontrar entre sus ramas secas entrelazadas el cobijo que le hiciera ganar absurdos minutos de vida.

Debido a la premura con la que había tenido que escapar Julia vestía un negligé de seda, ajustado en la cintura y con encajes dorados en las mangas, que casualmente era de color blanco, símbolo de la unidad, la inocencia y también de algo peor: la rendición. Las matas habían desgarrado la prenda y habían arañado la piel de la joven. Una hilera de cortes adornaba ahora su cuerpo. Se miró los pies descalzos y doloridos, llenos de barro y sangre, hasta los tobillos, como si llevase puestos unos zapatos. Estaban hinchados. El camisón asimismo tenía retazos de sangre, como si de un lienzo salpicado de pintura se tratase. Le entró un miedo terrible al pensar que podría perder la criatura que llevaba en su interior.

—Si hay algo allí arriba, apiádate de mí. Si hay algo allí arriba, apiádate de mí. Si hay algo allí arriba, apiádate de mí. Si hay algo allí arriba, apiádate de mí. Apiádate de mí, apiádate de mí, apiádate de mí…

Julia rezaba con las manos entrelazadas y posadas sobre la boca, notaba sobre ellas su propio aliento.

No paraba de llorar, y las lágrimas se deslizaban por las manos. Si el miedo sabía a algo, debía saber a aquello. El pánico llevaba su nombre tatuado. Es paradójico que nadie pregunte al nacer si uno quiere hacerlo, y está claro que, al llegar la hora, tampoco nadie pregunta si uno quiere morir. La valía de la vida propia descansa en las manos de un tercero, y los seres humanos quedan a merced de él o del mandato divino, que decide si esos corazones han de seguir latiendo.

—¡Ríndete, maldita!

Repitió el conde-duque fuera de sí, embadurnando el sonido casi magnético de la brisa de aquel bosque de encinas.

—¡Ríndete! ¡Ríndete! ¡Ríndete! ¡Ríndete! ¡Ríndete! —coreó el resto, que elevó el tono de voz hasta la lejanía como si de una manada de trogloditas se tratase.

Julia cerró los ojos y se fundió con la calma de aquel gris intrínseco que vislumbraba en el interior de sus párpados pesados. Creía que en aquella gama cromática podía sentirse a salvo, así que separó las manos, sudadas por el nerviosismo que la poseía, y las llevó hasta los oídos, como solía hacer de niña cuando contaba hasta veinte y se tapaba las orejas para no escuchar las reprimendas del ama de llaves después de haber cometido alguna travesura con Gonzalo. Y apretó otra vez fuerte para que la voz estridente de aquel hombre no se colara por la rendija de los dedos. Pero no sirvió de nada. La voz traspasó las manos, y el corazón se le paró. Inmediatamente apartó las manos de las orejas y las llevó de manera involuntaria hasta la boca, que había quedado abierta por completo al descifrar la cercanía del hombre. Pero a veces en la vida ya es demasiado tarde y cuando Julia abrió los ojos este la apuntaba a escasos metros con un revólver. Un grupo feroz y ávido de sangre lo rodeaba.

—¿De verdad pensabas que ibas a poder esconderte aquí como una rata? —Rio el conde-duque con desdén contagiando rápidamente la falsa risa al resto de los gañanes que le acompañaban.

Las lágrimas brotaron por el rostro de Julia al verse descubierta, pero, sacando una fuerza que en aquel momento ella misma desconocía poseer, alzó la voz y se dirigió firme al hombre que le apuntaba con un arma.

—Hacedlo. Podéis matarme. Podéis darme una muerte indigna para saciar vuestra rabia enfermiza. —Una Julia valiente se encaró ante su verdugo poniéndose de pie frente él.

Pero a aquella amenaza no le siguió ningún reproche. Y a cuando se acaban los reproches, nada le sigue a los puntos suspensivos. El punto final llega a lo más álgido, dando por finalizada la función.

Julia no había dejado de rezar mientras, desafiante, clavaba los ojos en aquel hombre que le había dado caza y apretaba con fuerza el vientre. Aquel individuo seguía sumido en un mutismo absoluto cortado tan solo por una sonrisa provocadora. Aun así, la historia siempre la escriben los vencedores, nunca los vencidos. Y la joven cortesana sabía que su historia jamás sería contada, porque estaba a punto de llegar a su fin.

—¡Julia!

La voz desgarrada de Eva se coló entre los fragorosos árboles dándole un último resquicio de fuerza. La mujer apareció entre el negror de aquel maldito bosque. El sudor bañaba su cabello, que se adhería a su piel sin tregua dando muestra de la fatigante carrera que le había llevado hasta allí. Los rostros desconcertados de todos los testigos se giraron de inmediato ante la inesperada aparición de la culebrina. Así que aquella presencia le confirió la fuerza suficiente a Julia para, con la voz rasgada, lanzar una última amenaza desafiante al conde-duque.

—¡Jamás te saldrás con la tuya, desalmado! —gritó la joven enfurecida.

Al saberse de nuevo protegida tras sentir el candor de la culebrina, Julia intentó escapar emprendiendo una carrera con el último aliento que poseía en sus adentros.

—¡Detente! —ordenó furioso el conde-duque.

Pero la joven no obedeció y confió en que sus piernas poseyeran la suficiente fortaleza como para escapar de allí. Sin embargo, Julia hizo caso omiso a la coherencia que debía haber regido su decisión e, invadida por una boyante rabia, emprendió la carrera en busca de su libertad. Sin darse cuenta de que en la vida cada uno de nuestros actos conllevan una consecuencia. Y que a veces esas consecuencias pueden arruinar la vida de quien menos lo merece. Y Eva no lo merecía, pero estaba a punto de hacer de la teoría del caos bandera. Sin darnos cuenta de que el pequeño aleteo de una mariposa frente a nuestros ojos puede desencadenar un huracán en cualquier otra parte del mundo.

Y las dos mujeres desconocían el alcance que tendrían sus actos y cómo aquel instante marcaría sus vidas para siempre. Con el peor de los castigos.

De repente, el estruendo de un disparo ensordecedor enmudeció aquel bosque de encinas, vistiendo de miedo las pieles de los allí presentes. Y acto seguido pudieron escuchar de manera nítida el silbido que lanzó esa maldita bala.

En el mismo momento en el que un acto reflejo de Eva la hizo abalanzarse al aire sin miramientos e interponerse con su frágil cuerpo en el camino de aquel miserable proyectil. Un proyectil que portaba una condena que marcaría el futuro de esas mujeres para siempre. Pues la bala atravesó la carne de Eva cuando esta intentaba proteger con su cuerpo a su querida Julia. El fatídico estruendo y un punzante alarido que daba cuenta del dolor que le había producido a la culebrina hicieron que Julia frenara en seco y volviera la vista atrás. El corazón de Julia se paró de golpe al ver que el cuerpo ensangrentado de Eva estaba tendido en la hierba. Sus manos se alzaron temblorosas hasta tapar su boca, víctima del estupor que aquella imagen le causó. Y una angustia desmedida perforó todo su ser.

—¡Corre, Julia! ¡Huye! —gritó Eva con el poco hilo de voz que le quedaba.

La joven cortesana, sin tiempo de reaccionar y temiendo que aquel acabara siendo también su destino, llevó su mano derecha al corazón y su mano izquierda a su tripa en señal de agradecimiento mientras que un incesante y jadeante llanto la invadía. Y aprovechando el estupor de todos los testigos al ver que la bala había alcanzado a Eva, la cortesana sacó fuerzas de sus adentros dando brío a sus piernas y emprendiendo una carrera, huyendo de aquel lugar. Al ver que la joven cortesana estaba alejándose sin oposición alguna, una sonrisa vistió el rostro demacrado de Eva al darse cuenta de que había conseguido salvar a Julia y al hijo que llevaba en su vientre. Pero a veces el universo para dar lo que se desea antes ha de llevarse algo. Y a veces ese algo es la propia vida.

—Podrás dejar yacer mi cuerpo sobre la húmeda hierba de este bosque, conde-duque, y dejar que los lobos me desgarren en la fría madrugada. Y, sí, podrás acabar conmigo, pero, mírame a los ojos y presta atención, nunca, nunca, nunca, conseguirás acabar con las nereidas.

Estas fueron las últimas palabras de Eva antes de morir desangrada en aquel bosque oscuro con imponentes encinas que se balanceaban trémulas por el susurro de una descarada brisa.

Calma, sigilo, sosiego.

Calma, sigilo, MUERTE.

Epílogo

La carta

Un año y medio después

Querido Gonzalo:

Me dirijo a ti en estas líneas que escribo temblorosa como humilde consuelo. Sé que este acto causará estupor y sorpresa en tu persona y puede que en el peor de los casos te cause malestar y enojo, Dios no lo quiera. No he tenido fuerza ni valentía alguna para enfrentarme a la desdicha que me asoló aquella noche en el bosque de encinas. Me mata el hecho de haber tenido que huir sin poder tan siquiera abrazarme al torso sin vida de mi Eva, con el infortunio de que las nereidas no llegaran a tiempo para salvarla. Sus preciosos ojos no sintieron un último candor al verlas aparecer. Murió sin nadie amigo a su lado. Aquellos ruines abandonaron su cuerpo en el bosque como si de un despojo se tratase. Como si su piel no fuera digna de consuelo tras haberle arrebatado la vida.

Mi mundo se paralizó por completo y mi vida se derrumbó con el silbido de aquella bala. Ese maldito sonido me atormenta cada vez que el sueño me llama e intento cerrar los ojos para buscar consuelo. Sé que quien debiera pagar por tal atrocidad ha salido impune y que un pobre pusilánime ha cargado con las culpas del hecho, al que seguramente engañaron vilmente con alguna artimaña para que se atribuyera el pecado. Le pagaron dinero para comprar silencio y lealtad. Ese hombre por voluntad propia no hubiese dado un paso así.

Pero las nereidas sabemos la verdad, y algún día ese ruin desgraciado del conde-duque pagará cada lágrima de dolor que a otros ha propiciado. No quiero imaginar cómo estará el alma desgarrada del padre de Eva tras esta horrible tragedia. Algún día sus majestades abrirán los ojos y dejarán de estar cegados por ese hombre que los manipula y los embelesa con falsas cantinelas haciéndoles creer que será él quien los salve de que la corte de los Monteros caiga en desgracia. En palacio, después de todo lo sucedido aquella noche en el bosque, nadie ha vengado el crimen de Eva y todo aquel que sabe algo calla. Temen la muerte, pues don Francisco y sus secuaces la siembren allá por donde van.

Para evitar más angustia y sufrimiento tan solo Cristina, la mujer que me ayudó a huir, conoce mi paradero. Fue ella quien tuvo que socorrerme y protegerme para escapar de allí como si fuera yo una cobarde malnacida. También avisó a las nereidas de que estaba a salvo. De que estábamos a salvo. Sin tan siquiera poder ser yo la que calmara la angustia de esas mujeres, pues me daban por muerta. No quiso Cristina involucrar a nadie más compartiendo la información de dónde me hallo, pues dice que, si alguna vez alguien le diera caza para encontrarme, ella no le teme a la muerte. Debe su vida a las nereidas que la salvaron del cobarde que la corría a palos mientras estuvo casada. Durante este año y medio lejos del Palacio Real, ella me ha traído información de parte de las nereidas y le ha brindado a ellas y a mis padres reportes constantes sobre mi estado de salud, sin entender ellos nada de lo que anda sucediendo, tan solo pudiendo confiar en lo que les cuentan sobre mí. Sin poder tan siquiera dar una explicación a Mateo, antes de volverse a Italia, o a las costureras, que han tenido que creer ese cuento de que una enfermedad en mi mente me ha obligado a volver a Andalucía para encontrar calma y reposo.

Quisiera que valoraras el atrevimiento por mi parte de enviarte esta misiva, pues es la primera vez en todo este periplo que me atrevo a sujetar la pluma y a enfrentarme a una hoja en blanco. Gonzalo, la ira hizo nido en mi cuerpo durante largos e interminables días y mi corazón se petrificó obligándome a dejar de sentir. He estado muerta en vida durante mucho tiempo, pensando en lo gratificante que sería dormirme un día y no volver a abrir los ojos. Quizá así hubiera dejado de sufrir. Sumirme en una serenidad profunda que me llevara a otro lugar donde reinara la calma, donde todo estuviera bien. Donde todos estuvieran bien. Pero una vida crecía en mi interior, y eso fue lo que me alejó de querer dejar de respirar.

Nuestra hija, Gonzalo, fue la que me salvó. Llegó al mundo para cambiar el mío propio. Yo no alumbré vida, ella me la dio a mí. Carmen, mi Carmen, nuestra Carmen. Ojos grandes como luceros y una sonrisa perenne presidida por dos paletas graciosamente separadas. Una pilla risueña de diez meses. Sé por doña Bárbara que maldijiste mi persona cuando te comunicó mi estado y mi huida de palacio, pero yo tan solo quería protegerte. Protegernos. Y proteger también a la infanta Loreto. No habría para mí mayor satisfacción en el alma que el verla a ella heredar el trono del reino de España, pues el deber que ella siente hacia esa corona y hacia su pueblo nos hubiera hecho poder vivir un hecho histórico: tener por primera vez a una reina digna. Aunque no pudiese reinar de la mano del hombre al que ama. Ahora poseo en mi conocimiento que una de tus decisiones ha truncado sus ilusiones, aunque reconozco que una parte de mí confía en que, aunque haya pasado mucho tiempo, el plan de las nereidas acabe de una vez por todas funcionando.

A pesar de todo, yo solo quería resguardarte, pues si tu padre hubiera sabido que llevaba en mi vientre una futura heredera, te hubiera obligado a reinar haciéndote un infeliz para siempre. Porque eso es lo que me decías, que esa corona te desterraría a la mayor de las desgracias. Y el amor que sentía por ti no podía permitir que eso sucediera.

En realidad te escribo esta carta tras haber leído en un periódico la noticia de que vas a casarte. Por lo que dándose el hecho de tu casamiento ya no podrá ser mi Carmencita el motivo por el cual tu padre te haga subir al trono. Siento que tu unión en santo matrimonio nos libera a tu hija y a mí de las cadenas que nos ataban. Es por eso, Gonzalo, que he decidido que es hora de volver a casa. Es el momento de volver a palacio.

Siempre tuya,

Julia Ponce de León

Anexo

Los capítulos de este libro están basados en historias reales

Capítulo 3: Sobre la eliminación de los títulos nobiliarios

Con todos los frentes abiertos en la dinastía de los Monteros, sobre todo desde que el príncipe Gonzalo decidió no casarse con Gadea, las consecuencias en la corona pueden ser muchas, pero en una familia real, ¿se pueden quitar los títulos nobiliarios?

La reina Isabel II de Inglaterra tomó medidas drásticas para castigar públicamente el comportamiento de su hijo, el príncipe Andrés, tras destaparse un escándalo sexual en el que estaba involucrado. Este fue denunciado por Virginia Giuffre, una joven que sufrió abusos por parte del príncipe, pues mantuvo relaciones sexuales con ella cuando esta era menor de edad. Además, Virginia estuvo obligada a realizar encuentros sexuales en contra de su voluntad, víctima de una red de tráfico sexual orquestada por el millonario Jeffrey Epstein y su socia Ghislaine Maxwell.

Cuando la información salió a la luz pública, la Casa Real tuvo que reconocer todos los hechos. Estos acontecimientos obligaron a la reina a despojar a su hijo de todos sus rangos militares, a obligarle a abandonar el patronazgo de las fundaciones de caridad de las que formaba parte y a prohibir que recibiera el trato de alteza real en los actos oficiales de la Corona.

Pero el escándalo alcanzó tales dimensiones que para muchos estas medidas fueron insuficientes y las altas esferas comenzaron a exigir que se le retirase el título de duque de York. En el Reino Unido existe una ley de la nobleza *(peerage law)* que regula todas las actuaciones relacionadas con los títulos nobiliarios, como los ducados o los condados.

El título nobiliario de duque de York se lo había otorgado la reina Isabel en 1986 como regalo por su matrimonio con Sarah Ferguson. A pesar de que se divorciaron diez años después, el príncipe lo conservó. Y es que a pesar de haber sido la reina la que se lo había concedido, esta no podía revocarlo, pues necesitaba de una ley aprobada por la Cámara de los Comunes y la de los Lores, y que después contase con la aprobación real. Por tanto, en la actualidad el príncipe Andrés sigue manteniendo su ducado.

Sin embargo, la reina Margarita II de Dinamarca despojó del título de príncipe a cuatro de sus ocho nietos, que a partir de ese momento pasaron a llamarse excelencias. Según comunicó la reina, la razón de su decisión se basaba en que quería que sus nietos pudieran llevar una vida más normal. En realidad, se cree que esta decisión se tomó para reducir el tamaño de la monarquía danesa y así mantenerse en línea con los tiempos actuales, proteger la institución en el futuro y conseguir el apoyo de los ciudadanos.

Capítulo 7: Sobre los vapores melancólicos de Felipe V

El rey Carlos Serna de los Monteros padece de vapores melancólicos y esto afecta a sus decisiones políticas y familiares, además de crear desconfianza entre los más poderosos del reino y también entre el pueblo por sus extraños comportamientos. Los vapores melancólicos los padecía también el rey Felipe V. En la actualidad, se conocen con otro nombre: depresión. El monarca tuvo desde que era niño, y por la educación que había recibido, una personalidad muy frágil que hacía que tendiera a la tristeza. Se sabe que sufría de un trastorno bipolar, pues tenía épocas en las que se sumía en una aflicción absoluta que combinaba con otros periodos llenos de euforia. Vivía en una línea de comportamientos extremos.

Con diecisiete años tuvo que venir a España para hacerse cargo de la corona española. Además, su adicción al sexo le pasó factura por sus férreas creencias religiosas y el sentimiento de culpa que le asolaba. Dedicaba poco tiempo a los asuntos reales y mucho a las relaciones sexuales con su esposa. Dicen que llegó a dormir con un confesor en su alcoba para que pudiera salvar su alma y limpiar sus pecados después de mantener relaciones con la reina. Tras la muerte de esta sus vapores melancólicos se fueron agudizando. No se cambiaba la ropa, porque pensaba que así podrían envenenarle a través de las telas; sufría pesadillas; era hipocondríaco; no se cortaba las uñas; no se aseaba y perdía su identidad humana llegando a pensar que era una rana. Lo único que le salvó de sus dolencias fue la música de Farinelli.

Capítulo 8: Sobre las cartas falsificadas y las intrigas de Jeanne Valois de la Motte

El conde-duque no tiene ningún escrúpulo en falsificar cartas y hacer creer que son del propio rey Carlos para conseguir sus propósitos ante don Juan, el valido francés. Uno de los casos más famosos de este tipo de cartas falsificadas de un monarca tuvo como protagonista a la reina María Antonieta.

En el año 1785, el obispo de Estrasburgo, el cardenal de Rohan, fue llevado al engaño a manos de Jeanne Valois de la

Motte, su esposo Antoine-Nicolas de la Motte y un proxeneta y oficial de gendarmería llamado Rétaux de Villette. El inocente religioso, creyendo que le estaba haciendo un favor a la reina María Antonieta, compró un collar por petición de estos tres individuos. El hombre, aunque era la mayor autoridad eclesiástica de Versalles, quería conseguir el reconocimiento de la reina.

El collar realmente fue un encargo del rey Luis XV para regalar a su amante, madame du Barry. Se lo encomendó a los mejores artesanos del momento que crearon una pieza sensacional. Pero la muerte sorprendió al rey y el collar nunca llegó a su amante. La discreción de los joyeros hizo que nunca contaran para quién era ese collar y acudieron al rey Carlos III para intentar que lo comprara, pero este creyó que era demasiado caro para adquirirlo. Así que, tras la negativa real, se presentaron ante María Antonieta, conocida por sus caprichos, pues despilfarraba el dinero en vestidos y complementos. Y aunque la reina quedó prendada por la belleza de esta pieza decidió rechazar su compra.

Con cartas falsificadas con la rúbrica de la reina bajo el nombre de «María Antonieta de Francia» (signo de ser una falsificación, pues los reyes siempre firmaban con su nombre de pila) y tras un encuentro con la reina (al que acudió una doble, una prostituta parisina con gran parecido), el cardenal finalmente adquirió el caro collar de dos mil ochocientos quilates repartidos en seiscientos cuarenta y siete diamantes y se lo dio a los estafadores, porque según las cartas era una petición de la propia reina. El precio: un millón seiscientas mil libras, que se pagarían en cuatro plazos. El primero lo desembolsaba el cardenal para que pudieran entregarle la joya. Los estafadores desmontaron el collar y vendieron las piezas. Los joyeros alertados al no recibir los siguientes pagos, acudieron directamente a la reina, destapándose así la estafa. Lejos de conseguir el beneplácito del pueblo con este asunto, se volvió en su contra, pues quedó al descubierto la corrupción que se daba en la corte y la mala situación de las finanzas públicas.

Los tres estafadores fueron castigados, pero Jeanne se escapó con la ayuda de alguien que le abrió su celda. Publicó unas memorias donde mostró a María Antonieta como una sádica lesbiana dedicada a las infidelidades, las orgías y el derroche. Estas memorias provocaron que el odio hacia la monarca se intensificara. Con la Revolución francesa, la Convención la vio como una especie de víctima de la monarca y la invitaron a regresar a Francia con todos los honores y el favor del pueblo. Pero antes de que esto sucediera, se tiró por una ventana. Aunque las malas lenguas sostienen que fue asesinada por agentes de la monarquía francesa.

Capítulo 9: Sobre el recibimiento de Ana de Austria en la corte de Felipe II

La corte de los Monteros recibe por todo lo alto a la princesa Gadea en su vuelta a palacio, después de la humillación pública a la que se enfrentó la joven al ser rechazada el día de su boda por Gonzalo, el que debiera ser su futuro marido. Este es el segundo intento para conseguir la corona de España y la recepción a la princesa se hace sin escatimar en gastos. Este mismo recibimiento fue el que vivió Ana de Austria cuando llegó a la corte de Felipe II.

Cuando falleció la tercera cónyuge de Felipe II, Isabel de Valois, sin tener descendencia masculina, rápidamente se puso en marcha una estrategia para buscar una nueva esposa al monarca. Finalmente decidieron que la elegida fuera Ana de Austria, la propia sobrina del rey. Se trataba de un matrimonio de conveniencia, sobre todo por motivos estratégicos.

Ana era hija del emperador Maximiliano II de Austria y de la hermana de Felipe II, María de Austria. Tras conseguir rápidamente la dispensa matrimonial, se firmaron las capitulaciones y se entregó una considerable cantidad de dinero en concepto de dote que Ana proporcionó para la boda. El primer enlace se realizó en Praga por poderes sin la presencia del rey. Después, la princesa fue llevada hasta España, donde a su llegada se cuidó hasta el último detalle. El viaje se hizo con todos los honores y mostrando el poderío que poseía la corona española. Se creó la ruta perfecta para que nada quedara al azar. Llegó a Santander tras dos meses viajando desde que salió de Austria. Posteriormente se dirigieron a Segovia, donde todo estaba preparado para la increíble boda. A dicho evento acudieron todos los grandes de España y las mayores personalidades del país.

El país se encontraba en una situación delicada, por lo que Felipe II debía incorporarse a la vida política con la mayor celeridad. Aun así, la bienvenida a Ana de Austria se planeó cuidadosamente para que no faltase nada y sirviese también para mostrar una imagen de poder.

La ciudad se vistió de fiesta con la llegada de la esperada visita real y se celebró sin miramiento alguno. Del 26 al 29 de noviembre de 1570 Madrid recibió a Ana de Austria con todos los honores. La nueva reina fue protagonista de un trayecto triunfal. Un besamanos, construcciones efímeras y música acompañaron al cortejo. Además de bailes, numerosos juegos y fuegos artificiales. Aunque los detalles estaban cuidados hasta la extenuación, algo se escapó de ese control: los comportamientos humanos. Y es que una de sus hijastras al conocerla le hizo un desplante.

Capítulo 10: Sobre la abdicación de Carlos IV, el motín de Aranjuez y el valido Godoy

Los vapores melancólicos del rey Carlos le están dejando sin fuerzas y muchas de sus actuaciones se ven perjudicadas por los delirios que en algunos momentos le invaden, así que el miedo a perder poder y que el pueblo pueda rebelarse le quitan el sueño. Todos estos temores han sido infundados por el propio conde-duque, que movido por sus intereses personales ha convencido al rey de que la única salida digna para la corte de los Monteros es el exilio o la abdicación, ya que son muchos los cortesanos que murmuran acerca de sus capacidades como rey. Además, por algunos lares se empieza a transmitir una imagen negativa del rey Carlos, su círculo más cercano se preocupa por tapar estos rumores por temor a un levantamiento del pueblo. Una situación similar vivió el rey Carlos IV, que finalmente fue el protagonista de un levantamiento.

Entre el 18 y 19 de marzo de 1808 estalló en España el motín de Aranjuez. Este motín popular quería poner freno al poder y a las políticas del valido del rey Carlos IV, Manuel Godoy. España estaba sufriendo una fuerte crisis económica y las arcas del Estado estaban vacías. Por otra parte, el pueblo tampoco veía con buenos ojos el ambiguo comportamiento de las tropas francesas que habían entrado a España ni entendía cuáles eran las verdaderas intenciones de Napoleón Bonaparte, quien manejaba como si fueran títeres a una familia real frágil y en total discordia. Convencieron al rey de entrar a España para conquistar el reino de Portugal, y la realidad fue que las tropas francesas comenzaron a ocupar algunas ciudades españolas. De ahí que el pueblo se rebelara.

Godoy, el valido del rey Carlos IV, preocupado por los hilos que estaba moviendo el emperador francés, parece ser que estaba convenciendo a los Borbones para que huyeran a América. Estos rumores llegaron a los ciudadanos y esto hizo que estallase el motín. Los amotinados exigían que se destituyera a Godoy, por lo que asaltaron su casa, pero nunca le encontraron. Para calmar a la gente, el rey promulgó una ley que privaba a Godoy de los empleos de generalísimo y almirante. Pero esto no fue suficiente, porque los amotinados querían que el rey abdicase y que la corona fuese a parar a manos de su hijo Fernando VII. Esto fue lo que finalmente ocurrió.

Las decisiones del nuevo rey parecía que iban a quitar poder a Godoy, pero la sombra de Napoleón era alargada y persuadió al monarca para que devolviera la corona a su padre. Así lo hizo, y el siguiente paso de Carlos IV fue transmitir los derechos reales a Napoleón. Un mes después, este se los cedió a su hermano José Bonaparte, que se hizo con la corona española y fue conocido como «el rey intruso».

Capítulo 14: Sobre la obsesión de Luis XIV por ver a las mujeres de parto

El rey don Carlos tiene una obsesión similar a la que practicaba también Luis XIV. El monarca de la corte de los Monteros disfruta viendo a las mujeres dando a luz. Parece ser que dicho gusto también lo tenía el Rey Sol. De hecho, cuando se especula sobre por qué en el siglo XVIII se cambió la forma en la que las mujeres eran atendidas en el parto (o bien acostadas sobre sus espaldas, o bien inclinadas hacia delante con las piernas apoyadas en estribos de manera horizontal, en vez de parir de manera más natural, en vertical), se dan dos referencias: la primera, que médicos y cirujanos se fueron adentrando en el mundo de los partos arrinconando poco a poco a las parteras. Para ellos, la posición horizontal resultaba mucho más cómoda para inspeccionar a la mujer e intervenir en el alumbramiento en caso de necesidad. Pero la segunda referencia indica la manía fetichista del monarca Luis XIV, que se excitaba asistiendo a los partos tanto de su esposa como de sus amantes. Se dice que para su comodidad y para que pudiera observar atentamente, estas parían tumbadas.

Actualmente la propia Organización Mundial de la Salud recomienda el parto vertical en los embarazos de bajo riesgo.

Ya sea de pie, acuclillada, arrodillada o en cuadrupedia, es más conveniente para la mujer, pues se ha reconocido que la verticalidad incrementa la autonomía de la parturienta, facilita la tarea de empujar y reduce los dolores de las contracciones. Además, el bebé tiene más espacio y la fuerza de la gravedad contribuye a que entre en el canal de nacimiento con mayor rapidez.

Sin embargo, en aquella época todo era cuestión de una buena perspectiva para el Rey Sol, que asistió a los alumbramientos de su esposa María Teresa de Austria (seis partos) y a los de sus amantes madame de Montespan (siete partos) o Luisa de la Vallière (cuatro partos). El rey se excitaba con dicho «espectáculo» y tenía que verlo de la mejor manera y estar además cómodo..., que ellas lo estuvieran o no daba lo mismo.

Capítulo 15: Sobre la corrupción del duque de Lerma

Eva sabe demasiado sobre la corrupción del conde-duque; por eso vive sus últimos momentos sometida a él. Don Francisco actúa como otros nobles y poderosos que trataron de acaparar e influir en los monarcas a base de corrupciones y tejemanejes. Eso fue lo que ocurrió con el duque de Lerma. Se cuenta que el valido de Felipe III supo manejarle a su antojo y que además no disimulaba en sus manipulaciones. Con sus corruptelas se convirtió en uno de los hombres más ricos de España. Además, no solo saqueaba las arcas reales, sino que también beneficiaba a amigos y familiares con cargos en el reino, como hace el conde-duque cuando le consigue un trabajo en la corte como pintor a Rafael, padre de Julia. El duque de Lerma convenció al rey para trasladar la corte de Madrid a Valladolid en 1601, encargándose antes de adquirir allí terrenos y palacios a bajo costo para luego vendérselos a la Corona cuando se instalaran en la ciudad castellana. Así que se dice que el duque de Lerma se convirtió en el primer especulador inmobiliario de la historia.

Curiosamente fue la esposa de Felipe III, Margarita de Austria, quien impulsó la caída del valido cuando se reunió con los nobles perjudicados por las acciones del duque y quien puso en marcha un proceso para derrocarle. Durante la investigación de sus fianzas se destaparon todas sus artimañas. La reina no pudo ser testigo de la caída del poder del duque, pues murió durante su último parto. El duque, no obstante, para evitar ser juzgado, se metió a cardenal y se apartó de la vida pública.

Capítulo 17: Sobre el sexo en las fiestas de Versalles

Las fiestas en la corte de los Monteros no tienen nada que envidiar a las que se celebraban en Versalles, donde el sexo y el alcohol eran los invitados principales. En la corte del rey Carlos, tras las máscaras, cualquier cosa puede ocurrir, pero los supuestos escándalos de las de Versalles llegan hasta nuestros días.

A Luis XIV, el famoso Rey Sol, le encantaba celebrar fiestas de índole sexual en palacio. Él inauguró este tipo de celebraciones en Versalles y se convirtieron en tradición de los distintos reinados. La sensualidad y el alcohol estaban presentes en las estancias y jardines. Todo era placer y deseo. Versalles nació siendo un pabellón de caza que el rey utilizaba para sus escarceos amorosos. Su casa de placeres. Finalmente pasaba más tiempo allí que en París, así que decidió trasladar la corte.

Luis XIV inauguró estos eventos con una fiesta en los jardines llamada «Los placeres de la isla encantada», que dedicó a Alcina, una poderosa hechicera que utilizaba sus poderes para atraer a los hombres. Una vez que se cansaba de ellos los transformaba en animales salvajes. La fiesta duró seis días de mayo y despertaron la imaginación de la corte. En teoría estaba dedicada a su madre (Ana de Austria) y a su esposa (María Teresa). Nada más lejos de la realidad, pues no solo era una demostración de su enorme poder, sino que el rey, que siempre había estado entregado a sus pasiones, también buscaba presentar libremente a su amante, madeimoselle de La Vallière, ante la corte. Días de desfiles, juegos de todo tipo como la lotería, ballets, obras de teatro de Moliére (una llamada *Casamiento a la fuerza* y que se cree que fue un guiño a su amante)... Versalles de puertas para adentro se acabó convirtiendo en un templo de deseo y libertinaje.

Capítulo 20: Los encantos de madame Du Barry y el origen de los olisbos

Durante numerosas ocasiones Julia busca el placer de su cuerpo gracias a un dildo. Aunque, la corte no es pionera en la utilización de dicho objeto, porque ya en Grecia se usaban los olisbos. La palabra olisbo significa «resbalar» o «deslizar», aclarando así la función que tenía dicho objeto de forma fálica. Los materiales de los olisbos eran variados: cuero, madera o cerámica. Algunos los rellenaban con hierbas secas, telas o pelos de animal y, a veces, los impregnaban de aceite para que pudieran resbalar con más facilidad al entrar en la vagina y que la masturbación pudiera cumplir su placentero cometido.

Hay personajes de la historia que conocían a la perfección la utilización de los dildos y, sobre todo, que sabían la importancia de regalarle al cuerpo el placer sexual. Uno de estos personajes era madame Du Barry, de orígenes humildes y considerada una de las amantes preferidas del rey Luis XV. Poseía una belleza especial: cabello rubio, pelo rizado, ojos azules y tez pálida. Y esto hizo que sus cualidades no pasaran desapercibidas para un famoso proxeneta, que la elevó a lo más alto de la sociedad francesa introduciéndola en Versalles como prostituta de lujo, acompañando a hombres muy poderosos. Acabó enamorando al rey por sus encantos y su gran inteligencia. Aunque esto le hizo tener grandes enemigos en la corte de Versalles, como la propia María Antonieta. Cosas del destino, ambas acabaron siendo guillotinadas durante la Revolución francesa.

Capítulo 22: Sobre la enfermedad de la reina virgen

La infanta Loreto vive engañada sin conocer el secreto que le impide reinar: una malformación del aparato genital femenino le niega la posibilidad de mantener relaciones sexuales satisfactorias y no le permite, además, menstruar. Este hecho hace que no pueda tener hijos y que por lo tanto no pueda dar continuidad a la dinastía de los Monteros. Si en aquel entonces se hubiera podido diagnosticar a la infanta se hubiese sabido que padecía el síndrome de Rokitansky. Y no hubiera sido la única, pues se cree que dicho síndrome también lo sufrió Isabel I de Inglaterra, la reina virgen. Este síndrome conlleva la ausencia de la parte superior de la vagina y el útero. Aunque las mujeres que lo padecen suelen poseer ovarios normales. Su desarrollo puberal y respuesta sexual son correctas, y genitales externos, normales, pero con ausencia de menstruación e imposibilidad de gestar.

Isabel I de Inglaterra fue hija de Ana Bolena y Enrique VIII. Su largo reinado duró cuarenta y cuatro años. Por eso, a la segunda mitad del siglo XVI se la conoce como la época isabelina. La monarca nunca se casó y murió sin descendencia. A pesar de que se ha documentado que tuvo una intensa vida amorosa, pero que acababa rechazando a todos sus pretendientes, es posible que no pudiera mantener relaciones sexuales por la anomalía en su vagina. Se cree que practicaba el sexo anal. De hecho, el embajador de Londres en una carta que le envió al rey Felipe II le alertó con estas palabras: «La reina posee algo que la incapacita para el matrimonio». Y ella misma decía que tenía un secreto que jamás revelaría ni a su alma gemela. Aunque no se pudo saber con certeza por qué tras su muerte no permitió que ningún hombre la embalsamara ni la tocara.

Capítulo 24: Sobre el uso de la palabra «pardiez»

El enfado que tiene Gadea al ver los obstáculos que la separan de portar la corona española hace que acabe expresando su malestar a través de una desconocida palabra que fue muy usada en esa época: «¡Pardiez!». Y en la cumbre de ese disgusto decide acudir a la salita de porcelana, una estancia verdadera del Palacio Real.

«Pardiez» fue una palabra bastante utilizada en el Siglo de Oro y aparece en numerosos libros. Fue usada por grandes figuras de la literatura como Cervantes, Quevedo o Lope de Vega. Servía para enfatizar cualquier juramento, porque era algo así como «en nombre de Dios» o «por Dios». Lo interesante de su uso es que se eligió esa fórmula porque de ese modo no se tomaba el nombre de Dios en vano, pues la religión por aquel entonces era una cosa muy seria y no se podía nombrar al Señor por cualquier cosa. Así que se utilizó este eufemismo cuando una persona quería confirmar que un asunto era de vital importancia y quería que Dios fuera testigo. ¿Cómo encontraron la fórmula adecuada? Pues parece ser que del francés, justo de donde proviene Gadea. En dicho idioma se dice *Par Dieu!*, y «pardiez» fue su adaptación al castellano.

Capítulo 25: Sobre los lupercales, la fiesta en la que se celebraba la sexualidad

En la corte de los Monteros, la creación del Ateneo nace para dar rienda suelta a la imaginación y poder realizar las fantasías de los miembros del mismo. Un lugar donde el sexo es el alma de todas las fiestas. Y es precisamente en una de estas celebraciones donde la corte decide hacer una muestra de la mentalidad rendida al placer que poseen, celebrando junto a los italianos que acaban de llegar al palacio un ritual en honor de la fertilidad. Dicho evento ya se llevaba a cabo en la Antigua Roma cada 15 de febrero, cuando los romanos celebraban la fiesta de los lupercales.

Los lupercales tuvieron su origen en la fundación de Roma y en los gemelos Rómulo y Remo, amamantados en una cueva por una loba llamada Luperca. También se tomaba como referencia al Fauno Luperco, el dios romano de la fertilidad, sexualidad y masculinidad, muy unido al mito fundacional, pues su santuario se encontraba en la cueva del Palatino.

El artista italiano Andrea Camassei pintó un cuadro, aproximadamente hacia el año 1635, titulado *Fiestas lupercales*, donde ilustraba la naturaleza erótica de dicha celebración. En ella, los lupercos (hombres jóvenes que se adentraban en la vida sexual) corrían desnudos y borrachos mientras llevaban unas tiras de piel de cabra y golpeaban eróticamente a las mujeres que se cruzaban en su recorrido, pues se creía que con estos azotes se aumentaba su fertilidad. Era un ritual de purificación y de ovación a la fecundidad. Y podía acabar con la práctica de sexo en cualquier lugar o rincón. Al igual que en el Ateneo de la corte de los Monteros, en los lupercales todo estaba permitido. La fiesta acabó siendo prohibida por el papa Gelasio I y sustituida por la actual celebración de San Valentín.

Capítulo 26: Sobre los test de orina y el complot en El Escorial

Ante las sospechas de que Julia pueda estar embarazada, doña Bárbara pide a Eva que realice una prueba consiguiendo semillas de trigo y cebada para que la cortesana orine en ellas. Si dichas semillas germinaban eso significaba embarazo. Además, según cuál de las dos semillas germinase podían saber cuál sería el sexo del bebé: esperarían una niña si germinaba el trigo y un niño si lo hacía la cebada. Esta práctica fue real y ya documenta en un papiro del Antiguo Egipcio de hace cuatro mil quinientos años. En dicho documento ya se establecía como una de las primeras pruebas de embarazo de la historia la prueba con orina. El papiro describía cómo una mujer orinaba sobre semillas de trigo y cebada durante varios días para saber si estaba embarazada.

En este capítulo también encontramos la conspiración y un complot que están preparando las nereidas para poder acabar con el poder que posee el conde-duque, el valido del rey Carlos. Para poder conseguir que todo esto tenga un resultado satisfactorio deben contar con la ayuda de la infanta Loreto. Unas artimañas que ya tuvieron lugar durante el reinado de Carlos IV, en su propia corte. Su hijo Fernando de Borbón fue el protagonista de una conspiración fallida en la que intentaron derrotar a Godoy, valido del rey y también amante de la reina María Luisa de Parma. Esta última era el principal apoyo de Godoy en la corte.

La conspiración de El Escorial se descubrió el 27 de octubre de 1807. Todo comenzó cuando el príncipe Fernando quiso eliminar de la corte a Godoy, pues estaba ganando un descarado poder al ser nombrado por su padre almirante general de España e Indias y protector del comercio marítimo. Esto permitía que se le tratase de alteza, como si fuese un infante. Pidió a Escoiquiz, uno de sus hombres de confianza, que le aconsejase sobre cuáles eran los medios para salvarle de las tramas del tirano Godoy y poder socorrer así al reino y a sus padres, pues era conocedor de la ciega afición que los reyes tenían por él y estaba seguro de que serían sus primeras víctimas.

El príncipe pidió ayuda a figuras poderosas del momento e incluso se planeó que, para obtener el apoyo de Napoleón y los franceses en dicha causa, se pudiera ofrecer el propio príncipe Fernando para casarse con alguna dama francesa que perteneciese a la familia de Napoleón para que así este pudiera extender su poder. Esto último se haría a través de una carta sin pedir permiso al rey. Al final el complot fue destapado por los espías que tenía Godoy en París y que pusieron en su conocimiento y, por en ende, en el de la reina sus intenciones. Fernando tuvo que pedir perdón por sus artimañas para hacerse con el poder, aunque al año siguiente volvió a la carga con el motín de Aranjuez.

Capítulo 27: Sobre las acciones de Napoleón y España contra Inglaterra

El plan que establecen las nereidas para derrocar al conde-duque y motivo por el cual deciden volver a reunirse a pesar del peligro que eso supone, pues el rey las castigó con la disolución de su sociedad clandestina, se basa en la propia estrategia que siguió Fernando VII contra su padre Carlos IV.

Napoleón aprovechó el momento de debilidad de la corona española para conseguir entrar en el país. España estaba en su punto de mira, pues se consideraba un perfecto punto estratégico para sus planes expansionistas. Esto se debía a que España contaba con el control del acceso al mar Mediterráneo y poseía también el imperio colonial en América, considerado una fuente de riquezas. Aunque desde un inicio hubo dudas de las relaciones que había entre España y los franceses.

Por otra parte, Napoleón había ideado un plan para llevarlo a cabo a través del mar y que le permitiría invadir las islas británicas. Para ello contaba con la Armada Española, que le serviría para llevar a buen fin su estrategia política y sus ganas de expansionismo territorial. Dentro de las famosas guerras napoleónicas, se desarrolló la guerra anglo-española, donde España contó con el apoyo de Francia. Las primeras maniobras de los españoles se realizaron para ayudar a Francia en su plan de invadir Gran Bretaña. Lo que se pretendía es que la flota franco-española distrajese a los barcos británicos para que mientras tanto el ejército napoleónico cruzase sin problema ni impedimento el canal de la Mancha.

Lo que sucedió es que Napoleón, aun siendo un buen estratega por tierra, no lo era así por mar y su plan contra los ingleses no funcionó. La flota franco-española fue derrotada en 1805 en la famosa batalla de Finisterre y en octubre de ese mismo año también perdieron en la batalla de Trafalgar. Estas derrotas supusieron el principio del fin de los sueños imperiales napoleónicos.

Además, también terminarían saltando por los aires las relaciones entre Napoleón y España, porque el francés intentaría invadir claramente el territorio español. Lo hizo a través del Tratado de Fontainebleau, en el que Godoy acordó con Napoleón dejar paso libre a las tropas francesas para poder cruzar España e invadir conjuntamente Portugal, que eran aliados de los ingleses. Pero lejos de la realidad, las tropas francesas fueron tomando las principales ciudades españolas, lo que desencadenó el motín de Aranjuez, cuya consecuencia fue que el hermano de Napoleón, José Bonaparte, acabara siendo rey de España.

Capítulo 31: Sobre las doñas en los conventos y la ajetreada visita de Isabel II a Almería

Ante el peligro que supone que la corte se entere del embarazo de Julia, las nereidas deciden esconderla en el convento de Santa Clara. Eva la acompaña para cuidarla y protegerla. Y es que la posibilidad de refugiarse en un convento sin ser monja era una realidad. A las mujeres que vivían en los conventos, pero que no eran monjas, se las llamaba «las doñas». Solían tratarse de mujeres con un alto poder adquisitivo y que comenzaban a vivir allí acompañadas de su personal de servicio. Utilizaban los conventos como sus residencias particulares, buscando en ellos su refugio. La decisión de instalarse en esos establecimientos religiosos la tomaban cuando se quedaban viudas y no querían volver a casarse o también cuando no querían casarse y esa era su única salida. Pero estas decisiones tenían un mismo denominador común: esas damas gozaban de ciertos privilegios y libertades, y podían huir así de las imposiciones sociales que recaían sobre ellas por el hecho de ser mujeres. Sobre todo, esta medida les permitía huir del matrimonio, que en la mayoría de las ocasiones era forzado, o evitar la maternidad, que en muchas ocasiones iba asociada a la muerte por las complicaciones que sufrían durante el parto. De este modo, convivían en esos conventos con las monjas de clausura sin la necesidad de tener que tomar el hábito ni servir a Dios. De hecho, podían ampliar sus aposentos comprando terrenos aledaños, de ahí que en la actualidad muchos conventos tengan grandes dimensiones. Y en todo momento podían entrar y salir con completa libertad. Una vez que las doñas fallecían todo lo que poseían pasaba a formar parte del convento.

Hay una anécdota que se refiere a un famoso convento, cuya fachada ha inspirado el de la novela, llamado también convento de Santa Clara (conocido como el convento de las

Claras) y situado en la ciudad de Almería. Fue uno de los desamortizados en el siglo XIX y sus bienes pasaron a formar parte del Estado, que decidió instalar ahí el Gobierno Civil y la Diputación. Sin embargo, durante una visita que la reina Isabel II realizó a la ciudad de Almería en el año 1862, se acondicionó dicho edificio por si la monarca tenía que pasar una noche en la ciudad durante su estancia.

La ciudad de Almería se volcó con dicha visita y los almerienses estaban emocionados porque la monarca recorrería las calles de la ciudad. El ayuntamiento se gastó el presupuesto de todo un año en engalanar la ciudad y ponerla aún más bonita de lo que era, arreglando todo lo necesario. Pensaban que con esta visita la reina se apiadaría de la ciudad y acabaría mejorando la vida de los lugareños. Aunque nada más alejado de lo que realmente ocurrió, porque Isabel II pisó la ciudad el 20 de octubre de 1862 haciéndolo de manera fugaz, en un visto y no visto. La reina iba seguida por una enorme comitiva. Aquello se trataba simplemente de un viaje propagandístico y simbólico para darse un baño de masas y recuperar el fervor del pueblo que había perdido por sus excesos personales y sus escándalos financieros. La reina hizo tan solo una visita relámpago de apenas unas horas que no benefició en nada a Almería. No se realizaron ni se hicieron promesas de mejorar la ciudad, que era por aquel entonces una de las zonas más deprimidas del país. La reina tan solo dejó unos escasos donativos, que no compensaban nada de lo que se habían gastado las autoridades para agasajarla. Donativos que, por supuesto no llegaron para trazar hoy en día una línea de AVE que una Madrid con Almería, pues en la actualidad seguimos teniendo un tren que tarda siete horas en conectar nuestra preciosa ciudad con la capital. Almería qué bonita eres, pero qué poco te cuidan. Pero qué poco te cuidamos.

Capítulo 32: Sobre los labios rojos de las felatrices, una reina con amantes y una carta comprometida

Liliana y Carlota juegan a divertirse en el cuarto rojo con Nicolás. Se dedican a juegos eróticos tienen sus inicios en la antigüedad. Y con elementos para seducir que también nacieron en el pasado y que se conservan hasta nuestros días. Muestra de ello es el color rojo en los labios que continúa siendo una seña de empoderamiento y poder, y, a veces, también de seducción. Pero ya fue en la antigua Mesopotamia donde se encontraron rastros de ese color rojo en las mujeres. Y si seguimos echando la vista atrás podemos llegar hasta al Antiguo Egipto, donde las aristócratas se pintaban los labios de rojo intenso, cosa que hizo hasta la propia Cleopatra. Pero si indagamos un poco más en la sexualidad de dicha época, veremos que el color rojo en los labios estaba reservado principalmente a las felatrices. Las felatrices eran profesionales que practicaban la felación (cuenta la leyenda que también Cleopatra fue una especialista en este arte). Su cometido, pues, era realizar felaciones. Así que para distinguirse de otras mujeres llevaban los labios de un rojo muy intenso.

La felación no era un tabú, pues existía el mito del dios Osiris. Un dios que fue descuartizado por su hermano y su esposa decidió reunir todas las partes de su cuerpo para devolverle a la vida. Con un problema: no encontró su pene. Así que esculpió un pene de madera y le practicó una felación que lo devolvió a la vida.

Encontramos también en este capítulo el momento en el que la infanta Loreto asume ante su amado Jorge Novoa que va a aceptar un matrimonio de conveniencia si eso le ayuda a conseguir la corona de España. Pero como realmente él es el hombre de su vida le hace saber que siempre habrá un lecho cerca de ella para él, aunque eso signifique que deban ser amantes. Basándonos en esta proposición podemos recordar la intensa vida que llevó la reina María Luisa de Parma, la que fuera esposa del rey Carlos IV. Se casó a los catorce años con su primo hermano y tuvieron catorce hijos y diez abortos. Pero los rumores acerca de sus infidelidades siempre sobrevolaron por la corte. Muchos de sus supuestos amantes eran guardias de Corps, algún que otro conde, y algún que otro duque, pero el más notorio fue Manuel Godoy, el valido del rey, que aprovechando la cercanía a la reina fue escalando puestos y consiguiendo mayor poder. No obstante, la vida amorosa de la reina sigue siendo fuente de controversia entre los historiadores.

Y es que la corte de Carlos IV no escatima en historias. Fue durante el complot de El Escorial cuando se le recomendó a Fernando VII que escribiese una carta al emperador Napoleón Bonaparte ofreciéndole casarse con una mujer de su familia para que así él pudiera ampliar sus fronteras de poder, lo mismo que se le aconseja a la infanta Loreto. Napoleón estaba muy interesado en España y era consciente de la debilidad que estaba viviendo la corte española y que, por eso, podía ser una oportunidad. No vio con malos ojos dicha proposición, incluso se pensó en una pretendienta para Fernando VII (Lolotte, hija de Luciano Bonaparte). El príncipe Fernando escribió dicha carta el 11 de octubre de 1807, carta que además utilizó para alabar y ensalzar todas las virtudes de Napoleón para regalarle los oídos y ponerse en sus manos, y, por supuesto, ofreciéndose para casarse con la mujer que el emperador le designase sin el consentimiento de su padre. Acto que suponía a ojos de cualquiera una gran traición.

Al leer los anexos de las historias reales en las que se basan las anécdotas ficticias que suceden en *Los secretos de la cortesana* y *Los secretos de las nereidas* podréis comprobar que una vez más la realidad supera a la ficción. Y es que la historia española es demasiado jugosa como para dejarla encerrada en un cajón. Sigamos conociendo quiénes fuimos en el pasado para entender lo que somos en el presente.

Carta a mi nereida, por Cristina Pedroche

Cuando Estefanía me contó que iba a recuperar la historia de Julia y que la iba a llevar de nuevo a palacio, sentí la necesidad de poner en palabras lo que significa para mí no solo la lectura de su primera novela, *Los secretos de la cortesana,* encontrar entre sus páginas el personaje de Julia —un verso libre que decidió desafiar las normas sociales de su tiempo para elegir su destino— y a las nereidas —un grupo de mujeres que se protegen y se cuidan y que luchan por lo que es justo—; sino también porque gracias a esta historia me di cuenta de que un ejército de nereidas me acompaña, y sobre todo me acompaña tu amistad, Estefanía.

Me siento muy afortunada de ser tu amiga. Y las palabras se transforman en carta y espero que estas frases sean reflejo de lo que significas para mí. Tenerte como amiga es la mayor de mis suertes.

Quisiera además que estas palabras actúen como un refugio y que acudas a ellas cada vez que tengas dudas, cada vez que te sientas insegura. Porque eres luz, magia, vida. Y porque la verdadera suerte la tenemos los que te conocemos.

En esta nueva novela, en la que continúas la historia de Julia, me has vuelto a emocionar. En *Los secretos de las nerei-*

das cuentas la historia de un grupo de mujeres que luchan por la libertad y la búsqueda del placer. Mujeres que reclaman su lugar en una sociedad que se empeñaba en silenciarlas. Es emocionante leer cómo doña Bárbara, Olimpia, Julia, Eva, Liliana y otras tantas mujeres se unen porque sabían que juntas eran más fuertes. Y es que a pesar de estar ubicado en el siglo XVIII esta novela es moderna, actual y con un gran reflejo de nuestra sociedad. La que estamos intentando cambiar mujeres como nosotras. Porque las nereidas son mujeres que se dan la mano, que se sostienen y que se ayudan. Como nosotras. Mujeres que no temen el brillo de las otras; al contrario, se refuerzan, se sienten orgullosas y las quieren a su lado. Porque son esas mujeres las que te hacen brillar más.

Todo esto es lo que yo siento por la escritora de este libro. Estefanía es la mayor nereida del mundo y, por supuesto, es mi nereida.

Y todos los que tenemos la suerte de conocerte somos unos afortunados.

Siempre dándonos la mano, siempre apoyándonos.

Eres como la luna llena, repleta de luz y de deseos.

Eres valiente, inteligente, fuerte y delicada a la vez, pero sobre todo eres muy buena persona y nos haces mejores personas a los que estamos cerca de ti.

Así me siento yo a tu lado.

Eres mi nereida.

Mi amiga.

Te quiero.

CRISTINA PEDROCHE

Agradecimientos

Cuando comencé a escribir *Los secretos de la cortesana* jamás imaginé todo lo que iba a suceder con ese libro. Reconozco que tuve vértigo al pensar que debía volver a la corte de los Monteros. Ni siquiera yo sabía lo que mi Julia iba a vivir ni cómo seguiría su historia. Pero leía cada uno de vuestros mensajes y sentía que debía abrir sin dudar, de nuevo, las puertas de este palacio. Porque por más que hubiera soñado a lo grande, todo lo que ocurrió con ese libro me dejó sin palabras. Aunque ahora necesite de ellas para hacer lo único que me nace desde el día en que se publicó: agradecer.

Gracias, en primer lugar, a mí. Porque nunca lo hago y debo recordarme que lo merezco. Por todas esas veces que he dudado de mí misma y que he creído que no podría conseguirlo. Por las noches sin dormir y los veranos mirando el mar desde la ventana. Por todas las veces que tuve que compaginar escritura y vida. Por todo el tiempo dedicado. Pero, sobre todo, gracias por todas las veces que sí que confié en mí. Y por todos los momentos en los que me demostré a mí misma que soy capaz.

Gracias a mis padres, Enrique y Mercedes, y a mi hermano, Quique, por seguir creyendo en mí con devoción desmesurada. Vuestro aliento y vuestro ánimo es el motor que me impulsa. Vuestros cuidados son un descanso para mi alma cuando las emociones me invaden durante el proceso de escritura. Sois el mejor regalo que el universo ha podido darme.

Gracias a mi editora, Ana Lozano, por seguir pensando que la historia de Julia debe ser contada. Por las palabras de apoyo cuando el mundo se me vino encima y dudé de mí. Gracias por confiar en que sería capaz de hacerlo cuando ni yo misma lo creía. Es una inmensa bendición tenerte en mi camino y poder seguir descubriendo este mundo a tu lado. Tienes una mente brillante y un corazón enorme.

Gracias a mi Conxita Estruga, por ser el torrente de energía que motiva a esta almeriense. Es una suerte que lo que está por venir vaya a vivirlo contigo. Doy gracias por el día en que llegaste y por cómo consigues con nuestras charlas que la seguridad anide en mí. Tu vivacidad es contagiosa. Eres única.

Gracias a Antonio Asensio, Xavi Toll, Paloma Molina, Sara Antuña y Carlos de Pando, por darle vida a un sueño. Nunca podré agradecer lo suficiente que hayáis creído en mí.

Gracias a mi Cristina Torres, tú sembraste la primera semilla de esta locura. Eternamente agradecida.

Gracias a Irene Garay, por ponerle orden y cariño a mi cortesana. A José Manuel Rafoso, por saber cuidarme, por mirarme así y por contagiarme tus ganas. A Silvia García, Isabel Sánchez y Pepa Cornejo, por revisar cada palabra y cada página de este libro y por ayudarme a documentarme. A Gonzalo Albert y Alberto Marcos, porque siempre seréis los primeros que abristeis las puertas de este palacio. Y gracias a todo el equipo de Suma de Letras y de Penguin Random House, comunicación y marketing (Marta, Rita, Leticia y Pablo), comerciales, libreros y libreras y, por supuesto, a Carmen, haciéndome feliz al poner siempre mi libro en la entrada de la oficina cuando los visito.

Gracias a mi amiga Cristina Pedroche, por acompañarme en esta aventura. Y en todas. Por apoyarme y ayudarme a brillar. Por ser ejemplo y refugio. Por llevar mi nombre siempre en los labios buscando la oportunidad. Siempre de la mano. Y recuerda: lo estás haciendo muy bien. Estoy orgullosa de ti.

Gracias a mi amiga María Roberts, me siento afortunada por haberte encontrado. Gracias por cuidarme y por poner siempre a mi disposición a tu equipo de Madart. Por buscar mostrar la mejor versión de mí. Por ser siempre un puente que une a personas para enlazar historias y energías. Trabajadora incansable.

Gracias a la doctora Mercedes Herrero, por ayudarme con cada duda sobre la mujer y la ginecología. Tu conocimiento me ha servido para entender por qué Loreto no puede tener hijos. Pero, sobre todo, gracias por todas las veces que le has recetado a una mujer uno de mis libros como parte del tratamiento para despertar su sexualidad. No hay mayor honor.

Gracias a Juan Gómez, por hacer realidad la fotografía que acompaña este libro, y a mi Iris Peña (del equipo de Madart), por mimarme tanto y hacer siempre realidad el *make up* que necesito. Gracias a Jorchalon, por decirme siempre sí y salir corriendo a lo que le pida, es una suerte tenerte. A Anita Máñez, por su delicadeza y hacer de la intimidad arte. Y a María de Diego y el hotel Only You de Atocha, por cedernos su «casa». Gracias a todos por poner vuestro granito de arena en las fotos que respaldan esta aventura.

Gracias a David Martínez, por sostenerme en los flaqueos durante la escritura y por todas las flores que han ido acompañando mis paisajes. Y por habernos enseñado mutuamente la importancia de cuidar un limonero.

Gracias al equipo de Nota Bene (Paloma Lubillo, Teresa Druille, Sofia Mesanza y Guillemete Sanz), al de Hunkemöller (Janine, Anne y Aylin), al de Lelo (Adriana Diippolito y

Carmen Veiguela) y al de Cerería Mollá (Silvia Martínez), por ser parte de este libro y por celebrar conmigo la sensualidad que le rodea.

Gracias a Juan Mas Villaseñor, de la agencia Ráfaga, por ayudarme con los temas legales.

Gracias a Ana, de Anlu Atelier, con sus preciosos tocados; a Lausett (mi Laura Pérez Vega), con sus pendientes y collares únicos que me acompañan; a Srta.Chaotic (Rocio Díaz), por vestirme con sus diseños increíbles y dejar que me sume a su caos; a Loreto Martínez, por hacer de la moda arte; a Franco-Deco, por ayudarme a poner bonita cada presentación; a mi amiga Silvia Lorente, por presentarme con ese carisma que solo ella posee; a Lupe Sánchez, por prestarse a poner su voz; a Margot Guerrero (Demipulsoyletra), por hacerme esta portada preciosa, y a Lorena Córcoles, por ponerle tanto cariño a mis libros.

Gracias a toda mi familia (mis tías y tíos, mis primas y primos, mis sobrinas y sobrinos, mi exhijastra Merceditas, mi ahijada, mi cuñada, mi abuela postiza Tina y mis amigos que son ya familia), por estar a mi lado a cada paso y por festejar conmigo cada logro. Por entenderme y sujetarme. Por compartir la vida. Y a los que ya no están aquí, aunque os sigo sintiendo cerca (Reles, Mercedes, Pepita, Enrique, Mari, Tomás, Carmen y Kike). Ojalá estéis orgullosos.

Pero, sobre todo, gracias a mis amigas. A todas y cada una de ellas. Sois mi inspiración y os admiro. Las que me dan la mano para levantarme cuando caigo y las que me llenan de energía cuando me faltan las fuerzas. Las que me hacen ver que la sororidad es real. Las que me sirven de ejemplo para querer ser mejor persona. Las que compaginan familia, trabajo y vida. Las que han decidido no seguir los estándares sociales. Las que han seguido adelante con el corazón roto. Las que han sembrado flores donde no había vida. Las que se cosen sus propias heridas. Las que me cosen mis heridas. Las que siguen sus instintos. Las que trabajan sus sueños. Las que se viven. Las que disfrutan del placer sin miedo al juicio. Las que saben que unidas somos más fuertes. Las que celebran la vida conmigo y se alegran de mis éxitos. Sin darse cuenta de que mi mayor éxito son ellas. Mis nereidas. Gracias por llegar. Gracias por quedaros.

Y gracias a vosotras y vosotros, que habéis querido volver a abrir las puertas de este palacio. Gracias por seguir sujetándole la mano a Julia. Gracias por seguir sujetándome la mano a mí. Fueron vuestras ganas de seguir leyendo las que me llevaron a continuar escribiendo esta historia. Pero Julia aún guarda muchos secretos y espero que pronto podáis descubrirlos.

Y, por supuesto, ¡viva Almería!